# ニティ　I

ひちわゆか

幻冬舎ルチル文庫

CONTENTS ✦目次✦

エタニティ Ⅰ



✦カバーデザイン＝吉野知栄(CoCo.Design)
✦ブックデザイン＝まるか工房

イラスト・如月弘鷹✦

# エタニティ　Ⅰ

# 1

「模試は三時に終わる予定だったな。成田着十八時の便だから、四時……いや、三時半に会場に迎えに行こう」

すっかり丸裸になった中庭の桜の枝に、二羽の雀《すずめ》が、羽を膨らませて寒そうに寄り添っている。

灰鼠《はいねず》色の雲が厚く垂れ込めた空はいましも泣き出しそうだ。予報では午後から雨が降り出し、夜半には雪に変わるという。

ニュースでは記録的な寒波が襲った東北地方で一晩の降雪量が一三〇センチを超え、今朝まで東北道は全面封鎖されていたと報じていた。日本全国、あっちもこっちも寒い朝だ。

「夕食は〝つきむら〟に予約を入れておいたよ。リクエストを聞かずに決めてしまったが、河豚《ふぐ》がお嫌いでないといいんだが」

……けど、ほんっとーに夜からだろうな。あの気象予報士、なーんかアテになんないんだよな。こないだだって降水確率十パーセントって予報信じて、学校帰り、大雨に降られてひどい目にあった。

「三代《みよ》、わたしにもコーヒーを頼む。——柾《まさき》には河豚より、蟹《かに》のほうがよかったかな」

「いいえとんでもない。蟹はいけませんよ。いつでしたか城崎《きのさき》で召し上がりすぎて、全身に蕁麻疹《じんましん》を出して、まあ大変な騒ぎだったじゃありませんか」

先々週も都内の交通網は、たった五センチの積雪の前にその脆《もろ》さを露呈したばかりだ。もし早めに雪が降り出してＪＲが麻痺《まひ》でもしたら、あんな僻地《へきち》からとても歩いて待ち合わせ場所に辿《たど》り着けそうにないし、だからってタクシー代なんかないし。そうはいっても終了時間を過ぎて模試会場から出てこなかったら、貴之《たかゆき》は不審に思うだろう。

そうなれば、なにもかもおじゃんだ。

「好き嫌いがないのはよろしいんですけれど、気に入るとひとつのものばかり召し上がる癖がおありですからねえ。いつだったかも、のりたまふりかけに凝って、朝も晩もそればっかり」

「はは……そんなこともあったな」

「ええもう、しまいにはカレーにまでかけて……あら」

もし貴之に例の件がバレたら――「そりゃまあ、今度はホテルに監禁くらいじゃすまないだろうな」とは、悪友・佐倉悠一《さくらゆういち》の推察。

「逆さ吊《づ》りの上百叩き、仕上げにスイスの修道院にでも放り込まれるか」……ちょっと待てよ。なんで首謀者の悠一がお咎《とが》めなしで、おれだけ修道院行きなんだ。おまえだって同罪だろ。「バーカ、考えてみろよ。あの貴之さんが、かわいい恋人（と、ここで柾「かわいいって云《い》うな！」とボディブロー）を悪の道に引きずり込んだろくでなしを、修道院なんかで許すと思うか？　磔獄門曝し首《はりつけごくもんさら》……まではいかないとしても、市民権剝奪《はくだつ》くらいのことはするね、あの人なら」おおげさだっつーの。「いーや、あの人ならやる。四方堂《しほうどう》グループの次期総帥を凡人のスケールで考えるなよ。進学も就職も一生妨害されて、友人も将来も住居も失い、最後は新宿駅の地下道で段ボールハウス暮らしだ。この日本で四方堂グループに睨《にら》まれるって、そういうことだぜ。だからな、オカ」――と、悠一は神妙な顔で親友の眉間《みけん》に人差し指を突きつけ、厳かに命じた。

「おれに少しでも友情を感じるなら、いいか、貴之さんにだけは気取《けど》られるな。新宿駅を段ボール抱えてうろつくおれを見たくなければばな」

まったくまた。いくらなんでもオーバーだっての。そこまで無茶するわけないじゃん。

（――って、簡単に笑い飛ばせないからなー、貴之の場合……）

なんたって、柾にアルバイトをやめさせるために、大型レンタルビデオ店を一軒買い取ってしまうような人間なのだ、四方堂貴之という男は。

財力も地位も桁《けた》が違う。市民権剝奪――その気になればやりかねない。

「……柾？」

「……柾ぼっちゃま？」

けど、柾が悪の道に手を染めたのも、もとはといえば貴之が原因なのだ。

買収されたビデオ店にはリストラされてしまい、新しいアルバイトもまだ見つからない。なにせこの空前絶後の不景気。情報誌片手にいろいろ当たってはいるものの、高校生に高収入のおいしいアルバイトが転がってるわけもなく。

「……」

そりゃ、貴之の云いたいことはわかる。アルバイト先の買収も意地悪でやったわけじゃなく、柾を心配してのことだってことも。

（ごめん、貴之。けど……）

通帳の残高は一向にゼロが増えず。このままじゃ卒業後の独立資金どころか、アパートの敷金すら出せない。だからこその、苦肉の策なんだ、これは。

よし、と決意を秘め、ひとつ頷《うなず》く。手にした厚切りトーストにかぶりつこうとした柾は、食卓の向かいで新聞を広げている貴之と、コーヒーポットを片手にその傍らに立っていた家政婦の視線が、自分に集中しているのに気がついた。

つれづれに物思いに耽《ふけ》っている間に、なにか話しかけられていたようだ。

「あ、ごめん。聞いてなかった、なに？」

「いや、……」

黒々と濡《ぬ》れた、リスのような瞳《ひとみ》をきょときょとさせる柾に、貴之はチラリと三代と目を見合わせ、軽く咳払《せきばら》いした。

「味覚は個人の自由だが、塩分の摂りすぎは体によくないんじゃないかと思ってね」

「へ？……あ」

手もとを見下ろすと、手にした厚切りバタートーストの上に、貴之の膳《ぜん》に添えられていた海苔《のり》のつくだ煮がこんもりと山になっていた。

「もう一枚焼いてもらいなさい。今日の予定だが、三時半ごろ模試会場に車を回すから、その足で成田に迎えに行こう」

「わかった、三時半だね」

「瑶子《ようこ》さんは、河豚はお嫌いじゃないか？　もしお嫌いなら別の店にするが……」

日曜の朝だけれど、貴之はワイシャツにネクタイ姿だ。手を離せないプロジェクトがあるとかで、このところ休日に家にいたためしがない。

櫛目《くしめ》の通った黒髪が一筋、秀でた額にこぼれている。彫りの深い理性的な顔立ち。秀麗という言葉を形にしたら、きっと貴之のような男になるだろう。

くっきりと男らしい眉《まゆ》、叡知《えいち》の眼差《まなざ》し……同性の目から見ても惚《ほ》れ惚《ぼ》れとするような男振りだ。日本人離れした長身は、もちろん腰の位置も驚くほど高くて、パリッと折り目のついた上等な絹のシャツには、締まった堅牢《けんろう》な筋肉が包まれている。

「……どうした？」

彼の背中の、なめし革のような手触りを思い出し、うっすらと目もとを染めた柾を、貴之が怪訝《けげん》そうに見つめ返す。

その眼差しに、朝の健全な食卓にふさわしからざる妄想まで覗《のぞ》き込まれてしまったような気がして、柾は慌ててトーストの上に顔を伏せた。

「柾？」

「あ、ああうん、大丈夫だと思うよ。好き嫌いないから、おれと一緒で」

「……なるほど」

つくだ煮をこそぎ落とした上に自家製のオレンジマーマレードをたっぷりのせて頰《ほお》ばっている恋人の口もとから、貴之は胸が悪そうに目線を逸《そ》らした。


イタリア留学中の母、瑶子からの絵葉書が、どんぶらこと海を越えて柾のもとに流れ着いたのは、三日前のことだ。突然、日曜日の午後に帰国するという。

滞在は一週間。五年前、インテリアの勉強のためミラノに渡って以来、帰国は年に一度、最愛の男の命日と決めて、墓参をすませるとさっさとトンボ返りしてしまうくせに、いったいどういう風の吹き回しなのか——成田の到着時間だけを報《しら》せる簡素な葉書からは、突然の帰国の目的を窺《うかが》う由はなく。

「先の帰国ではご挨拶《あいさつ》する間もなかったからな。精一杯おもてなしさせて頂くつもりだが、行き届かないこともあるだろう。せめて家の中ではゆっくり寛《くつろ》いで頂けるよう、心を砕いて差し上げてくれ」

「ええ、もちろんでございますとも」

三代は柾のカップにコーヒーを注ぎ足しながら、目もとの美しい皺《しわ》をますます深く刻み込んだ。

いつもきりっと粋な着物姿に、白い割烹着《かっぽうぎ》。柾を本当の孫のようにかわいがってくれている、ベテランの家政婦だ。

若い頃、柾でも名前を知っている大物政治家の愛人に望まれたこともあるという美貌《びぼう》は、深い年輪を刻んだいまも衰えず、趣味の句会にはファンクラブまであるらしい。

「できる限りのお世話をさせて頂くつもりですよ。お会いするのをずうっと楽しみにしていたんですもの。何年も前に一度正道《まさみ》さまのお墓でお目にかかったきり、なかなかゆっくりお話しする機会もなくて……。いろいろと、ご報告したいことも多うございますからね」

「柾、いまのうちに胡麻《ごま》をすっておいたほうがいいぞ。三代のいろいろはおっかないからな」

「まあ、とんでもございません」

新聞の陰からからかう貴之に、三代はすまして、

「どなたかの学生時代より、よっぽどお世話がかかりませんですよ。お出ししたものはなんでも好き嫌いなく召し上がって下さいますし、お洗濯物もちゃあんとご自分でしまって下さいますからね。まあどなたかは、縦のものを横にもしやしない。大学時代に一人暮らしをされてたときなんて……」

くどくどとはじまったのを、貴之が気まずげに大きな咳払いで遮る。柾は思わず噴き出した。四方堂グループの次期総帥も、三代にだけは頭が上がらないのだ。

三代はにっこりと柾に頰笑《ほほえ》みかけた。

「そこへいくと柾ぼっちゃまは、お手伝いはよくして下さるし、近ごろはアルバイトもおよ

しになって、そりゃあお勉強を頑張ってらっしゃいますって、お母さまに胸を張ってご報告できますよ」

「うっ」

飲み込んだトーストが、ぐっと喉《のど》につっかえた。

「そういえば、昨夜もずいぶん遅くまで頑張っていたようだな。ん……？　目が赤いな。ちゃんと睡眠は取ってるのか？」

「あら、そういえばお顔の色も……。いけませんよ、あんまり根を詰めちゃ。まだまだ先は長いんですからね。受験生は体が資本。栄養と睡眠をたっぷり取って」

「ん、うん、ごちそーさま」

柾は目を白黒させてトーストをコーヒーの残りで流し込み、椅子の背に掛けてあったデイパックとダッフルコートをひっつかんだ。

「もうよろしいんですか？」

「駅まで送っていこうか」

「いい、チャリで行く」

「忘れ物ですよ」

二人の視線を避けるようにして廊下に飛び出した柾を、三代がスリッパをパタパタいわせて追いかけてきた。

「はい。お好きな太巻きが入ってますからね。これで精をつけて、試験頑張って下さいまし」

「うん……ありがとう」

手渡された重箱を、柾はひき攣《つ》る笑顔でリュックに詰めた。三代の思いやりと真心が、背中で鉛のように重く感じる。

(ごめん、三代さん……)

優しい笑顔に胸の中でそっと手を合わせ、柾は、真冬の朝に勢いよく自転車を漕《こ》ぎ出した。


新年を迎えてからこっち、貴之はすこぶる機嫌がいい。

柾がアルバイトとすっぱり縁を切ったことが、その原因だ。

高等部に進学してからはじめたアルバイトに貴之はことごとく反対だったから、柾が突然心を入れ替えて毎日陽が暮れるまで図書館で勉学に励んでいるとなれば、機嫌がいいのも当然だった。

それだけに、これから向かうのは実は模試会場じゃないだとか、昨夜の夜更かしは参考書じゃなく、悠一から渡された隠し撮りビデオを研究していたためだとか、模試なんて初めから申し込みすらしてないとか、万が一そんなことがバレたりしたら……。

(うっ……寒気がしてきた)

柾はサドルから尻を上げ、駅へのきつい坂道を、力を込めてペダルを踏んだ。

もっとも寒さはそのせいばかりではない。風はないものの思ったより気温が低く、厚手の靴下を穿《は》いてきたのに、足の指がスニーカーの先で丸まってしまってる。

今日は午後になっても気温はほとんど上がらないだろう。嫌な天気だ。こんな日は思わぬ怪我《けが》をしやすい。

（あっち着いたら、念入りにウォームアップしないとな）

駅舎の時計が見えてきた。七分後の快速に間に合いそうだ。

日曜の朝だけあって、駐輪場はガラガラだった。いつもの時間ならとうに塞《ふさ》がっている、地下通路の入口付近に自転車を停めることができた。

デイパックを担いで、巨大なモザイクの魚が一面に描かれた階段をダッシュで下りていった柾の耳に、

「だーからあっ、カネ出したら許してやるっつってんのー」

いきなり、少女のどぎつい怒号が飛び込んできた。

十メートル前方、大きな柱の陰。どピンクのヒラヒラと、紫色のレオパード柄のコートを着た二人の少女が、壁際に誰かを追い詰めて、なにやら険悪なムードになっている。

「テメェがボーッと歩いてっから、肩ぶつかってミナコのケータイがブッ壊れたんだろォ！」

「これ買い替えたばっかなんだかんな。テメー修理代払えよっ」

「ご、ごめんなさ……」

「ゴメンじゃねーよ！　さっさと財布出せっつってんの！」

「あ、は、はいっ」

「早くしろよッ！」

ロングヘアの少女が、足を振り上げてガツッと壁を蹴《け》る。周囲の人々は知らんぷりで通り過ぎていく。

（ったく、朝っぱらから）

柾はチッと舌打ちし、大股《おおまた》に三人に歩み寄った。

「おい！　なにやってんだっ」

少女たちが弾《はじ》かれたように振り返る。派手な服装、まだ幼い顔に濃いメイク。同世代どころかまだ中学生かもしれない。

そんな二人に追い詰められ、震えながら鞄《かばん》から財布を取り出そうとしていた人物は、狸《たぬき》みたいに目を真ん丸にして、突如現れた正義の味方を見上げていた。

その顔を見た柾の目は、それ以上に真ん丸になる。

見慣れたモスグリーンのブレザー、明るいグレーの指定コート。ぼさぼさの髪、ずり落ちた黒ぶち眼鏡。それは、柾のクラスメイト――東斗《とうと》学園高等部二年在籍の、紛れもない、男子学生だったのだ。

## 2

「先々週転入《はい》ってきた、でかい眼鏡かけたぽやーんとした顔の転入生？　ああ、及川《おいかわ》だろ。及川千住《せんじゅ》。へえ、おまえんちの近所だったんだな」

雪もよいの空の下、モノレールの轟音《ごうおん》を左に、東京湾に流れ込む運河のゆったりとした流れに沿って、整備された遊歩道が続いている。ベレー帽を被《かぶ》った口髭《くちひげ》の老人が、金色の大きなコリーに引きずられて歩いていた。

「あ、そうそれ、及川！　あーすっきりした。パッと見て顔はわかったんだけど、どうしても名前が出てこなくってさー」

先々週、朝のHRで担任の山サンこと山岡《やまおか》教諭が彼を紹介したのは覚えていたのだが、名前も、どこから転校してきたのかも、柾はすっかり失念していた。

教室の席は離れているし、グループ実習も別班だと、よほど親しくなければあまり喋《しゃべ》る機会がない。……とはいえ、クラスメイトの名前を覚えていないとは。

「お互いさまだろ。どうせあっちはクラスの半分の顔も覚えてねえよ。あいつが日直のとき、実験準備で手間取ってたから手伝ってやったら、『ありがとう佐竹《さたけ》くん』——二週間もたつのに、隣の席のおれの名前すら覚えてないんだぜ」

川面《かわも》を渡る北風に、悠一のロングコートの裾《すそ》が翻《ひるがえ》る。

「そーいえば悠一、こないだもプリント半分運んでやってたよな。優しーじゃん」

悠一はうっとうしそうに、小さく舌打ちした。

「べつにやりたくてやってるわけじゃない。山サンに頼まれたんだよ。クラスに馴染《なじ》むまでしばらく注意しててやってくれって。おおかた、前の学校でイジメにでもあってたんじゃないか?」

佐倉悠一は、中等部時代から生徒会役員を務める、折り紙つきの優等生だ。

生徒会なんてしょせん役つきの雑用係、続けているのは東斗生徒会OBが一流企業のトップを数多く輩出《はいしゅつ》しているため、あくまで将来のため——なんて云ってはいるけれど、根は面倒見が良くて、頼まれると嫌とは云えない性格なのだ。クラス委員ではなく、敢《あ》えて悠一にフォローを頼むとは、さすが山サン。それにしても。

「イジメかあ……。それで、こんなハンパな時期に転入してきたのかな」

中学生、それも女の子にカツアゲされていた及川。確かにあの気の弱さじゃ、付け込む側にとってはいい餌食《えじき》だ。

「相手は女だし殴るわけいかないから、あいつの腕引っ摑《つか》んで駅まで走ったんだけどさ……あいつ、ぜったい五十メートル二十秒台だ」

「そこは大目に見てやれよ。誰もかれもが、おまえみたいに運動能力ばっかり異常発達してるわけじゃないんだから」

「どーゆー意味だよ」

「言葉通りだろ」

川沿いを離れ、雑居ビルがごちゃごちゃと立ち並ぶ路地を何度も折れる。目印の古びた煙草屋の横、人一人通るのがやっとの細い路地を進み、シャッターが半分下りた古びたビルの入口をくぐる。小さなロビーにある二基のエレベーターには、いつも故障中の札がかかったままだ。

悠一は階段の非常口マークの下で立ち止まると、懐から携帯電話を出して、リダイヤルした。ち、と舌打ち。

「佐藤《さとう》さん、まだ圏外？」

「ああ。鈴木《すずき》さんの携帯も留守電になったまんま」

リノリウムの剝《は》げかけた狭い階段を下りていく。地下から、ズン、ズン、と重低音のリズムが靴の底を突き上げてくる。

「鈴木さんはこっちに向かってるはずだけど、問題は佐藤さんだな。東北道の交通規制は明け方解除されたから、うまく抜けてりゃそろそろ都内に入ってるはずなんだが……」

「あーもーっ、大雪警報出てるときになんでスキーなんか行ってんだよ！　大学、まだ冬休みで暇持て余してるんだろ、平日に行けばいいじゃん」

「つき合ってるＯＬが週末しか休みが取れなかったんだと。もし十二時までに佐藤さんが着かなかったら、今日は棄権するぞ」

「ええーっ！」

未練げもなく言い捨ててすたすた先を下りていく背中を、柾はコケそうになりながら走って追いかけた。

「なんでだよ！　主宰にかけ合ってラストに回してもらえばいいじゃん！　こっから模試会場まで四十分、ゲームが二十分だから、ギリギリ二時まで待てる！」

「佐藤さんのアップはどうするんだ。十何時間も車の中に閉じ込められてて、足腰ガクガクだぞ。使いものになるか」

「じゃ、悠一入れよ。立ってるだけでいーから」

「付け焼き刃で勝てる相手かよ」

階段の途中に張られたＫＥＰ　ＯＵＴの黄色いテープの前では、すっかり顔なじみになったドレッドヘアの男が、いつものように煙草をふかしていた。

紫色のダウンコートに赤と黄と緑のストライプのズボン、鼻にピアスが四つ、ちゃんと前が見えるのか怪しい真っ黒のサングラス。いつ見てもキテレツななりだ。

「よっ。遅ぇじゃねえの。ナツがお待ちかねだぜ」

階段を下りてきた柾と悠一の姿を見ると、親指を立て、瘦《や》せた歯茎をニイッと剝《む》き出した。

「入ってるか？」

「満員御礼。大入り袋よ」

悠一が出したパスを形式的にチェックし、ロープを持ち上げて二人を通す。

階段の下には、銀色のクッションを張りつけた大きな防音扉が構えている。ズン、ズン、と腹に響くリズムはその内側から漏れていた。

「それに二時まで粘ってたら」と、階段を下りながら悠一が話を戻す。

「シャワー浴びる暇もないぜ。汗臭いまんまデートに行って、貴之さんにどう言い訳するんだよ」

「デートじゃねえよ。今日母さんが帰ってくるから迎えに行くだけ」

「ミラノから？　昨日の今日で、よく都合がついたな」

悠一は観音開きの防音扉に片腕をかけ、意外そうに柾を見遣《みや》った。

「ま、貴之さんに頼んだら頼んだで、またなんだかんだ揉《も》めるのは必至か。よかったな」

「揉めるって？　なんで？」

「なんでって……三者面談で帰ってくるんだろ？」

「まーっさか！　あのドけちが三者面談くらいで帰ってくるわけねーじゃん。中学の卒業式だって飛行機代ケチッて帰ってこなかったんだぜ？」

片側の扉に肩をつけ、いよっ、と重い扉を押しながら、柾は、はたと悠一を見上げた。

「……三者面談って？」

ドオオーッと、開いた扉の向こうから、大音量の音楽と耳をつんざく大歓声が洪水のように押し寄せてきた。

目の前の3on3《スリーオンスリー》コートでは、激しいゲームがいままさにクライマックスを迎えていた。コートの四方を囲むデッキを埋めつくす数百人ものギャラリー。殺気立った怒号と歓声が壁をビリビリと震わせる。異様なまでの興奮と熱気に、コンクリートの地下コートは真冬だというのに蒸し暑いくらいだ。

だが普通の3 on 3とは違う。ギャラリーは手に手に〝馬券〟を握り締め、目を血走らせている。

「一昨日《おととい》のホームルームで山サンが説明しただろ！　各自保護者と相談して、日程の都合が悪い場合は月曜までに申し出ろって！」

やかましいので耳もとに口を近づけて怒鳴るしかない。柾も悠一の耳朶《みみたぶ》を引っぱって負けじと怒鳴り返す。

「ンなもん寝てたに決まってっだろっ！」

「鞄の中に入れてやったプリントは！」

「ウチで鞄なんか開けねーよ！」

「おっ……！」

怒鳴り返そうとした悠一の後ろで、ゲームセットの合図が響いた。ワアッと上がる大歓声。外れ馬券の紙吹雪《かみふぶき》が宙に舞う。

大きく息を吸い込もうとしていた悠一は、毒気を抜かれた感じで、その口からはああ……と大きく息を吐き出した。

「……おまえとつき合ってると、時々自分が空《むな》しくなってくるぜ。せっかく入れてやったプリントは見ない、相手の挑発にのって苦労して集めたデータは無視する」

「ああ、なに？　聞こえねー！」

「いい加減にしろって云ったんだよ！」

「そっちこそ過ぎたことにいつまでもこだわってんだよっ！」

「暴れまくった挙句、最後の二秒でヤケになってブン投げたボールが、たまたま偶然ゴールしてな！　あんなラッキーが二度も三度も続くと思ってるのか？　そのすぐに頭に血が上る癖、どうにかしろ！」

「あれは、あのクソ野郎がおれに蔑称使いやがったからだっ！」

「図星指されてカッとなるのは器ができてない証拠だ！」

「あんだとおっ!?」


「あれあれ、ゲーム前に仲間割れ？　なんや穏やかやないなあ」

はんなりとした関西訛りが、角突き合わせる二人の間に割って入った。ギャラリーのデッキを見上げると、野暮ったい丸首ニットを着た美青年が、手すりに寄りかかって二人を見下ろしていた。傍らには頭二つ分抜きん出た、アディダスのベンチウォーマーを羽織った大男が立っている。

「遅かったやない。心配してたんやで。佐藤くんは仙台で足止め食ってるいうし、鈴木くんからはインフルエンザでぶっ倒れたってメールくるし、君らにまで振られたらどないしよ思うたわ」

丸首ニットの青年が、にこにこと手を振っている。歌舞伎の女形みたいな撫で肩、眉のすっきりした優しい顔立ち。このゲーム場の主催、「棗《なつめ》」だ。

年齢不詳、素性不明。もちろん「棗」も通称だ。ここではプライベートの詮索《せんさく》は御法度《ごはっと》。棗も柾と悠一のことは名前しか知らないし、鈴木&佐藤コンビも然《しか》りだ。

「鈴木さんがインフルエンザ？」

「来られないんですか？」

声を揃《そろ》える二人に、手すりに頬杖《ほおづえ》をついた棗は、仲がええなあと、にっこりと笑みを浮かべた。

「熱が三十九度超えやて。佐藤くんも今朝、雪で車が動かれへんって電話あったきり、連絡つかへんねん。ケータイの充電切れたんかもな。けどホッとしたわあ。馬券はよーさん出てるし、本命のきみら外したら、暴動が起こる」

「ナツ。おれはベンチに入るぜ」

傍らの男が声をかけた。

大学生くらいだろうか。身長は一九〇センチを超えていそうだ。後ろで結った真っ黒な髪と鼻の下が間延びした馬づらに、見覚えがあった。

「JACCS《ジャックス》の吉彌《よしみ》だ」

悠一が耳打ちする。柾もうんと頷く。覚えがある。悠一に見せて貰《もら》った隠し撮りビデオの中で、豪快なダンクをバンバン決めていたデカぶつだ。

柾の顔が引き締まったのを見て、棗が、丸めた競馬新聞で隣の男を指した。

「紹介しとくわ。今日、君らと当たるＪＡＣＣＳのリーダー。オッズ二・七の、ウチの一番人気。吉彌、彼が赤丸急上昇中のスーパールーキーや。ＤＤの佐藤くんが見つけてきた腕っこきの助《すけ》っ人《と》君やよ」

「へーえぇ。あんたが」

吉彌は、長い顎《あご》の剃《そ》り残しを撫でながら、悠一をじろじろと眺め回した。値踏みするような、嫌な目つきだ。

「噂《うわさ》は聞いてるぜ。得点王だって？」

にやっと嗤《わら》った口もとから、頑強そうな白い歯がこぼれる。

「もっともその記録は、今日このオレが塗り替えるがな」

「自信家で結構なことだ」

男の挑発を、悠一はクールに受け流した。

「けどあいにくとおれは、ブルズとＮＹヤンキースのユニフォームの見分けもつかないド素《しろ》人《うと》マネージャーでね。うちの得点王はこっちだ」

吉彌は、悠一が親指で指した方向に目を向け、その視線をゆっくりとまた棗に戻した。

「……誰だって？」

棗は頬杖をついて、にやにや笑っている。

もう一度柾に視線を戻した吉彌の眉が、ゆっくりと弓なりに撓《たわ》む。その顔に徐々に苦笑が広がっていった。

「おいおい、冗談よせよ。こんなチビが得点王？　中坊じゃねえか！」

ピク、と柾のこめかみに青筋が立った。

「歳《とし》のことはここじゃ御法度」

棗がのんびりと応じる。

「中坊やろが棺桶《かんおけ》に片足突っ込んだじーさんやろが、強いやつがここでは正義。面白いゲームを見せて、客を楽しませたやつが、な」

「にしたってあんなチビがまともに相手になるかよ。ウチは平均身長一八三だぜ？　ちょっと当たったくらいでチャージング取られんのは真っ平だぞ」

「ＮＢＡにかて一七〇センチのプロプレーヤーが仰山《ぎょうさん》おるやん」

「やつらとあのチビを一緒くたにすんなよ。よおチビ、悪いこと云わねーからさっさとおうちに帰ってママのおやつでも食っ……」

ビッターン。と。

コンバースの底が、吉彌の顔のド真ん中に命中し、ボトリと落ちた。

一瞬の出来事に、現状を把握できず、唖然《あぜん》と目を瞠《みは》る吉彌の鼻には、ソールの横目がくっきり赤く刻み込まれている。

棗が思わずプッと噴き出し、悠一は「あちゃー…」と額を覆った。

「……てっ…めえぇ……！」

浅黒い顔を首まで真っ赤にした吉彌が、わなわなと震える手で、スニーカーを柾に投げ返した。

「なにしさらすんじゃこのドチビぃ――――！」

「チビチビ云うんじゃ……ねえーッ！」

キャッチしたスニーカーをすかさず投げ返し、ついでに左の靴もぶん投げる。一投めは惜しくもそれたが、二投めはみごと顎下にヒット。

思わず呼吸を詰まらせてうずくまった吉彌に向かって、ビッと中指立ててやる。

「人のツムジ見下ろして喋くってんじゃねえこのウドの大木！　舌引っこ抜いてやっからそっから下りてこい！」

「んだとおっ⁉」

ブチブチブチッ、と額に浮き上がった血管が音をたてて切れた。

「そこで待ってろクソガキ！　ベッキベキにへし折ったる！」

「けっ、やれるもんならやってみろッ！」

「はいはい、ブレークブレーク」

手すりを乗り越えようとする吉彌を、棗が、パンパンと手を打って遮った。

「バトルはコートの中だけにしてや。場外乱闘は困るし。ウチはこの通り、健全なバスケット場やよってな」

「どこか健全だよ……」

柾を後ろから羽交い締めしながら、悠一がぼそっと呟《つぶや》く。

吉彌はまだ気が治まらない様子ながらも渋々と引き下がり、柾と悠一の足もとにポンポン、とスニーカーを投げ返した。

「さあて！」

棗が、パン！　と大きく両手を合わせた。

「そろそろゲームをはじめようか。君らもアップはじめてくれ。そっちの面子は、今日はその三人でええんやね？」

「三人？」

まだ柾を羽交い締めしたまま、悠一が怪訝そうに訊《き》き返す。棗が軽く首を傾《かし》げた。

「違うのん？　その子、君らの連れやろ。さっきから、後ろで鞄抱えてポーッと立ってるん」

ギョッと振り返った二人の目に映ったのは、学校指定のグレーのコートに野暮なブレザーの制服姿――鞄を抱えて、愛敬のある大きな眼鏡の奥から、ぽけっと事の成り行きを見守っているクラスメイトの姿だった。

「おまえ……」

「おっ……及川⁉」

# 3

「人の顔を見るなり眉間に皺刻むのは、そろそろやめにしてほしいもんだなぁ。昔なじみじゃないの。傷ついちゃうな、ぼく」

横浜、四方堂邸。

主寝室から看護婦と共に出てきた高槻《たかつき》は、控えの間でばったり出くわした人物が顔を合わせるなり見せた、苦虫を嚙《か》み潰《つぶ》したようなその表情に、外国人のようなオーバーな仕種《しぐさ》で肩を竦《すく》めてみせた。

「……院長はどうした」

長身に、英国仕立てのオーダースーツをすっきりと着こなした美男子は、振り袖《そで》の女性を連れていた。

若くはない。最近の女性にしては珍しく、ごく控えめに、貴之の後ろに一歩下がって立っている。

「オヤジ殿は学会でカナダ出張。一週間ばかりぼくが留守を預かってる。……おや、また眉間に皺が一本増えたよ。失敬だなあ。これでも世間じゃ名医と評判なんだぜ」

「翁《おう》のお加減は」

取りつく島もない冷たい切り返しに、高槻は苦笑し、リムレス眼鏡を高い鼻に押し上げた。

「軽い風邪だね。もういいお歳だ、今年の寒さが応えたんだろう。熱も下がったし、入院するほどのことはない。点滴たっぷり射《う》っておいたから、夜には三人お相手できるくらい元気になるよ」

「……」

なにか一言くらい言い返してくるかと思いきや、貴之はそれきり一瞥《いちべつ》すらせずに、傍らの女性をエスコートしてさっさと寝室に入っていってしまった。

学生時代から、二人の間はずっとこんな調子だ。

うなじでひとつに纏《まと》めたトレードマークの長髪を撫でながら、高槻は、ばたんと閉じた大きな一枚板のドアに向かって軽く肩を竦めた。

(つまんない男だよ。ルックスは悪くないんだけどねえ……)

まったく大人げないったら、いつまでも根に持ってさ……ミミズハンバーグ食わされたくらいで。

「ねえ若先生、さっき貴之さんのお隣にいらした方、末次清二郎《すえつぐせいじろう》の娘さんですよね」

帰りの車に乗り込むと、看護婦が、待ってましたとばかりに勢い込んで話しかけてきた。

「代議士の末次清二郎?　へえ……あの娘が。初めて見たよ。奥方のほうは、選挙シーズンにゃ連日テレビで観るけどね。あんまり似てないね」

「あら、お父さんそっくりですよ。エラが張ってて、鼻が上向いてて。遺伝って怖いわあ。確か三十六歳ですよ。聖心《せいしん》育ちのお嬢さまで、大学を出てすぐアメリカに留学して、いまは大使館で働いてるんですよ」

「よく知ってるねえ」

看護婦は鼻の穴を膨らませた。

「私、同じ美容院なんです。この間、お見合いで振り袖を着るからって、母親と一緒に打ち合わせに来てたんですよ。どんな相手なんだろって思ってたら、まさか、あの貴之さんだったなんて。うーん。だって申し訳ないけど月とスッポンでしょ、それか光源氏と末摘花《すえつむはな》の君……」

「……阿藤《あとう》くん」

こほん、という咳払いに、看護婦は慌てて口をつぐんだ。

「ぼかぁね、そういう噂話は……」

「す、すみません」

「大好きなんだよ」

やぁだもー、と笑い転げる。

「しかしねえ。昔から見合い話はいろいろ持ち込まれてたようだけど、相手が末次清二郎の娘となると、俄然《がぜん》あの噂に信憑性《しんぴょうせい》が出てくるなあ」

「噂って、あれですか？　四方堂グループは亡くなった正道さんの息子さんに継がせて、貴之さんは政界入りするっていう……」

「そうそれ。ま、もともと彼が東大に進学したのも、官僚関係のパイプ作りのためだったからねえ。あの頃にはまだ四方堂翁も直系の孫がいたことは知らなかったんだろうけど、それがいまごろ役立ったってわけだ」

「お孫さんって、何歳くらいなのかしら」

「正道さんが亡くなったのが十八年くらい前だから、十七、八だね」

「まだうちに検診に来たことないですよね。噂じゃ、四方堂の籍に入るのを渋ってるってことですけど、無理もないですよね。あの菱子《ひしこ》さんが、そりゃーもう酷《ひど》くお母さんをいびったらしいですよ。結婚できなかったのもあの人が猛反対したからだって話だし。きっとお孫さんにも辛く当たってるんでしょうね。看護婦にも文句ばっかり。検診にきたって、お茶を淹《い》れろだの、売店で雑誌買ってこいだの、あらこんな出涸らしみたいなお茶あたくしの口に合わないわーだの、こっちは仕事中だってのに。あたしたちのことなんか下々の者だと思って見下してるんですよ」

「かもねえ。確かお公家さんの血が入ってるから、世が世ならお姫さまだ」

「えぇー、お姫さま？　あの顔で？　夢が壊れるー」

診療鞄を抱いてぶるぶるっと首を振り、けど、とふと真顔に戻る。

「これって政略結婚ってことですよねえ……。大金持ちって気の毒ですね。自分で結婚相手も選べないなんて……貴之さんならきっと若くて綺麗《きれい》な恋人がいるはずなのに」

「だとしても、四方堂の妖怪じーさんに逆らう度胸はないだろうね」

「もしあの二人が結婚したら、どんな顔の子供が生まれるのかしら。貴之さんに似ればいいけど、あの人に似ちゃったら不幸だわぁ……先生もそう思うでしょ？」

そうねえ…と高槻は、山手の急な坂道を、忙しくハンドルを切りながらしばし考え込んだ。

「不細工でもなんでもいいから、ぼくの子供を産んでほしい相手、一人いるんだけどもねえ……」


近代ビル特有の、清浄な空調の臭いのするエレベーターを三十二階で降りた津田《つだ》は、いつものようにホール右手奥にあるトイレに立ち寄った。

鏡の前に立つと、大理石の洗面台を備え付けのペーパーですうっと撫で、濡れていないことを確認し、革の薄いアタッシェケースを置く。

乱れた髪に櫛を入れ、肩の塵《ちり》を念入りに払い、ネクタイの曲がりをチェックし、靴の曇りをティッシュで拭《ぬぐ》う。そして石鹸《せっけん》を使って丁寧に手を洗い、プレスされたハンカチで、爪《つめ》の先まで水滴を拭った。濡れた布の部分をきっちりと端を揃えて内側に畳み直し、スーツの内ポケットにしまう。最後に、襟《えり》を両手で引っぱって皺を伸ばし、もう一度髪をチェックすると、鏡に向かって頷き、ようやく満足してトイレを出た。

朝、昼、終業前、そして外出から帰ったとき、彼はこの服装チェックを欠かさない。日曜出勤であろうと怠ることはない。服装の乱れは精神の乱れに通ずる。それが彼の信条だ。きっちり整っていることが気持ちいい。汚れた部屋や乱れた服装で業務に就いたり、食事をする人間を、彼は許せない。食事のあとは三度三度歯磨きをするし、午後五時前にはアルコールを口にしない。特別な理由はない。ただ、それが正しい生活だと信じているのだ。

「おはようございます、室長」

休日の、ガランとした第一秘書室には、杉本《すぎもと》奈緒《なお》がいた。

「出張お疲れさまでした。あちらはいかがでしたか？」

「君も休日出勤か。なにかトラブルでも？」

「いえ、ただ室長なら、お留守の間のことが気になって出勤されるんじゃないかと思って、お待ちしていたんです。あ、これ、今朝メールで届いていた、東大の古宮《こみや》教授と開発部からのD—4に関するレポートです。プリントアウトしておきました」

「ありがとう。すまないな、せっかくの休日に」

「いいえ、とんでもありません」

あなたのためですもの——と、奈緒はにっこりと笑い返し、素早くポケットから取り出した手鏡で口紅の滲《にじ》みをチェックすると、ピンクのタイトスカートの皺をさっと手の平で伸ばしながら、室長室のドアをくぐる上司のあとに続いた。

主の信条そのままに、塵ひとつなく整えられたデスクには、ピンク色の薔薇《ばら》が一輪飾ってある。

奈緒は期待を込めた眼差しで、津田の理知的な横顔を見つめた。

昨年の秋、吉田製薬《よしだせいやく》が吸収合併した第三《だいさん》製薬から、この秘書室に異動してきた東大出身のスペシャルエリート。狙《ねら》っている独身女性社員は多いが、同じ社長秘書であり、直属の部下である奈緒がいまのところ一歩リードしている。

もともと、結婚相手捜しに縁故で入った会社である。今年で二十六。五の声を聞くと同時に短大時代の友人がバタバタッと片づいてゆき、いま独身なのは奈緒一人だ。容姿にとびきりの自信を持つ奈緒も、最近は焦りを感じはじめていた。

津田は堅物で仕事人間。面白味には欠けるが、ルックスと年収は奈緒の理想に近い。遊び相手は結婚してから見つけたっていいのだ。お局《つぼね》さまの金井《かない》さんみたいに、美人秘書とちやほやされているうちに婚期を逃すのは真っ平だわ……そのためにこうして休日出勤までしてるんだから。

しかし、席に着いた津田は、殺風景な部屋に添えられた彩りにはまったく興味を示さず、パソコンを立ち上げた。その間に、抽斗《ひきだし》の化学雑巾《ぞうきん》でデスクの上を拭《ふ》き、一・五センチ曲がっていた書類入れを机の辺と直角に置き直す。

「こちらが、お留守の間に入った電話のリストです。亀山《かめやま》商事の秘書室から、明日のゴルフの再確認が入っていましたので、変更なしでお返事しておきました」

一輪挿しを邪魔そうに棚の上にどける津田に、メモを読み上げながら、奈緒は軽い失望を浮かべた。

「昼ごろ、第二営業部から、今夜の会食の店を変えてほしいとの要請がありました。先方が、昨晩の夕食がお鮨《すし》だったらしいので、洋食のほうが……とのことです。それから、室長宛《あて》に朝からお電話が三十分置きに。ぜんぶ、同じ男性からです」

「誰だ」

「それが、おっしゃらないんです。お名前を伺わないとお取り次ぎできないって、何度も申し上げたんですけど……」

「どんな男だ。クレーマーかなにかか？」

「いいえ、そういう感じでは。言葉遣いも丁寧ですし。バリトンの、よく通る声で……舞台俳優みたいな」

パソコンのマウスをクリックしていた津田の指が、なにかに動揺したように止まった。

「さっきは三時にかかってきましたから、もうそろそろまたかかってくる頃だと思いますけれど」

「………」

「……室長？　どうかなさいました？」

首を傾げる奈緒に、津田ははっとしたように顔を上げた。

そのとき、卓上の電話が鳴った。手を伸ばそうとした奈緒は、それを遮るように素早く受話器を上げた津田の勢いに驚いて、目を丸くした。

津田は、保留ボタンを押すと再び受話器を下ろし、怪訝そうに見つめている奈緒に書類を突きつけた。

「これを社長室の机の上に。それから、留守の間にあった電話の用件を社長宛にメールしておいてくれ。早急に頼む」

「わかりました。あ、お店の変更は」

「……そうだな。フレンチがいい。貞元《さだもと》社長はフランス支社の生活が長かったはずだ」

「それでしたら、麻布《あざぶ》の〝しらとり〟はいかがでしょう。パリの三ツ星レストランで経験を積んだシェフが、気取りのない創作料理を出します。口のおごった貞元社長にも気に入って頂けると……」

「なんでもいい、君に任せる。とにかく至急だ」

「は、はい。すぐに」

ヘンなの、いつもならメニューに細かい指示まで出すし、社長への報告も絶対に自分でする人なのに……。

（あの電話のせい？　誰なんだろ）

いつも沈着冷静な津田の慌てぶりに、後ろ髪を引かれる思いを残しつつ、奈緒は室長室を後にした。

静かにドアが閉まると、津田の手は、再び受話器を持ち上げた。

解除ボタンを押す指が、目に見えるほど震えていた。

「もしもし……」

4

「模試会場の行き方がよくわからなかったんだ。東京の電車ってわかりにくくて。プリントに書いてあった地図もちっちゃくてよくわかんないし……それで、岡田《おかだ》くんのあとについていこうと思ったんだ。何度も声をかけようとしたんだよ。でも、佐山《さやま》くんと仲良くお喋りしてたから、邪魔しちゃいけないかなーと思って」

「そりゃ気を遣わせて悪かったな。……ちなみにおれは佐倉で、あいつは岡本《おかもと》」

駄菓子屋の店先から引っこ抜いてきたような古びたベンチが、赤と青、コート際に二つ設置されている。

コカコーラのロゴが入った赤いベンチに腰掛け、組んだ膝《ひざ》の上に頬杖をついた悠一は、うんざりと訂正した。

「ついでに云うと、会場は逆方向。だいたい、こんなボロッちいビルの地下で全国模試やってるわけないだろうが。途中でおかしいと思わなかったのか?」

その隣、お重を膝にのせてちょこんと腰掛けた及川が、四方堂家家政婦手製の太巻きをもぐもぐ頬ばりながら、うん、と大きな眼鏡をずり上げる。

「思ったけど、帰り道がわからなくなっちゃって」

悠一は大きな溜息《ためいき》をついた。

ずっと後ろを歩いてたってことは、会話も筒抜けだったわけだ。ここへの出入りも、サボりもモロばれか……。

(頭痛がしてきた。面倒なヤツを連れてきてくれたもんだぜ、オカも……)

ギャラリーからワッと大歓声があがった。

一足先にウォームアップを終えた吉彌が、デモンストレーションで豪快なダンクシュートを決めたのだ。リングにぶら下がったまま、憎ったらしい笑顔を赤ベンチに寄越してくる。

「……とりあえず、おまえはそれ食ってろ。ゲームが終わったら駅まで連れてってやる」

「でも、試験」

「どうせもう間に合わねえよ。——オカ!」

ウォームアップを終え、Tシャツに着替えた柾が、額に汗止めの赤いヘアバンドを巻きながら振り返った。

もともと利かん気そうな二重が、バトルを前にますますきつく切れ上がっている。ほっそりとした輪郭の、どちらかといえば少女めいた面立ちがやわに見えないのは、その凜《りん》とした眸の力強さのせいだ。

身長一七〇センチ。チビってほどじゃないが、全体に細身の造りで、肩も腰もさっきの吉彌の半分ほどだ。まともに当たったら吹っ飛ばされかねない。

いいか、と肩に手を回し、悠一はコートの中を目で指した。

「赤いTシャツはラフプレーが多い。うまく引っかければファールが取れる。あっちの出っ歯は高校時代、百メートル走のタイトルホルダーだった。速攻に注意しろ。それになんたって要注意は吉彌の高さだ。あっちのペースに持ち込まれたら、最後までボールに触れずにゲームオーバーだぞ。幸い足はそう速くないから」

「わーってる。見てろあの木偶《でく》の坊《ぼう》。ギッタンギッタンにひねり潰してやっからな！」

「だからあいつのペースに巻き込まれるなって……」

「いってくる！」

果たしてアドバイスが耳に入ったのかどうか、肩を怒《いか》らせてコートに飛び出して行く。悠一はやれやれと、柾が落としていった上着を拾い上げた。

「ほんまにええのん？　彼一人で」

壁際に立っていた棗が声をかけてきた。いつの間にか、片手に太巻き。好物やねん、なんて云いながら、面白がるような眼差しで悠一を見上げる。

「いまからでもシューズ貸したるけど？　ま、ウチのほうは、盛り上がるんやったら3 on 1でも5 on 1でもかまへんけどな」

「え、三対一で勝負するの？」

指の飯粒を舐《な》め取りながら、及川が横から尋ねる。

「そう。その代わり通常のゲームやのうて、十分間で五ゴール先取したモンの勝ちや。どっちが勝つと思う？」

「えーっ。どっちって……だって三対一だよね？　身長差だってあんなにあるし……そりゃあやっぱり……」

くるっと振り返った悠一に、びくっとして、

「お、岡山くん、かな」

「……岡本だ」

ぼそっと悠一。

「ふぅん。百円持っとる？」

「あ、はい」

棗はコーデュロイパンツのポケットから、ピンク色の紙束を取り出した。ちょうど新幹線のチケットほどの大きさだ。その一枚を、百円と引き換えに及川の手の平にのせた。

「ほい。万馬券」

「万馬券っ？」

及川の顔がパアッと輝く。

「わー、初めて見た！　この馬が一等になったら、沢山お金が貰えるんですよねっ」

「そ。お友達が勝ったら、一万三千円の配当金がきみのモンや。よーおく祈っとき」

「はいっ。……ん？　あれ？　でも……勝ったらって……あのー…こういうのって、賭博《とばく》なんじゃゃ……」

「ん？　君、新聞読んでへんな？　この一月から、日本でも私営賭博が認められるようになったんやで」

「えええっ！」

「あかんなあ、これやから若い子ォは。高校生やろ？　しょーもないテレビばっか観てんと、もっと新聞やニュースしっかり見て、社会の動きに目ェ配らんと、大学も受からへんで」

「そ、そーいえば、そんなニュース見たような気が……」

「ばか。そんなくだらない嘘信じるなよ。日本で認められてるのは競輪、競馬、競艇の公営賭博だけだ」

「えっ、ええっ？　じゃ、じゃあ、これ……」

「非合法に決まってるだろ。パクられたら二十万以下の罰金だからな。前科モンになりたくなかったら、ここで見聞きしたことは他言無用だぜ」

「ぜ、前科ッ!?」

「ははは、なーに、そんな顔せえへんでも黙ってたらバレへんよ。ぼくはもう十年もここで商売しとるけど、いっぺんも手入れが入ったことない」

と、棗は青ざめる及川にすっと顔を近づけ、声を低めた。

「つまり、もし警察の手入れが入ったら、君が喋ったゆうことやなぁ」

「そっ……そんなぁ……」

「嘘に決まってんだろ。十年前じゃ棗さん、小学生じゃねえか」

「あっ、そ、そうだよね」

「バラしたらこの辺に傷のあるお兄さんが指詰めに来るかもしれないけどな」

「そんなあぁ……」

「お、はじまるで」

ホイッスルに、待ち兼ねたギャラリーからワアッと歓声があがった。

3on3では通常コイントスでボールの先取を決めるが、特別ルールで、柾が先攻だ。

速攻。そして次の瞬間。

ギャラリーの半分以上が、なにが起こったか見えなかったに違いない。

彼らが見たのは、ゴールポストから落ちてくるボールと、リングに片手でぶら下がっている柾の姿だった。

一瞬、水を打ったように静まり返る場内。

JACSの三人も、唖然とコートに立ちつくしている。

そして、嵐のような歓声がドオッと巻き起こったとき、すでに柾は、我に返ってリバウンドを取った吉彌の手から、風のようなスピードでボールを奪い取っていた。

及川の手から、ぽろりと太巻きが落ちた。

「すごい……」

圧倒的なワンサイドゲームだ。

低いドリブルでこまねずみのように三枚のディフェンスをすり抜け、驚異的なジャンプ力でボールをリングに叩き込む。

かと思えば、スリーポイントラインから、美しいロングシュートを決めてみせ、次の瞬間にはインターセプトしたボールを強引にダンク。

一七〇センチのスレンダーな少年の、平均十三センチも差のある大男三人を向こうに回しての大活劇に、ギャラリーは沸きに沸き、歓声と足踏みで地響きがしている。

「口に蝿が入るで」

ぽかんと口を開けっぱなしの及川を、棗がからかった。

「そこへいくとこちらさんは、予測してたって顔つきやね」

両腕を組んでクールにゲームを見守っている悠一を、探るように見上げる。

「フルタイムマッチやったら、パス回しで時間稼がれとるうちにゲームオーバーになってまう危険性がある……けど、五ゴール先取ルールやったら、体力を消耗する前にケリがつけられる。……どうりでシューズが必要ないわけや。吉彌がこのルール呑《の》んだ時点で勝負は決まってたわけか。策士やねえ」

「いいや。これがフルセットマッチだろうと、あいつの勝ちだ」

——と、悠一の台詞《せりふ》を、横から奪った男がいた。

「パス回しで時間が稼げるなんて考えは、あいつの運動能力とテクを舐めてる。素人に毛が生えたくらいのプレーヤーじゃあいつは止められない。これが三人が五人でも、結果は同じだ」

悠一は男の横顔を見た。

男——いや、まだ少年の面立ちだ。

悠一や柾と歳は変わらないだろう。一八〇センチの悠一が見上げる長身。厚手のダウンジャケットに隠されてはいるが、その体つきがアスリートの——それもトップクラスの人間のそれであることは想像にかたくない。

(誰だ?)

コートの中を、動作ひとつ漏らすまいとばかりに凝視する眼——張り詰めた、それでいて冷えた眼差し。

なにかがふと、悠一の記憶をひっかいた。

——どこかで会ったか?

「まだいてたんか」

棗が、ゆっくりと彼に顔を向けた。

「帰らんでええのん? 病院、面会時間二時までなんやろ」

少年は無言だった。ポケットに両手を突っ込んだまま、食い入るようにゲームを凝視している。

棗の知り合いなら、ここのプレーヤーなのは間違いない。——しかし、その張り詰めた眼差しが擦《こす》るのは、悠一の別の記憶の部分だった。

スキャンするように、もう一度、陽焼けしたその横顔を見つめ直そうとしたとき、

「やったーっ! すごいすごいすごい!」

興奮した及川が、飛び上がって歓声をあげた。

怒濤《どとう》のような歓声と拍手と怒号——勝利を讃《たた》える口笛、外れ馬券が吹雪のように舞い上がる。

ＪＡＣＳの三人が、がっくりとコートの中でうなだれていた。その頭上、決勝点を決めた柾が、リングにぶら下がったまま、ベンチに向かって得意げに親指を立てる。

不意に、その顔から、満面の笑みが滑り落ちた。

「……ざき……」

唇が、誰かの名前の形に動いたように見えた。

驚きに見開かれた目は、まっすぐに長身の少年に向けられている。

悠一がはっとして再度彼の顔に目を向けようとしたその刹那《せつな》、リングを掴んで宙に浮いていた柾の体が、バランスを崩したままどおっとコンクリートの上に落下した。

「いっ……てえ」

「バッカ、なにやってんだ。大丈夫か⁉」

「西崎《にしざき》っ！」

タオルを片手に駆け寄った悠一の手を振りほどき、捻《ひね》った足で駆け出そうとする。

しかし三歩と進むことはできなかった。興奮してデッキを乗り越えてきたギャラリーが、柾に向かってわっと押し寄せてきたのだ。

「西……西崎っ！　ってー…おい、どけよ！　通せって！　西崎……っ！」

もみくちゃにされ、嵐の波間に浮かぶ枯葉のようにあっちへこっちへ押しやられる。ぐしゃぐしゃにされながら首を伸ばすと、熱狂した男たちに担ぎ上げられ、じたばたもがいている柾の姿が見えた。

十数分後、棗が出動させた警備チームによって会場はようやく秩序を取り戻したが、柾が西崎と呼んだ少年の姿は、すでに忽然《こつぜん》と消えてしまったあとだった。

# 5

「……今日は朝から一日、上の空だな」

うなじにそっと置かれた手の温かな重みに、ぼんやりと車窓に額をくっつけて、雪にけぶる東京タワーに見とれていた柾は、ふっと現実に引き戻された。

いつの間にかテレビモニターのスイッチは消され、リムジンの車内は、街明かりに照らされるだけの薄闇に戻っていた。ベージュ色の本革のシートにゆったりと腰掛けた貴之の顔に、街灯のオレンジ色が、やわらかな陰影を差しかけている。

たったいま夢から覚めたように目をしばたたく柾に、彼は温かに微笑みかけ、猫の背中を撫でるような優しさで、ほっそりとした首筋を愛撫《あいぶ》した。

「大丈夫……お母さんのことなら心配はない。ミラノ支社の者にアパルトマンの様子を見に行かせているから、じき連絡が入るだろう」

「あ……うん」

大きく息をついてシートに座り直した柾は、自分が母親の絵葉書を力一杯握りしめていたことにやっと気がついた。手を開いてみると、青い万年筆の文字が、ところどころ汗で滲んでしまっている。

成田着十八時。——女性らしいまろやかな筆跡で、そこには確かにそう記されている。しかし、予定の便から彼女は降りてこなかった。

乗客名簿にも岡本瑶子の名前はなく、窓口のスタッフが調べてくれたところによると、確かに半月前ミラノで予約されたが、直前にキャンセルされているという。――つまり、雪の中わざわざ東京から成田まで出迎えに行った二人は、まんまとすっぽかされたわけである。

柾は親指で水彩画の大聖堂の皺をぎゅっと伸ばした。

「ったく……。来ないんなら来ないって電話くらいよこせってんだよ、ルーズってゆーか、いーかげんってゆーか。ホントにごめん、貴之。せっかく迎えに来てくれたのに……」

「いや。なにかご事情があったんだろう。むしろ、久しぶりにおまえとドライブができて、母上に感謝というところだな」

テノールの柔らかな笑い声。柾の口もとにもくすっと笑みが浮かんだが、それは真夏のアイスクリームのように、あっという間に溶けてしまった。

絵葉書を握る手の上に、貴之の手が優しく重なる。

「大丈夫だ。心配ないよ」

「……うん」

頷いたものの、実を云えば、母親のことはさほど気がかりではなかった。

心配してくれる貴之には悪いけれど、あの母親のことだ。土壇場になって旅費が惜しくなったとか、寝過ごして飛行機に乗り遅れたとか、どうせそんなところに決まってる。明日になったら、もっと安い便でけろっとして帰国してくるかもしれない。

上の空の原因は、もっと別のことだった。

またひとつこぼれ落ちた溜息。それを拭うように、貴之の指がそっと唇に触れた。顎を掬《すく》い取られ、キスされるのかな……とドキッとしたが、

「……痛むのか?」

貴之はかすかに眉をひそめて、そう尋ねた。

「え? ああ……平気だよ。軽い捻挫《ねんざ》だし」

向かいのシートに投げ出した右脚を、ちょっと持ち上げてみせる。足首の包帯は、棗が手当てしてくれたものだ。

「やはり病院で診てもらったほうがいいんじゃないか?」

「大げさだって。もうそんなに痛くないよ」

「柾は我慢強いからな、もし腫《は》れが引かないようなら明日きちんと診てもらいなさい。それにしても、運動神経の塊のようなおまえが、駅の階段を踏み外すとはね」

「弘法も筆の誤り」

「弘法、ね。てっきり、猿もなんとやら……のほうかと思ったよ」

ぷっと口を尖《とが》らせて太腿《ふともも》をつねる柾に、貴之は声をたてて笑い、おいで、と柾の頭を肩にもたせかけた。労《いたわ》るように髪を撫でる。年上の恋人はかなりの心配性だ。

「中学生の頃は、バスケ部でしょっちゅうこんな怪我をして帰ってきたな。完治しないうちに無理にまた練習に出て、怪我をした足を庇《かば》って今度は逆の足を痛めて……それでも一度も

練習を休んだことはなかった」

「うん……好きだったから」

「そんなに好きだったのに、どうしてやめてしまったんだ？」

同じこと、前にも誰かに訊かれたな……。

首筋から薫《かお》るコロンの匂いを嗅《か》ぎながら、柾は、親指の爪にキリ…と歯を立てた。


「西崎？　ああ……さっきのあの子な。まあ、云うたら、君と同じフリーの助っ人や」

みるみるうちに腫れ上がってきた右足に手際よく湿布を貼り、包帯を巻きながら、棗はもどかしいほどのんびりした口調で、柾の問いにそう応えた。

「戦力の足りひんチームに、一回配当の十パーセントで勝ちを請け負う。なかなか人気のある子ぉやよ。君とはまだ顔合わせたことなかったか」

「いつからっ!?　あいつ、いつからここに来てんですか!?　いまどこに住んで……」

「ちょお」

激しくセーターの肩を摑んで揺さぶる柾に、棗は冷たくすっと目を細めた。

「エントリーする人間の氏素性は問わへんのがウチの掟《おきて》。職業、年齢、住所……君らにかて聞いたことはないはずやで。人にはそれぞれ事情がある。野暮な詮索はルール違反いうもんや」

「………」

「はい、おしまい。今日は風呂入ったらあかんで。たいした捻挫やないけど、夜になったら熱が出るかもしれへん」

と、またおっとりとした笑顔に戻って、ジャージを捲《まく》り上げた臑《すね》をぴしゃりと叩く。

「……ありがとう、ございました」

「どーいたしまして。こちらこそ、今日はええモン見さしてもらったわ。次回から君への挑戦者が増えそうやな」

救急箱を提げて立ち上がった棗は、思い詰めた目でじっとスニーカーの爪先を見つめている柾の頭を、子供をあやすようにぽんぽんと軽く叩いた。

「ここに出入りしてたら、いずれ顔を合わせることもあるやろ。聞きたいことがあるんやったら、そんとき本人に聞いたらええよ」

「………」

柾はギリッと下唇を嚙んだ。

西崎……。

どうしてあいつが、あんな場所で……。

「柾？」

軽く肩を揺すぶられ、柾はハッと顔を上げた。驚くほど間近に貴之が覗き込んでおり、リムジンはいつの間にか家の車寄せに横づけされて、運転手が、開いたドアの横で柾が降りるのを待っていた。——またもやぼうっとしていたらしい。

「あ、ご、ごめん」

「やれやれ。今日は本当にどうかしてるぞ」

失笑して逆のドアから降りた貴之が、両腕を差し伸べ、柾の体をシートから抱き上げた。

「ちょ、貴之！　いいよ、自分で歩けるって！」

「雪で滑って左足も挫《くじ》いたらどうする。おとなしくしていなさい」

「やだよ、みっともないじゃんかっ」

「では貴之さま、わたくしはこれで」

運転手が粉雪の葺《ふ》いた帽子を取る。

「ああ。雪の中、ご苦労だった。帰り道に気をつけて」

「ありがとうございます。おやすみなさいませ」

「おやすみなさ……ぎゃーっ、落ちるーっ！」

「暴れるからだ。ほら、インターホンを押して。三代、帰ったぞ。三代！」

いつもなら、門に貴之の車が入ってくると、なにをおいても玄関に出迎える三代が、今日に限ってインターホンにも応答しない。

「もう帰っちゃったのかな。雪降ってるし」

「そんなはずはないが……」

「貴之、鍵は？」

「内ポケットだ」

貴之の首に抱きついたまま、片手をスーツにごそごそと突っ込んで、キーホルダーを探り出す。

二重ロックを外し、分厚い扉を押して開けると、黒御影《くろみかげ》の三和土《たたき》に、見慣れない靴がぞろりと並んでいた。

履き古した下駄、踵《かかと》の潰れたスニーカー、そして妙にデカいハイヒール。そして奥から、なにやら賑《にぎ》やかな気配。

いやあああ～な、予感がした。

怪訝そうに顔をしかめた貴之と、柾の不安な瞳がかち合う。

そして、二人がドアを開けるのを一瞬躊躇《ちゅうちょ》したその刹那、室内から、魚河岸《うおがし》のオヤジみたいな嗄《しわが》れ声。

「こいこい、こいこい！」

「えいっ、勝負っ！」

「うわーっ、また猪鹿蝶《いのしかちょう》かよぉ！　まいった、お三代さん強《つえ》えなあぁ」

「まあそんな。たまたまついていただけでございますよ」

「おっかしーなあ、女の三代さんにたまたまがついてるわけねえのによ」

「ばっかだねえ。くだらないこと云ってないで、お銚子《ちょうし》二、三本つけてきとくれ。こいつぁちょいと体あっためてエンジンかけないと、ぜんぶ三代さんにもってかれちまうよ」

「へい、姐御《あねご》！」

「あ、助六《すけろく》さん、お酒ならわたくしが」

「だめだめ、勝ち逃げしようったってそうはいかないよ。さ、配って配って。ちょいと、助六！　あんた昔板前やってたんだろ、なんかてきとうにツマミ作っとくれ」

リビングが――モダンな北欧の家具が配された、三十帖大の居心地いいリビングルームが、突如として、賭場《とば》に変身していた。

そこらじゅうに散乱した空の徳利《とっくり》、上寿司の器。絨毯《じゅうたん》に車座になって、捩《ねじ》り鉢巻きで千円札を数えている「松鮨」の紺半纏《こんばんてん》。いそいそと台所に立つニッカボッカの若い男に、タイトなロングスカートを捲り上げ、脂ののった太腿もあらわに胡坐《あぐら》をかいた年かさの美女が、ハスキーな声であれこれ指図している。

スパイラルウェーブの長い黒髪をかき上げた彼女は、戸口で茫然《ぼうぜん》と佇《た》ちつくす二人を見ると、おやまあというように、アーチ型のくっきりした眉をゆっくりと撓ませた。

「お帰り。遅かったじゃないの。そんなところに突っ立ってないでお入んなさいよ。寒いだろ？」

化粧っ気のない、スーパーモデルみたいに造作の派手な顔立ち。大きい唇で、悪びれもせずあっけらかんと笑ってみせる。

その傍ら、絣《かすり》の着物に襷《たすき》を掛けて札を配っていた三代が、んま……と絶句するなり顔を真っ赤に染めた。

「……なっ……」

柾の顔も、みるみると真っ赤になった。こっちは怒りで、だ。

「なにが遅かったじゃないの、だよっ！　なにやってんだよこんなとこでっ……成田に六時じゃなかったのかよ！」

「ごめんごめん、一足先にロシア経由の格安チケットが取れたもんだからさ。それが、乗ったはいいがトランジットで十時間も待たされてくーったくた……おーっと、来た来た来たっ！　あっはっは、十文頂きっ！」

「……お元気そうでなによりだ」

呆《あき》れ果てたような貴之の呟き。真っ赤になった顔が、恥ずかしさにますます茹《ゆ》で上がる。こういう母親だってことはわかってたけど、よりによって貴之の前で。穴があったら入りたい。

「ちょいと貴之さん、あんたもこっちきて混ざんなさいよ。ええ、やったことない？　なーに、誰だって初めは童貞と処女よ、お姐《ねえ》さんがどーんと教えてあげるから」

……いっそ穴掘って埋まりたい……。

古びた枝折《しお》り戸の前でタクシーを降りると、三味線の音色が聞こえてきた。

先ほど雪はやんで、青白い三日月が雲の切れ間に顔を出している。京都から旧《ふる》いお茶屋を移築し、蹲踞《つくばい》の植栽までそのままそっくり再現したのだという瀟洒《しょうしゃ》な佇《たたず》まいの庭に、青白い光を投げかけていた。庭の飛び石が、真綿に落とした釦《ボタン》のように、一面の雪に点々と並んでいる。

大きく庇《ひさし》を張った玄関に、誰が作ったものか、小さな雪だるまが三つ並んでいた。

「いらっしゃいませ」

どこで客の入ってくる気配を見ているのか、格子戸を開けたときにはすでに、上がり框《がまち》の牡丹《ぼたん》の衝立《ついたて》の前に、恰幅《かっぷく》のいい着物姿の男が膝をついて津田を出迎えていた。

この店の番頭である。異常なほどの福耳で、禿《は》げ上がった広い額まで色艶《いろつや》がいい。常に柔和そうな笑顔を絶やさぬ男だが、津田には、それがかえって得体が知れない。こんな店の番頭が、見かけ通りの好漢であるはずがなかった。

番頭は津田の顔を覚えていた。用件を口にする前に、なにもかも心得ている、というよううに頷いた。

「お待ちかねでございますよ。——おい、誰か。離れのお客さまですよ。ご案内しなさい」

ぱんぱん、と手を打つと、奥の暖簾《のれん》から、あでやかな友禅の振り袖を纏った目のくりっとした愛くるしい少年が出てきた。初めて見る顔だ。

「はぁい。お鞄とコート、お預かりいたします」

「結構だ」

トレンチコートを脱がせようとする手を、意識的に強く払いのける。

その仕種《しぐさ》から、津田の嫌悪感を敏感に感じ取ったのだろう。少年は顔を硬張《こわば》らせて手を引っ込めた。無言のまま背中を向けて廊下の奥へと津田を誘《いざな》う。さっさと己の職務を果たして、この感じの悪い客とおさらばしようと考えたようだった。

三間ほどの渡り廊下の途中に、紅色の寒椿《かんつばき》が、雪の帽子を被っていた。

離れは小さなものだ。六畳間が二つに、風呂がついている。振り袖の少年は、濡れ縁に膝をつき、明かりの漏れる室内に声をかけた。

「失礼いたします」

すーっ…と音もなく猫間障子が開く。

思わず、津田は眉をひそめた。

部屋の真ん中に布団が延べられ、明らかな情事の跡を残すその上で、赤い襦袢《じゅばん》姿の美しい少年が、男に膝を貸していた。

一九〇近い長身をのびのびと横たえ、気持ちよさそうに耳かきをしてもらっている男のほうは、あろうことか少年と揃いの赤い襦袢に、振り袖を引っかけている。枕もとに煙草盆と酒。火の入った火鉢の上で、しゅんしゅんと鉄瓶《てつびん》が沸いていた。

「……いよぉ。来ねえかと思ったぜ」

男は片目を開けて津田を見上げると、厚みのある唇に薄い笑みを浮かべた。懐から手を出し、少年の膝頭を軽く叩く。

「酒をつけてきてくれ」

「はい」

心得たもので、少年はさっと襟を整えながら立ち上がると、目を伏せたまま津田の傍らをすり抜けて奥に引っ込んだ。けっして興味本位に、旦那衆《だんなしゅう》の客の顔をじろじろ見たりはしない。彼らは皆、こうした躾《しつけ》がよく行き届いている。

この店にいるのは、見目形のいい少年ばかりだ。女の姿は見たことがない。彼らが客の世話や給仕をし、時には閨《ねや》の相手もする。

初めて彼らを目の当たりにしたとき、いったいどんな事情からこんな場所で働かされているものか、まだ学校に通っている歳だろうに……と、思わず同情しかけた津田を、少年の一人は「お客さん、ドラマの観すぎ」と一笑に付した。

「ちゃんとガッコには行ってるってー。ここ、援交より安全で金になるんだよ。ちょっとお作法とかうるさいけどさ、ここの客、身元はしっかりしてるしエライ人ばっかで小遣いたっぷり貰えるから」——そうあっけらかんと答えられた日には、なんという世の中だと頭を抱えたくなった。

そして、その腐りきった世相の権化が、目の前にいる。

どうせ、今日も昼からしけこんで酒を食らって寝ていたのだろう。浅黒い角張った顎に無精髭を繁らせ、硬い黒髪の裾が寝癖で跳ね上がっている。

巷《ちまた》では社会派でちょっとは名の売れたルポライターらしいが、いつもぶらぶらと酒ばかり食らって、ちっとも仕事をしている様子がない。乱れきった服装といい、人をばかにしたような目つきといい、にやついた口もとといい、この男は会う度に津田を苛立《いらだ》たせずにおかなかった。

だいたい、昼間からこんな連れ込みに平然と出入りしているような男が、どの面を下げて社会派なのだか――ともかく、この男に関するすべてが、反吐《へど》が出るほど嫌いなのだ。

また、津田には、この男を嫌ってあまりある、確たる原因と理由があった。

「雪はやんだようだな」

草薙《くさなぎ》は、起き上がって布団の上に胡坐をかくと、片手で煙草盆を引き寄せた。灰を被せておいた炭を火箸《ひばし》でつつき、息を吹きかけて火種を熾《おこ》す。

「ンなとこに突っ立ってないで、まあコートくらい脱げよ。飲むだろ。めしはすませてきたのか?」

「……どういうつもりだ」

「ああん?」

慣れた仕種で煙管に火をつけ、ふー…っと煙を吐き出す。

「勤務先には電話をかけてくるなと、あれほど云っておいたはずだ」

「ああ。家にかけても携帯にかけても繋《つな》がらなかったんでな。おまえさんのこった、日曜出勤してるんじゃないかと。ビンゴだったな」

「……」

とぼけたような顔つきの前に、津田は、コートの懐から引っぱり出した分厚い封筒を放り投げた。

なんだ？　と草薙が目だけでぎょろりと、津田の硬張った顔を見上げる。

「……五百万入っている。これで最後にしてくれ」

草薙はつまらなそうにそれを一瞥し、大きく煙を吐いた。

「金をせびった覚えはねえんだがな」

津田はカッと声を荒げた。

「強請《ゆすり》も同然だろうが！　昼間から何度もオフィスに電話をしてっ……部下にどう思われるかっ……」

「そりゃ自意識過剰ってもんだろ」

大きな手で猪口《ちょこ》を包み込むようにして酒を呷《あお》り、親指をぺろりと舐める。

「おれはただ電話をしただけだぜ。恥ずかしい写真をばらまいたわけでもなきゃあ、エロいビデオを撮ったわけでもない……ここへ来るのは、おまえさん自身の意志だろうが」

「な……ばかを云うなッ。わたしはッ……」

「まあまあ、そうカッカするなって。まずは座れよ。駆けつけ三杯といこうぜ」

からかうような薄ら笑いを浮かべて徳利を振る草薙に、津田は左手に提げたアタッシェケースをグッと握りしめ、顔を背けた。

「いらん」

「ずいぶん嫌われたもんだ」

草薙は猪口に酒を満たすと、それを塗り盆の上に置き、その手で、畳に落ちた封筒を拾った。

それを見た瞬間、津田は、ホッとすると同時に、安堵《あんど》ではない、なにか冷たいものが、喉を駆け下りていくのを感じた。

それは、失望にも似ていた。

穢《けが》らわしい、唾棄《だき》すべき男だが、金で動くはずはないと——自分で大金を差し出しておきながら、どこかで、そう思っていたのかもしれない。

現にこの三ヵ月、草薙から金の話を持ち出してきたことは一度もなかった。支払いもきれいなもので、宿代、酒代はおろか、煙草代すら津田にもたせたことはない。

しかし、やはりこの程度の男だったわけだ。

津田はふうと大きく息をつき、唇をゆっくりと嘲笑《ちょうしょう》の形に変えた。初めて、この男より優位に立ったのを感じた。

——所詮、屑《くず》は屑だ。

美貌に、冷たい冴《さ》えを蘇《よみがえ》らせ、踵《きびす》を返そうとした津田に、深みのあるバリトンが静かに云った。

「……つまり、こいつは、おまえのプライドのための口実ってわけだな」

分厚い封筒をつまんでぶらぶらさせながら、顎に手を当てて、にやりとする。

「おれがこいつを受け取れば、ここへ来る大義名分ができる……卑劣漢に脅されて、仕方なく大嫌いな男に体を任せてるんだと、自分に言い訳できるってわけだ」

津田の白皙《はくせき》が、耳朶までカアッと朱に染まった。

「なっ……あっ！」

草薙がいきなりぐっと手を引き、津田の体を布団の上に突き転ばせた。

転がり落ちたアタッシェケースが、部屋の隅まで畳を滑ってゆく。

襟首を摑まれ、果物の皮を剝《む》くように、背中からコートを一息に剝《は》がされる。とっさに抵抗もできず、青ざめた顔を振り向けた津田を、草薙は両手首を後ろで一纏めにし、自分の膝の上に引き起こした。

「やめろッ、はなせッ」

「あんときもそう云ってたっけな」

両脚を膝で巧みに割り、うなじに熱い唇を這《は》わせる。草薙の目がなにかを見つけ、鋭く光った。

「手と足を椅子に括《くく》りつけられて、目隠しされて、やだやだ……って泣いてたっけ」

「ばかを云うな！　誰が泣いてなどッ……」

「泣いてたさ。もう忘れちまったのか？　ここんとこから、いっぱいトロトロ涙零《こぼ》してたじゃねえか……」

「ああッ」

体をよじり、どうにか男から逃れようと抗《あらが》っていた津田は、ズボンの上から軽く引っかかれただけで、喉をのけぞらせてびくっと腰を跳ね上げた。その過敏すぎる反応に、くっ…と背後で男が忍び笑う。

「忘れちまったんなら、思い出させてやってもいいんだぜ……？」

太い指が、ネクタイの結び目にかかり、焦《じ》らすようにゆっくりとほどいてゆく。津田は激しく肩をよじった。

「やめろッ！　手をはなせッ……ひッ…」

耳の穴をねちゃねちゃとねぶられ、さらに、乳首を、芽を摘み取るように捻り上げられ、津田は悲鳴を放った。

津田の体はその責めに弱かった。乳首をつままれ、こすり合わせるようにむごく揉みしだかれると、痛みの中に、じぃん…と痺《しび》れるような快感が生まれ、波のように全身に広がってゆくのだ。そしてその波同士があちこちでぶつかり合い、さらに大きな波になって襲いかかってくる。

穢らわしい男に弄《もてあそ》ばれ、女のように感じてしまう自分に、屈辱と、たまらない羞恥《しゅうち》がこみ上げてくるのに、それがさらに後ろめたい官能を追い上げるのだ。

「どうした。いやなんじゃなかったのか？　顔がうっとりしてるぜ」

揶揄《やゆ》に、津田ははっと頭を振った。

いけない、流されては——このままでは、男の思う壺《つぼ》だ。

津田は激しく胸を喘《あえ》がせながら、最後の理性を振り絞るように、男の太い腕に必死で爪を立てた。

「やめろッ……わたしを、はなせッ……」

「そうじゃねえだろ。せっかく大義名分を作ってやったんだ。素直になって、本音を云ってみろよ」

背中に取られた両手首が、さらにぎゅうっと力を込めて握られるのを感じ、津田の頭がぐらっと揺れた。両手を戒められ、自由を奪われて、後ろから腰を抱かれていると、なぜか頭の芯がぼうっと痺れて、なにも考えられなくなってしまうのだった。

ほっそりとした頤《おとがい》が、大きな手で一摑みにされ、無理やり明かりのほうへ向けさせられる。ほつれひとつなく整えられていた黒髪はめちゃめちゃに乱れ、きつく閉じた瞼《まぶた》の上にざんばらに降りかかっていた。

「本当はどうしてここへ来たんだ？　強請られたわけでもないのに、呼び出されるとぶつぶつ云いながらも毎回ちゃーんとおれに会いに来るのはどうしてだ？　あン？」

「…………」

「……云ってみな。本当はどうしてほしい？」

津田はギリ…と手の平にきつく爪を食い込ませた。だがその程度の痛みではもはや、加速度的に官能の坂を滑り落ちはじめた彼の意識に、歯止めをかけることはできなかった。

蚊の鳴くような、力のない声が漏れた。

「もっと大きな声で云うんだ」

全身から、汗が噴き出すのを感じた。足の指が、シーツを摑むように、内側にぎゅうっと折れ曲がる。

がっくりとうなだれ、嚙み縛った白い歯の間から、やがて、溜息のように、しかしはっきりと意思を持って、歪《ゆが》んだ欲望の言葉が吐き出された。

「……縛って……」

6

「いやー、まいったなんてもんじゃないわ。ロシア経由の格安便に乗ったはいいけど、トランジット先の空港が吹雪で閉鎖されちまっててさ……うーん…もうちょい右……休憩予定のホテルにも移動できなくてあーそう、そこそこ……それで結局、三十時間も機内に閉じ込められっぱなしよ。おまけに機内食はまずいし、トイレは汚い、毛布は黴《かび》臭い……あたたた。ちょっと、力入れりゃあいいってもんじゃないのよ。へったくそねえ」

「えっらそーに文句たれんな、酔っ払い」

一階の立派な日本間に延べられた布団の上、粋な浴衣《ゆかた》姿でのびのびと横たわった母親の背中を、柾は、両腕にめいっぱい怒りを込めて指圧した。

寝巻き代わりの浴衣は、貴之のものだ。三代が支度しておいてくれた女性用の寝間着は、長身の瑤子には丈も袖も短すぎて。なにしろ、女だてらに身長一八〇センチ。

「そうならそうとなんでさっさと連絡よこさねーんだよっ。貴之、わざわざ仕事早めに切り上げて、わっざわざ成田まで迎えにいってくれたんだぞ。搭乗名簿にも名前ないし、何度あっちのアパートに電話しても繋がらねーし、心配してわざわざ現地の工房にも……聞いてんのかよっ?」

「う〜ん、きく〜……」

「〜〜〜〜〜っっっ」

無防備な背中を拳《こぶし》でぐりぐりこね回した。

「いたたた、痛いったら」

「わざと痛くやってんだよっ！　だいたいなー、息子が世話になってるうちで、よそのオッサン引きずり込んで花札やってる親がどこにいるんだよ⁉　松鮨の大将はまだわかるけど、あの助六ってどこの誰だよっ」

「確か板橋《いたばし》に住んでるって云ってたね。空港の工事現場でヒッチハイクしたら、軽トラに乗せてくれたんだよ。仕事終わって都内に戻るとこだってから」

「リムジンバスがあるだろっ」

「タダで乗っけてくれるってのに、ンなムダ金」

瑶子は枕の上に肘《ひじ》をつくと、マニキュアを塗った長い爪で枕もとの煙草をつまんだ。

それを合図に、柾はマッサージを切り上げ、畳の上にどかっと胡坐をかく。

「とにかく貴之にはよーく謝っとけよな。すっげえ心配してたんだぞ。なのに電話もよこさねーで、挙句の果てに知らないオッサン引っぱり込んで花札なんか――」

「はいはい、悪かったよ。あとでちゃんと謝るよ」

ちっとも悪びれぬ顔で、煙草を挟んだ長い指をひらひら振る。

「わかったから、そんなに怒ってばっかいないで、もっとよく顔を見せてちょうだいよ。久の母子《おやこ》水入らずじゃないか。うん？」

「なに云ってんだよ。勝手に急に帰ってきといてよく云うよ」

照れ臭さに、ついそんな憎まれ口を叩く。母親はそんな息子の顔を、優しい眼差しで下から見つめた。

「あんた、いくつになったんだっけ」

「十七」

「来年はもう高校卒業か……早いもんだね。あの包茎だったチビがねえ……」

「赤ん坊はみんな包茎なんだよ！」

「あたしのエプロン握って、ママー、ママー、って、腹減らした雀みたいにピーピー泣きながらくっついて回ってたガキがさぁ……すっかり生意気になっちゃって。どれ、面構えも少しは男っぽくなったじゃないの。背丈だけはあいかわらずだけど」

「っせーな。これから伸びんのっ！」

ムキになって反論する息子に、母親はカラカラと笑う。

「どーかね。あんた正道さんそっくりだもん。あの人、中学時代に成長期終わっちゃってさ、一七〇センチからさっぱり伸び悩んで、一緒に歩いてると蚤《のみ》の夫婦って笑われたもんだよ。あんたには気の毒しちゃったよね。あたしに似るように産んであげてりゃ、もう少しどーにかなったろうにねえ」

「どーにかってどーゆー意味だよ、どーにかって」

「あーそうそう、土産があったんだ」

煙草を横咥《くわ》えに、枕もとに投げ出したボストンバッグをごそごそ探って、紙袋を投げてよこす。

「あっちでいま一番人気がある女優だよ」

「ＤＶＤ？　イタリア語なんかわかんねーよ」

「言葉なんかわからなくたって問題ないさ。どうせ服着てるシーンなんかないから」

「息子にＡＶ買ってくる親がどこにいんだよっ！」

「子を想う母心じゃないさ。ピサの斜塔の文鎮なんかよりはよっぽど実用的だろう？　大事にしなさいよ。税関通るの苦労したした」

大口を開けてあっけらかんと笑うこの脳天気ぶりといい、スーパーモデルもかくやの長身に、ド迫力のダイナマイトボディ——ラテン系のはっきりした目鼻立ちといい、時々自分との血の繋がりを疑ってしまう柾である。

写真でしか知らない父親はというと、これがまた、顔といい背格好といい、自分の生き写しとしか思えなくて、水よりも濃い血とやらをしみじみ実感せざるを得ないのだが。

「なーにいってんだか。正道さんのがずうう一っと男前だったわよぉ」

……まーたはじまった。柾はうんざりと溜息をついた。

「あたしがバイトしてた喫茶店に、毎朝モーニング食べに通ってきてさ……頼むのはいっつも一番安いトーストセット。よっぽど貧乏してんだろうと思って、店長の目盗んでこっそり茹で卵つけてやったもんよ。ま、考えてみりゃ、食うに困ってるわりにはずいぶん身ぎれいにしてたんだよね。いつもまっすぐ背筋が伸びて、顔つきに卑屈なところがなくってさ……東大にもあんな清々しい子がいたのかって、そりゃ評判だったんだから」

「貧乏人のふりして親父が毎朝通いつめてたのは母さんが目当てで、誕生日に薔薇の鉢植え持ってきて、『どんな色の花をつけるか、二人で育ててみませんか』って云ったんだろ」

柾はそっぽを向いてストレッチをはじめた。

「それがきっかけでつき合いはじめたけど、花の色どころか、蕾《つぼみ》がつく前に水やりすぎて枯らしちゃったって話、もー耳にタコができたっつーの。酒飲むとその話ばっか」

「あーあ、つまんないねー男の子は。ロマンチックってのがわかんないんだから……ちっちゃいころは、おとーさんのお話、おとーさんのお話、って寝る前によくせがんだもんだったのにさ……」

瑶子は煙草を消して、ほんのりと染まった目もとを揉みながら、ごろりと仰向《あおむ》けになった。

「寝るんならちゃんと布団掛けろよ」

「うーん……体が火照ってて。久しぶりの日本酒のせいかな。三代さんの手製の塩辛がうまくて、つい過ごしちまった。あの人は感じのいい人だね。おまえから聞いてた通りだ。きさくで、親切で、気取りがなくて」

「うん、すっごくいい人だろ？　話もわかるし。誰かと違って料理もうまいし」

「悪かったな、レンジでチンしかできなくて」

口の悪い息子の臑をぴしゃりと叩く。

「けどあんなに羽目外した三代さん、初めて見た。いっつもビシッとしてて、怒ると貴之よかおっかねーのに」

「あははは、あたしもあんなに強いとは思わなかったよ。二万も負けたの初めてだ」

瑶子は大口を開けて笑いながら、天井の明かりを遮るように瞼の上に手の甲をのせた。

ふーっと酒臭い息をつく。

「まあけど、安心したよ。ああいう人がついててくれるんなら、あんたのことはなんにも心配いらないやね……これまでなかなか足が向かなかったけど、思いきって来てみてよかった。それがわかっただけでも、帰ってきた甲斐《かい》があったよ」

「………」

こんな話をするのは珍しいな……と、柾は軽いストレッチをしながら、下膊《かはく》に隠れた母親の顔を窺《うかが》った。

長旅の疲れと久々の日本酒がきいたのだろうか。いつもなら一升空けてもケロッとしているのに。

「なあ、なんでこんな急に帰ってきたんだよ？　こないだ電話したときは、金がないから来年の父さんの命日まで帰らないって云ってたじゃん」

「ちょっとね。あんたの顔が見たくなって」

「そんだけ？」

「親が息子の顔見に来ちゃ悪いか」

「そうじゃないけどさ」

けど、国際電話だってめったにかけてこない締まり屋の母が、そんな理由で安くない航空料金をかけて帰国するとは思い難い。格安チケットだって千円や二千円ってわけじゃないんだし。ミラノに留学してこの五年間、帰国したのは、父の命日と、柾の中等部の卒業式のときだけだ。

留学先でなにかあったんだろうか。前に、イタリアの工房で見習いをしている日本人の生活をテレビで見たことがある。言葉もろくに通じない国での苦労、老舗《しにせ》の工房での厳しい修業……朝早くから夜遅くまで安い給料で働き、工房の仕事が終わってからも自分の技術を磨くための勉強に明け暮れていた。休みもほとんどなくて、東洋人ということで偏見の目で見られることも少なくないという。

イタリアで家具デザイナーの勉強をするのは、母の昔からの夢だった。柾を育てるために大学を中退し、女手一つで苦労して、やっとの思いで叶えた夢だ。ちょっとやそっとのことで逃げ出してくるとは思えないけど……。

顔の上に手を置いたまま、眠ってしまったかのように静かに呼吸している母親を見下ろして、柾は立てた膝を抱え込んだ。

「四方堂の爺《じい》さんとは、たまには会ってんの？」

「たっまーにね。こないだ、正月の挨拶に行った」

「元気だった？」

「殺したって死なねーよ、あのクソジジイ」

「自分のお祖父《じい》さんをそんなふうに云うもんじゃないよ。貴之さんにはかわいがってもらってるみたいだね」

「えっ？」

ドキン。心臓が跳ねる。

「う、うん、まあ」

「そう……よかった。安心したよ」

「あ、これなに？　写真？」

「ああ、ポストカードだよ。三代さんにお土産、そっちのお菓子も」

洒落《しゃれ》た紙袋に入ったクッキーかなにかと、美しいポストカードの束。湖畔に佇《たたず》む古城や、美しい海とオリーブ畑はイタリアの田舎町だろうか。コロッセウムやピサの斜塔なんかのメジャーな写真もある。

「あ、これ知ってる。ヴァンヴィテッリの水道橋。こっちはアルベロベッロだっけ」

「よく知ってるねえ。そんな舌噛みそうな名前」

「んー、なんか好きなんだ、こういう古い建物とか。でかくてかっこいいし、歴史を感じるしさ」

「蛙《かえる》の子は蛙だね」

瑶子は懐かしげな笑みを浮かべた。

「正道さんもそういう古い建物や街が好きでね……ミラノにも何度も行ったって。でも一番好きなのはトスカーナのシエナって街。ミラノやフィレンツェもいいけど、シエナは忘れられない、いつか連れて行きたいなんて云ってたっけ」

「ふーん……」

「修復にも興味があったみたいで、よくそんな本を広げてたな。本当はそっちに進みたかったのかもしれないね」

でも実際には経済学部だった。巨大な父親には逆らえなかったってことなんだろう。同じ男としては少し複雑な気持ちだ。でも口には出さなかった。

「おれそろそろ寝るよ。ちゃんと布団掛けて寝ろよな」

「……ねえ、柾」

腰を浮かしかけた柾に、瑶子は、寝転がったまま云った。明日の天気を尋ねるような、のんびりした口調で。

「おまえさぁ……このまま、ずっとあの人たちと暮らすかい？」

母が、バイト先のコーヒーショップに通いつめていた学生と恋に落ちたのは、二十歳《はたち》の秋だ。

両親を早くに亡くし、インテリアデザイナーを目指して美大で苦学していた瑶子は、二十一歳で婚約し、翌年、柾を産んだ。相手の男は日本屈指の大財閥の御曹子で、親同士の決めた許嫁《いいなずけ》がいたにもかかわらず、一族中の反対を押し切ってなんの後ろ楯もない市井の女を花嫁に選ぶ気丈夫と、愛情を持った男だった。

だがそのことを柾が知ったのは、大きくなってからのことだ。四方堂財閥との関係も、それどころか死んだ父親が資産家の跡取りだったことも、瑶子は一度として口にしなかった。

母の口から語られる柾の父親とは、二つ年下で、十センチも背が低くて、純朴で優しい、ちょっと間抜けな男だった。

どのくらい間抜けだったかって？　そりゃあれだ、結婚式の前日に仔犬《こいぬ》を庇って車に撥《は》ねられるくらいの間抜けよ。あんまりお間抜けで笑っちまうでしょ。——日向《ひなた》のテーブルに頬杖をついて思い出に浸る母の目はとろけるようで、柾は、自分が生まれる前に亡くなった父にヤキモチを焼いたものだった。

父の面影を偲《しの》ぶものは、二人が初デートした上野動物園で撮ったというたった一枚の写真きりで、そこには野暮ったいダンガリーシャツを着た青年が、若いころの母と手を繋いで屈託のない笑顔を浮かべていた。

手もとにその一枚しかないのは、正道が亡くなったあと、父の両親がすべて取り上げてしまったからだと……これも、大きくなってから知ったことだ。彼らが、正道に起きた不幸はすべて瑶子が運んできたのだと詰《なじ》り、葬儀の参列を許さなかったことも。

瑶子は、息子になにも語らなかった。――あの十歳の誕生日、母子の住む浦和《うらわ》の安アパートに、四方堂翁の黒塗りのリムジンが乗りつけるまでは。

「おはよう、岡本くんっ」

駅のロータリーを抜け、長い並木道をぞろぞろと校門に向かう学生たちの間を、右足を引きずりながらのろのろ歩いていると、及川が息を弾ませて走ってきた。

銀杏《いちょう》の根元や舗道の端には昨夜の雪がまだところどころ残っていて、眩《まばゆ》い朝陽にキラキラと反射している。

この冬一番の冷え込みになった今朝は、昨夜の雪が嘘のような晴天が広がっていた。耳が痛いほど風が冷たく、柾も及川も、マフラーから出した鼻の頭を真っ赤にしている。

「昨日はありがとう。寒いねー。玄関の前に雪が凍ってて、朝からコケそうになっちゃった。足はもう大丈夫なの？　学校まで送ってもらえばよかったのに」

「ああ、もうそんなに痛まねーから」

「だめだよ大事にしなきゃ。捻挫はちゃんと治さないと癖になるんだよ。貸して、鞄持つよ」

「いいって」

「いーから。遠慮しないで。友達じゃないか」

及川は顔に似合わぬ強引さで柾の鞄を引き取ると、自分の鞄と一緒に胸に抱え、柾に合わせてゆっくりと歩きはじめた。

学生たちが賑やかに笑いさざめきながら、二人を追い抜いてゆく。

「さっきの人、岡本くんのお兄さん?」

「さっきの?」

「駅の改札で背の高い男の人と一緒だったでしょ」

「あ……そっか、おまえも同じ駅だっけ。親戚の叔父《おじ》さんだよ。一緒に住んでる」

今朝は貴之の車で駅まで送ってもらったのだ。本当は学校まで送ると云われたのだが、車《しゃ》輛《りょう》で登校するには予《あらかじ》め学校の許可が必要な規則だからと柾が断固拒否したので、駅の改札までで妥協してもらった。

この足で満員電車はきつかったし、まだ痛みもあるから車で送ってもらえれば助かるけど、貴之のベンツで何百人もの学生をかき分けて校門に乗りつけるなんて目立つ真似、絶対にごめんだ。いや、ベンツが悪いわけじゃない。問題なのは車じゃなくて、貴之なのだ。

「叔父さんなの? すっごくかっこいい人だねえ。俳優さん?」

ほら来た。

だから嫌なんだ。ぜったいこうなるから。女子になんか見つかろうものなら、歳はいくつだの恋人はいるかだの学歴だの年収だの紹介しろだの、大騒ぎだ。

「なわけないだろ。一般人だよ」

「ふーん……でもかっこいい人だね。ぼく芸能人かと思っちゃったよ。背が高くて頭もよさそうで、すっごいエリートって感じ。あ、でも岡本くんとはあんまり似てないね」

当然だ。血が繋がってないんだから。

正道が亡くなったあと懐妊を知った瑶子は四方堂家にそれを告げず、東京を離れて柾を生み育てた。跡継ぎを失った四方堂家が、その後養子に迎えたのが貴之だ。

柾は四方堂の籍には入っていないため、貴之とは血の繋がりどころか、戸籍上の関係もない。説明するのが面倒だから、便宜上、叔父と甥《おい》で通しているだけだ。

「あっ、でも、昨日の岡本くんはすッごくカッコよかったよ！　大学生相手に一対三で勝つなんて超カッコいいよね！　あのダンクシュートなんてめちゃくちゃ痺れちゃった。あんな古い倉庫で賭博バスケやってるなんて、東京ってすごいねえ。あれって、勝つと岡本君にもお金が入……」

「ばっ……」

慌てて及川の口を塞ぐ。

「あそこのことは秘密だっつっただろっ」

「あ、そっか。ごめん。でも、あんなトコどうやって見つけたの？　宣伝とかはしてないんでしょ？」

「おれもよくわかんないけど、悠一がネットで助っ人の募集を見つけてきたんだ。ギャラの交渉とかプロモーションもあいつがやってる」

「へー、かーっこいい。さすが佐倉くんって感じだね」

さすがといえばさすがかも。パソコンは生徒会の備品、プロバイダ料金も通信費も学校持ちというセコさ。もちろんマネージャーとしての手腕も抜群だけど。

「毎日あの倉庫でやってるの？」

「ゲームがあるのは金、土、日の三日間。おれが出るのは人手が足りないときだけ」

——西崎は、いつからあそこに出入りしていたんだろう。

マフラーに半分顔を埋《うず》め、柾は溜息をついた。

どうしてあいつがあんな所に……。信じられない。あそこがどんな場所かわかっているんだろうか。賭けバスケなんて……。あの西崎が……。

けど、あれは本当にあいつだったんだろうか。一晩たって、だんだん自信がなくなってくる。顔が見えたのはほんの一瞬だったし。

見間違い……だったのかもしれない。

きっとそうだ。あいつがあんなところにいるわけない。いちゃいけないんだ。

「岡本君は、どうしてバスケ部に入らないの？　あんなに上手なのに」

「中等部のときは入ってたけど、バイト忙しいから」

「でももし警察に捕まったら大変だよ？　学校は退学になっちゃうし、おうちの人にだって迷惑かかるし……っ」

「しーっ！　わかってるっての。金が要るんだよ」

「岡本くんサラ金に借金があるの⁉」

「なんでそんなに話が飛ぶんだよっ。卒業したあと、家出るための資金。おれ親戚の家に居候してるから。前はちゃんとしたレンタル屋でバイトしてたんだけど、ちょっといろいろあって……ああいうトコで手っ取り早く稼ぐしかないんだよ」

けど、この足じゃしばらくゲームは無理そうだ。重い溜息が口をつく。

あーあ、なんか最近ツイてないなあ。三者面談もあるし……。

やっだなあ……。お袋に頼もっかなあ。でもなあ、あんまり学校に呼びたくないよなあ……。かといって貴之と進路の話なんかしたって、どうせまた揉めるに決まってるし。

おれに会社を継がせたい、なんて、貴之もあの老いぼれジジイも、どうかしてるんじゃないだろうか。ただ血が繋がってるってだけで四方堂グループの総帥が務まるもんか。株主だってそんなばかばかしいことを認めるはずがないのに。

そもそもおれは経済なんてこれっぽっちも興味ないんだ。それなのに、大学はあそこがいいとかどこにしろとか留学も考えなさいとかぐちゃぐちゃぐちゃぐちゃ……だいたい貴之はなにかっていうと人のことに口出すのが好きすぎるんだ。

めし食ってても「ひとつのものだけ食べないで万遍なく箸をつけなさい」とか、「湯船にはいきなり入らずにちゃんとかけ湯をしなさい」とか「新聞はラテ欄だけ読むものじゃない。せめて一面、社会面、社説だけはきちんと目を通しなさい」とかっ。自分だってシイタケ食わねーわ、メシ食いながら新聞は読むわ、めんどくさいとコンドーム使わねーわっ！　人のこと説教できた義理かっての！……くっそー、だんだん腹立ってきたっ。

「あ……鐘が鳴ってる」

肩を怒らせている柾の傍らで、二つの鞄を抱えた及川がうっとりと呟いた。

「いいなあ……前の学校のチャイムはお寺の鐘みたいだったんだけど、この学校のは好きだな。きれいな音だよね、情緒があって」

「あー……あ⁉　って、予鈴じゃんか！」

澄んだ冬空に高らかに鳴り渡る、ウエストミンスター風の荘厳な音色。始業十五分前を告げる鐘だ。

いつの間にか周りに人影はまばらになっていて、残った生徒もその鐘を合図に一斉に校門にダッシュしてゆく。校門前には、遅刻者を待ち構えている東斗名物の風紀委員たち。

「やっべー……おれ今度捕まったら便所掃除だ」

東斗学園の風紀は厳しい。遅刻一回につき反省文が五枚ずつ加算され、三回で校内全トイレ掃除のペナルティである。

「ぼくもだよ」

のほほんと及川。

「寒いとお布団から出るのつらいよね。時間ぎりぎりになってしょうがなく起きたあとのお布団の穴に、猫がもぞもぞって入って丸くなってるのなんか見ると、ついまた潜り込んじゃうんだよね」

「わかるわかる。寒いの我慢してベッドから這い出してトイレ行って、着替えに部屋戻るじゃん。んで一人だけすーかすーか気持ちよさそーに寝てるの見ると、ついふらふらっと……」

「岡本くんちも猫飼ってるの？」

「……飼ってるわけじゃないんだけど」

柾の頬はにわかに赤らんだ。

「でも大丈夫だよ。岡本くん捻挫してるんだもの、大目に見てくれるよ、きっと」

「及川はどうすんだよ」

「あ……そうか」

どうしよう、なんて呑気《のんき》に首を捻っている。鐘が鳴りやんだ。それを合図に、門扉がガラガラと閉まりはじめる。

柾は及川の手をぐいと引いて、民家の間の細い脇道にそれた。

「どこに行くの？」

「秘密の抜け穴。こっちにこっそり潜り込めるとこがある」

「ちゃんと校門から入らなくていいの？　見つかったら怒られちゃうんじゃ……」

「いいんだよ。見つからなきゃ」

車も通れない細い路地をぐねぐね抜けて、再び塀の前に出る。

高等部の蔦《つた》の絡んだ古びた長い塀は、第二体育館を境に、途中から、腰の位置までのブロック塀にフェンスをのせた物に変わっている。高さ二メートル、乗り越え防止の鏃《やじり》がついたがっちりしたステンレスの柵《さく》なのだが、一ヵ所だけ仕掛けがあるのだ。

内側の植え込みがうまい具合に校舎からの目隠しになるし、背中は民家の塀。幸い辺りに人気はない。

　柾がステンレスの柵に手をかけて横に引くと、それはアコーディオンカーテンのようにカラカラと軽やかにスライドした。

「すっごーい！　どーして？」

「おまえ先に入れよ。鞄先に落として、片足そっちに引っかけて……及川……おまえ、めちゃめちゃ体硬くない？」

「ご、ごめんね」

　たった一メートルのブロック塀を越えられずに四苦八苦している及川の尻を、えいしょっと肩で押し上げてやる。

「ここ、バスケ部レギュラー伝統、秘密のエスケープルートなんだよ。昔すっげー遅刻魔の部員がいて、罰掃除してばっかで練習にならなくてここを作ったんだってさ」

「へえ……よくこんな細工ができたな」

「当時の部長んち、ここの施工した工務店だったって話」

「なるほど」

　右足を庇いつつ、ひらりと身軽にフェンスに飛び乗った柾は、そのクールな声にギョッと目を剝いて固まった。

「代々バスケ部に遅刻者が少ない謎がこれで解けたな、加藤《かとう》」

「はい。さっそく正規の柵の取りつけを手配します。他にも抜け穴がないか、調べる必要がありますね」

浅黒い引き締まった顔つきの、背筋のすっと伸びた長身の少年が、塀上の柾に向かって両腕を差し出す。

「お手をどうぞ、岡本先輩。生徒手帳もこちらでお預かりします」

「な……」

塀の上、フェンスに手をかけたまま、柾は顔をひき攣らせた。

「なんでおまえらがこんなとこにいんだよ!?」

「近所の民家から、この付近から校内に出入りしている生徒がいると通報があったんだ」

いったいどこから現れたのか。

植え込みの常緑樹をバックに、艶のある灰色のロングコートですらりと両腕を組んだ東斗学園高等部副生徒会長、佐倉悠一は、高慢そうに軽く顎を上向かせ、じろりと柾を見遣った。

その傍らには、同じく生徒会執行部一年、次期幹部の声も名高い加藤伸弥《しんや》。一八〇センチを超える長身の二人に挟まれて、及川は鞄を抱え、捕まった宇宙人みたいにおどおどとうなだれている。

「先週の金曜の定例報告会で、三年生が自由登校になってから校内のムードが緩みきっているという指摘も出て、急遽《きゅうきょ》今週から校内の見廻りを強化することになった。我々生徒会も、風紀委員会の応援で違反者の取り締まり中だ。――ってわけで、二人とも出すもの出してもらおうか」

「金曜って……知ってたんならなんで教えといてくれなかったんだよ！　きぃったね～」

歯軋《はぎし》りしながら生徒手帳を引っ張り出す。悠一はいつにも増してドライな眼差しで、塀の上の柾からそれを受け取った。

「へーえ。おまえにはおれの情報なんか必要ないとばかり思ってたぜ」

「なんだよそれ」

「今月はこれで三回めか。全校内男子トイレの清掃、及び反省文の提出は免れないな」

「あ、あのね、佐倉くん。岡本くんは捻挫してて、歩くのに時間がかかっちゃっただけなんだ、だから……」

革の手袋を前歯で引っぱって外し、加藤が差し出した赤ペンでチェックを入れる悠一の袖に、及川が縋《すが》り付く。

「言い訳にはならないな。登校中の不慮の怪我ならともかく、時間がかかることは予測できていたはずだ。三十分早めに出てくればすんだことだろう。それに及川、人のことを庇ってる場合じゃないぜ。おまえも遅刻三回めだな？　放課後、風紀委員室に出頭しろ。二人で仲良くトイレ掃除だ」

「はっ、はい。ごめんなさい」

「……こんじょわる」

ぼそっと呟いた柾の顔に、悠一は生徒手帳を叩きつけ、コートの裾を翻した。

「行くぞ、加藤。こんなバカどもにつき合ってこっちまで授業に遅れることはない」

「はい、佐倉先輩」

「ちょ、てめっ、バカとはなんだよバカと……わっ⁉」

カッとなって飛び降りたそのとたん、右足に、ぐきっと嫌な感触が走った。

「いッ…てぇ～ッ……」

「岡本くんっ！　だ、だいじょーぶっ……わっ」

駆け寄った及川が、ぬかるみに足を取られ、雪の中にべしゃっと尻もちをつく。

振り返った悠一は、右足を抱えて転げ回る柾と、泥まみれの及川とを見下ろして、はー…

と溜息をつき、眉間の皺を揉んだ。

「いいコンビだよ、おまえら……」

# 7

「や、なんですか、このたびはわたしどもの監督不行き届きからとんだことで……いや、まったく、この通り、本当に、申し訳ありませんっ」

「まあ……先生。どうぞお手をお上げになって。なんですか、そもそもは、このバカ息子が遅刻をして、その挙句のことだっていうじゃありませんか。学校側に責任はありません。本当に、先生にはご迷惑をおかけして、申し訳ありません」

「いやいやいやいやいやいや、お母さん、どうぞお手を……」

よれよれのハンカチで汗を拭き拭き顔を上げた山岡教諭は、ゆったりと革張りのソファに掛けた瑶子の、タイトスカートの深いスリットからすらっと伸びた脚線美を目の当たりにし、みるみると真っ赤になって、慌ててまた膝頭に顔をくっつけた。薄くなった頭のてっぺんから湯気が出そうだ。

「一身上の都合で国外におりますでしょう、先生にはなかなかご挨拶も叶いませんで……。このバ……いえ、息子のことですから、他にもいろいろと先生のお手を煩わせているんじゃないかと心配しておりましたの。父親がいないせいでしょうか、この通りの利かん気に育ってしまって……どうぞ先生、遠慮なく叱《しか》ってやって下さいね」

……おれの利かん気は母親譲りだっつーの。

普段のがらっぱちはどこへやら、ツイードのスーツでバリッと決め、薄化粧で優雅な笑みを湛《たた》える母親の隣に、病院でのレントゲン検査を命じられ右足に大げさな包帯を巻かれた柾は、むっつりとソッポを向いて座っている。

職員室の一角だ。

パーティションで仕切られた、ちょっとした応接セット。——なのだが、時は折しも一時限めの休み時間。所用で出入りする生徒たちが、あの謹厳実直な山サンを茹でダコにしているスーパーモデルばりの美女は誰ぞと、興味津々に覗き込んでいくものだから、ちっとも落ち着かない。

次の教科の準備に来たクラスメイトなんて、狸のように目を真ん丸にして母子の顔を見比べていた。きっと放課後までにはクラス中どころか、学年中に知れ渡っているに違いなかった。

明日からのことを考えると溜息が止まらない。なにしろ身長も美貌も規格外の母親だ。ガキの頃なにが嫌って、父兄参観ほど嫌なことはなかった。何度友達にからかわれたか知れない——岡本のかーちゃん、オカマかぁ？

あーあ……サイアク。こんなことなら、はじめっから貴之に送ってきてもらうんだった。

後悔という字はどう書くの。後に悔いると書くのです……。

「ところで、お母さん、三者面談のことですが」

ぬるくなった茶を飲み干してようやく落ち着きを取り戻した担任教諭が、ハンカチをしまいながらそう切り出した。

「ええと……確か岡本くんの面談は、今週の金曜日の予定ですね。こちらにまだご滞在の予定でしたら、ぜひいらして下さい。三年生への進級を前に、進路の確認など、いろいろとお話ししたいこともありますし」

しかし瑶子は緩く首を振った。

「ええ。でも息子の学業や進路についてはすべて後見人に任せていますし、この子も信頼して色々と相談しているようですので……」

「貴之、面談は来れないって」

柾は勢い込んで会話に割り込んだ。こうなったら、貴之と揉めるより、オカマのほうがまだしもだ。

「仕事が忙しくて、今週はどうしても都合つかないって云ってた」

「そうなの？　なら面談をずらしてもらったら？」

「いいじゃん母さんが来れば。どうせ今週いっぱいこっちにいるんだろ？　ただでさえ貴之、仕事で忙しいのに、学校のことなんかで煩わせることないって」

「まあ、後見人の方とはゆっくりお話し合いになって頂くとして」

ようやくいつもの調子を取り戻した山岡が、年の功の柔和さで口を挟んだ。

じっと見据えられると、なぜか「すみません、わたしがやりましたっ」……と云いたくなると評判の〝落としの山サン〟は、膝の上で手を軽く組み、その実直そうなつぶらな目で瑶子の顔を見つめながら、穏やかに云う。

「わたくしとしては、せっかくの機会ですし、ぜひお母さんも交えてお話をしたいと思っております。来年の受験のこともありますし、二年生の三学期というのは、なににつけ重要な時期です。そこのところをじっくりお話しさせていただきたいですし——それに、お母さん、こうして学校に来られたのは今日が初めてでしょう。学校は息子さんが一番長く過ごしている場所です。日頃どんな生活を送っているか、知っていただくのも良い機会だと思いますよ。後見人の方とは、その上でまた改めてお話し合いを持たれてはいかがでしょうか」

「……そうですわね」

考え込むように、伏し目がちに瑶子が頷く。さすが落としの山サン、と内心指を鳴らしたところで、切りよくチャイムが鳴った。


校舎から一歩出るなり、瑶子はバッグから煙草を取り出し、うまそうに一服した。

授業中の校舎は静まり返って、大勢の生徒がいるはずなのに、なんだか人の気配がしない。グランドからは時々笛の音が聞こえてくる。二限め、柾たちのクラスは体育だ。

「そういえば、この間電話で云ってた進路のこと、貴之さんには話したの？」

門柱に寄りかかってタクシーを待ちながら、柾は、一瞬云い澱《よど》んだ。

「……話はした」

「なんて云ってた？」

「……」

「いい顔はされなかったみたいだね」

瑶子は、黙って靴の先に視線を落としている息子の顔をじっと見つめ、ふーっと煙草の煙を吐いた。後ろで束ねていた黒髪をばさりとほどき、北風に泳がせる。

「ま、とりあえず三者面談はあたしが出るけど、ちゃんと話し合いなさいよ。担任の先生ともね。……しっかしドジねえ。捻挫した足、また捻るなんて。それも罰当番が嫌でズルしようとしたんだって？　もっと要領よくやんなさいよ、情けない」

「それが親の言い草かよっての……」

「岡本くーん！」

振り返ると、ジャージ姿の及川が、大きく手を振りながらぽてぽてと走ってきた。

体育の授業を抜けてきたのだろう。二百メートルほどの距離を驚くほどのろのろと近づいてきて、はあはあ息を切らしながら、プリントの束を柾に差し出した。

「一時間目のプリント……早退するって先生に聞いたから。それ明日提出なんだ。足は大丈夫なの？　病院に検査に行くって……骨にヒビが入ってるって本当？」

「たいしたことないって。でも念のために検査しとけって山サンがうるさくってさ」

「うるさいじゃないでしょうが。先生だっていい迷惑だよ、今度は上手《うま》くやんなさいよ」

携帯灰皿で煙草の火を消しながら瑶子が口を挟む。及川はぺこりとお辞儀をした。

「こんにちは。……岡本くんのお姉さん?」

「んなわけないだろ、母親だよ母親。こいつ、同じクラスの及川」

「あーあ。一緒にドジって捕まったっていう」

瑶子の身長はハイヒールのせいで一八〇センチは優に超えている。そんなバカでかい女に見下ろされても、及川は怯《ひる》むことなくにこにこと笑顔を返した。

「はい、一緒にドジって捕まった及川です。今度は上手くやるように頑張ります!」

「あはは、面白い子だね」

「はい、よく云われます」

タクシーが来た。先に瑶子が荷物を持って乗り、柾は及川の肩を借りて後部座席に乗り込んだ。

「トイレ掃除、岡本くんの分もぼくがしっかりやってくるよ。授業のノートもちゃんと取っておくから心配しないでね」

「サンキュ。助かる」

「いい子じゃないの」

走り去るタクシーにいつまでも手を振り続けている及川に、瑶子は窓を開けて手を振り返した。柾も首をよじって校門を振り返った。及川はもう小さな点になってしまっていて、晴天だった空には、分厚い濃灰色の雲が広がりはじめていた。

電話を切って深い溜息をついた貴之を、中川《なかがわ》はメルセデスの運転席から、ルームミラー越しに心配顔で窺った。

「柾様がお怪我をされたんですか？」

漏れ聞こえてきた会話から、校内で何事かあったようだと察した。日頃は電話の内容に聞き耳を立てるような真似はしないのだが、代々四方堂家に仕え、亡くなった正道を我が子ともそれ以上にも思ってきた中川にとって、その忘れ形見である柾に大事があったとなれば黙ってはいられない。

ああ……と、後部座席に座る貴之は、疲れたように、柔らかな革のシートに深く背中を沈めた。

「昨日、軽い捻挫をして帰ってきたんだが、学校で同じところをまたひどく挫いたらしい。母親が迎えに来て、念のため早退して病院へ行ったそうだ」

「心配ですな」

「自分で歩いていたというから、騒ぐほどのことはないんだろう。……まあ、あの子にはいい薬だ。これでしばらくはおとなしくしているだろう」

貴之の渋ったい声音に、中川は、五十も半ばを過ぎてなお若々しい顔を、笑みで崩した。

役員にはお抱え運転手つきの社用車が用意されているが、公的な場に出席する場合を除いて、仕事中、貴之の車はもっぱら中川がハンドルを握る。いまでこそ秘書室長という肩書きに収まっている彼は、数年前まで第一線で辣腕《らつわん》を振るっていたビジネスマンであり、四方堂家の養子となった貴之の教育係でもあった。そして現在は貴之が最も信頼を寄せる片腕である。

「あのやんちゃぶりはお母上譲りでしょうな。昨晩もずいぶん賑やかだったご様子で」

貴之はふんと鼻を鳴らした。親子ほど歳の離れた中川の前では、貴之もつい地が出る。

「賑やかもなにも、人の家にどこの馬の骨とも知れん男を引っぱり込んで、夜中までどんちゃん騒ぎだ。三代まであの女のペースに巻き込まれて……悪夢としか云いようがない。あと一週間もあるのかと思うと先が思いやられる」

「柾さまは久しぶりの水入らずでお喜びでしょう。なにはともあれ、やはり母子一緒に過ごすのが一番ですから」

「母親……か」

ノーブルな唇を皮肉っぽくめくり上げる。

「留学などと体のいいことを云って子供を置き去りにしたような女にも、たいそうな肩書きがついているものだな。ただ十月十日腹の中で育てたというだけで。あのとき柾がどれほど傷付いたか。そんなことも忘れて、よくのうのうと顔が出せたものだ」

「……」

口を開きかけた中川の後ろで、再び携帯電話が鳴った。貴之の顔が厳しく引き締まる。

電話は渡米している部下からであった。

「ばかを云え。そんな説得にいったい何日かけているつもりだ。明日中に結論が出せなければ、この話はモービルに持っていくとそう伝えろ。――そんな弱腰でどうする。君には期待している。わたしを失望させるな」

「デトロイトの件ですか」

「ああ。だいぶ手こずっているようだ」

貴之は厳しい表情のまま深々と息を吐き出した。ほつれた額の黒髪を、汗を拭うように手櫛で梳《す》き上げる。

「これ以上長引くようであれば、わたしが出ることになるだろうが、いつまでもそれではな。いずれ柾にはブレーンが必要になる。いまのうちに有能な人材を育てておきたい」

「人を育てるのは難しいものです。時間もかかりますし、なかなかこちらの思い通りにはいかない……ましてや人の心というものは、それ以上に自由になるものではありませんよ」

「……珍しく、奥歯にものの挟まったような云い方だな、中川」

貴之は切れ長の目をすうっと細め、バックミラーの中を、静かに、そして威圧的に見据えた。

「おまえが柾のことを思いやってくれていることは充分に承知している。おまえなりの意見もあるだろう。だがこの件に関して意見を求めた覚えはない。口出しは無用だ」

「申し訳ありません」

「岡本瑶子の在日中の行動を監視し、逐一報告しろ。都内の不動産業者にも手を回せ。帰国の目的が柾を取り戻すことだとしたら、まず真っ先に住居探しをはじめるはずだ。その前に手を打つ」

「承知しました」

「……少し休む。十分経《た》ったら声をかけてくれ」

運転席とを仕切るガラスが、手もとのスイッチで瞬時に曇りガラスに変わる。貴之は脚の上で緩く手を組み、暗い眼差しを車窓に向けた。摩天楼に分厚い雲が広がりはじめていた。


「ちょっと煙草喫《す》ってくるわ」と待合室をふらっと出て行ったきり、どこへ消えたものか瑶子は二時間も戻ってこない。

その間に柾はレントゲンなどの検査を終え、老医師から「腫れは酷いが骨に異常はないね」とのお墨付きを貰って、痛みと腫れが引くまではしばらく松葉杖を使うこと、今夜は入浴は控えることなどの説明を受け、薬局の支払いまで済ませてしまった。

喫煙所は確か二階の廊下の隅にあったはずだ。慣れない松葉杖をついてゆっくりと移動をはじめる。天井まである嵌《は》め殺しの大きな窓から、立派な中庭の噴水が見えた。

明るい陽差しが溢《あふ》れるロビーや大理石のエントランスは、高級ホテルを思わせる豪華さだ。高槻総合病院は、検査設備も都内でも有数の規模を誇る。でも学校側の指定でなければ、本当はここには来たくはなかった。

ここでクラスメイトが亡くなり、彼を殺した少年も亡くなった。二人とも、眠るように。あの事件からまだ、ふた月と経っていない。世間はすっかり日々の忙しさに押し流されるかのように話題にもしなくなったが、柾にとっては未だに生々しい記憶だ。

脳外科病棟へと続く、足もとの青いラインを見つめる。

Dビデオ殺人事件。主犯であるゲームクリエイターの死。そして、彼を殺害し、柾のクラスメイトをも殺したのは、まだ中学三年生の少年だった。

立花和実《たちばなかずみ》。あいつのしたことを許すことは、絶対にできない――だけど、そこまで追い詰められていた立花の苦しみと絶望を思うと、たまらない気持ちになる。

どうにかして立花和実を救うことはできなかったのか――時々、一人きりでベッドに潜り込む寒い晩などに、突然そんな悔恨が胸に湧いてきて、眠れなくなることがある。

あと一日――せめてあと半日早く気付いていれば、違う結果になっていたかもしれないのに。

――それはおまえの責任じゃない。そんなふうに自分を責めるのはよしなさい。

貴之はそう云ってくれたけれど。たとえ理屈ではわかっていようと、胸の奥に深く根づいたやるせなさは、どうしようもなく拭いがたいのだった。

ふと、誰かの視線を感じた。顔を上げた柾は、大きく目を瞠った。

「西崎……」

西崎は売店のビニール袋を提げて、階段の半ばに立っていた。

黒のスカジャンにジーンズ。忙しげに後ろから追い越していった若い医師が、まるで子供のように見えるほどの長身。

こんな偶然ってあるんだろうか。

同じように驚いたような顔でこちらを見つめていた西崎は、だが、あからさまにふいっと顔を逸らし、再び階段を上りはじめた。

「ちょ……西崎！　おい待てよっ！　西ざ……っ！」

無視して遠ざかる背中を慌てて追いかけ、一歩踏み出した途端、慣れない松葉杖に足を引っかけ、顔から床に突っ込んだ。

「っ……てー……」

なんで今日はこんなパターンばっかかなんだ……。

ぶつけた鼻のあまりの痛みとあまりの格好悪さに顔も上げられず、冷たいリノリウムの床の上に、轢《ひ》かれた蛙みたいに突っ伏して情けなさを嚙みしめる。すると、履き古されたスニーカーが視界に入った。

鼻を押さえながら上げた顔の前に、倒れた拍子に手から離れた学生鞄と薬の束を拾い集めた西崎が、腰を屈《かが》めて大きな右手を差し伸べていた。

「……つかまれよ」

二年ぶりに聴く西崎亘《わたる》の声は、あの頃よりも少し、大人びていた。


「日本に戻ってたんだな。知らなかった」

人気のない自販機コーナーのベンチで、湯気を立てるコーヒーの紙カップを両手で包み、柾は、そう切り出した。

云いたいことも訊きたいことも山のようにあったはずなのに、いざ顔を見ると、なにから切り出したらいいのかわからない。

壁に寄りかかってコーヒーを飲む元チームメイトの答えは、「ああ」――と、それだけだった。

「いつ帰国したんだ?」

「去年の五月」

「って、もう半年も前じゃん。いまは? どこのクラブでやってるんだ?」

「………」

西崎は黙ってコーヒーを啜《すす》った。

西崎の視線は一度も柾には向かず、壁の茶色い染みにじっと据えられている。

変わってないな。ちっとも。人を寄せつけない横顔を見上げ、柾は小さく吐息をついた。

変わっていないどころか、寡黙さにますます磨きがかかったみたいだ。長身もあまり変わっていない。もっとも中三で一八六もあったんだから、バスケットプレーヤーとしても体格は充分だ。ただ、痩せた……心なしか顔色も良くないみたいだ。

柾は、ためらいながら口を開いた。

「昨日……あそこにいたの、おまえだよな？」

「……ああ」

「なんで？」

「………」

「あそこがどんな場所かわかってんのか？　もし捕まったらどうなるか……いまバレなくたって、もしいつかあんなとこに出入りしてたって噂でも立ってみろよ、取り返しのつかないことにっ……」

「おまえこそ、人のこと云えた義理か」

低い声。

「あんな場所にいるべきじゃないのは、おまえだって同じだろう」

「おれとおまえじゃ違うだろ。おれはとっくにバスケやめたし、おまえみたくプロ目指してるわけじゃないし——」

「やめた？　バスケを？」

「高等部入ったとき。まともにボール触ったのは二年ぶりかな」

「……」

西崎は無表情に、中身の入ったままのカップを、離れた場所のゴミ箱にストンと投げ入れた。中身は一滴も零れず、シュートインする。

「じゃあな。バイトの時間だ」

「西崎！　なあ、もしなんか困ってることがあるんだったら……」

「おまえには関係ない」

「けどっ……」

「おーやおや、お安くないなァ……こんな人気のない場所で美少年同士手を握り合ってちゃ、あらぬ誤解を招いてしまうよ？」

突然降ってわいたハスキーなオネエ口調に、いやぁな記憶を蘇らせて、柾は瞬時に顔を硬張らせた。

案の定そこには、リムレスの眼鏡をちょっと下めに鼻にのせ、長い黒髪を後ろで束ねた白衣の美男子が、にやにや嗤いで立っていた。白衣の胸ポケットに挿した名札を見るまでもなく、名前は忘れようがない。高槻。この病院の外科医だ。

柾が気を取られた隙に、西崎は摑まれた手首をほどき、高槻に軽く頭を下げて、さっと出ていってしまった。大股に歩き去る背中が、すぐに廊下の角に消えていく。

「……なんの用ですか」

柾の仏頂面に、高槻は白衣のポケットに両手を突っ込んだままひょいと肩を竦めた。

「医者の性《さが》ってやつかなあ。困ってる人を見ると手を差し伸べずにいられなくて」

「よけいなお世話だよ」

「そう？　少なくともあの彼のほうは、救われたって顔をしてたようだけど」

「………」

「しかし、こないだといい、どうして君とはこんな場面にばかり遭遇するんだろうな。まったく神さまは不公平だ。なんでこんな坊やにばかりいい男が集まるんだろう」

ピリッと眉尻がひき攣る。——そうだった。ホモだちの友達はみなホモだちなのだ。

「おれのダチに手ェ出してみろ。淫行罪《いんこう》で訴えてやっかんな」

「いいケツしてた……」

わざとねちっこい流し目をしてみせ、柾にフーッと毛を逆立てさせる。

「冗談だよ。医者の倫理観を見損なってもらっちゃ困る。ナギじゃあるまいし、ぼくは未成年者には興味ない」

どこまで本気かわからない顔で嗤いながら、ポケットの小銭でコーヒーを買う。

「その制服は東斗学園か。いいトコ通ってるじゃない。ナギって制服好きでさあ……大学時代、二十世紀中に都内の全制服制覇するってイキ巻いてたっけ」

あのエロオヤジ、学生時代からあんなかよ……。あれで東大卒の元大手新聞記者って、この国大丈夫なんだろうか。

「彼も東斗だったの？」

「あ……うん。中学時代は同じバスケ部で」

「バスケ部？　君が？　へええー」

じろじろとつむじの上から見下ろされ、柾はムッと口を曲げた。云いたいことはわかってる。どうせチビだよ。

「そういえば、有望な選手だったらしいね、彼」

「知ってんの？」

「妹の友紀子《ゆきこ》ちゃんからいろいろ聞かされてるからね。中学時代から天才だって騒がれて、二年連続MVP受賞、卒業と同時にアメリカにバスケ留学。すっかり覚えちゃったよ。あの子の話はお兄ちゃんのことばっかでねえ……彼も偉いよ。仕事で疲れてるだろうにさ、暇を見つけてはああして見舞いに来てる」

「仕事？」

問い返しに、医師はちらっと眉をひそめて、ずり落ちた眼鏡を長い指で押し上げた。まずったな……という表情が一瞬その目の端によぎったのを、柾は見逃さなかった。

「あいつ、働いてるんですか？　学校は？」

「んんー？　さあー」

「あいつの妹、ここに入院してるんですよね？」

「んー……うーん、まあね」

「なんの病気？　怪我？　すごく悪いんですか？　どうして東京の病院に――」

「あのねえ」

高槻はしかつめらしく柾を見下ろした。

「医者には弁護士や警察官と同じで守秘義務ってものがあるんだよ。患者とご家族のプライバシーを軽々しく漏らすことはできないの」

「………」

「――とはいえ、例外のない規則はないとも云える。まずいなこのコーヒー」

と、柾のより五十円も高いブレンドを惜しげもなくポイと捨てる。

「ぼくの部屋へいらっしゃい、赤頭巾《あかずきん》ちゃん。うんと美味《おい》しいブルマンと、しろたえのレアチーズケーキをご馳走《ちそう》したげる」

「……岡本柾っ」

頭にのせられた手をむきになって振り払う柾に、タチでオネエの外科医はにっこりと微笑んだ。毒りんごを隠し持った『魔女』そっくりに。

## 8

貴之《たかゆき》が帰宅したのは、柾《まさき》が食事と入浴を終え、書斎でパソコンをいじっていた夜更けだった。

革張りの大きなデスクチェアに片膝《かたひざ》を引き上げて、その上に顎《あご》をのせて画面に見入っていた柾は、ドアをノックされるまで、彼の足音にも車のエンジンにも少しも気付かなかった。

「邪魔をしたかな」

穏やかな、しかしこれっぽっちも邪魔をしているなんて思っていないような口調に、柾はちょっと笑って首を振った。

「ちょっと調べものしてただけだから。腹減ってない？　なんにもないけどお茶漬けくらいならできるよ」

夕食は外ですませると連絡があったので、三代《みよ》は夕食の片づけをすませて帰宅していた。瑶子《ようこ》はさっきまでリビングでテレビを観ながらうたた寝をしていたが、気配がないところを見ると、寝室に引き上げたのだろう。

貴之はネクタイを緩めながらデスクに近づき、若い恋人の洗い髪にキスした。湯上がりの香りを男は嗅《か》ぎ、柾は襟首《えりくび》からうっすら薫《かお》るコロンを嗅ぐ。会議のあといつも背広に染み着いている煙草の移り香がなく、最近の会社がアメリカ並みに分煙活動が盛んだっていうのはほんとなんだなと考える。

「いや、なにもいらないから座っていなさい。足の具合はどうだ？」

「んー、今日ちょっと学校でドジった。しばらく松葉杖《まつばづえ》だよ」

ほら、と持ち上げて見せた右足に大げさに包帯が巻かれているのを目にして、貴之は顔色を変えた。

「骨折していたのか？」

「んーん、捻挫《ねんざ》のひどいやつだって。全治二週間。捻《ひね》ったときは一瞬ヒビ入ったかもと思ったけど、案外頑丈だね、人間の体って」

「驚かせないでくれ……」

ほうっと肩で息をつく。上着を脱いで、机の端に腰掛ける。

「痛みは？　大丈夫なのか？」

「痛み止め効いてるから平気だよ」

パソコンの画面には、スクリーンセーバーの流星が点滅していた。柾はマウスをクリックして電源をオフにした。

「調べものをしていたんじゃないのか？」

「ん……もういい」

「まだなにか気がかりなことがありそうだが」

「え」

なぜわかるのか——と不思議そうに自分を見上げた少年の口もとから、そっと右手を取り上げる。

「心配事があるとき、親指の爪《つめ》を嚙《か》む癖がある」

「あ」

「知らなかったか？」

貴之は美しい目を細めた。

「癖というのは、自分ではなかなか気付きにくいものだからな」

「でもそんなこと気がついたの、貴之が初めてだよ」

「それだけ注意深く見つめているからだろう。いつも、柾のことだけを」

真顔で指先にくちづけをされ、柾は白いハンカチがインクを吸うように耳朶《みみたぶ》まで赤くなった。

十二歳年上の恋人は、怜悧《れいり》な頭脳のどこかに、株価や新しいプロジェクトや世界中の様々な取引先の情報などと一緒にこんな甘い台詞《せりふ》をいくつもしまっていて、抽斗《ひきだし》を開けるように次々に取り出しては柾を狼狽《ろうばい》させたり、こんなふうに恥ずかしいほど陶然とさせてしまうのだ。

覆い被《かぶ》さるように求めてきた貴之の張りのある唇を、柾は自らも椅子から身を乗り出して、うっすらと開いた唇で受け取った。

まだしっとりと湿っている黒髪を、大きな両手が挟み込む。

シャワーを浴びておいてよかった。入浴は控えるように云《い》われていたけれど、昼間汗をかいたから気になって。貴之は、柾の汗の匂いが好きだなんて云うけれど。

唇がやわらかく咬《か》み合わされ、窄《すぼ》めて吸い、ぴちゃ…と濡《ぬ》れた音をたてて離れる。口腔をまさぐる激しい舌遣いに柾の息が続かなくなると、啄《ついば》むようなキスに変えて呼吸が整うのを待ち、また熱っぽいくちづけをくり返す……上から一方的に舌を出し挿れされるのは、まるで舌で性器を犯されているような感じがする。

そう意識しはじめると急激に恥ずかしくなってきて、貴之の舌をちゅうちゅう吸うのも、上顎の裏側をくすぐられて小さな声が漏れるのも、アナルで貴之を咥《くわ》えてしている動きをそっくり口で再現しているかのように思えてきて、カーッと体が熱くなる。

「やっ……やだよ」

太腿《ふともも》に手が置かれたのに気付き、柾ははっとして椅子の上をずり上がった。

「今日はしない約束だろっ」

「そんな約束をした覚えはないな」

唇で唇をまさぐりながら、パジャマの裾《すそ》から手を差し込む。

「したよ……したじゃんか。母さんがうちにいる間は、しないって……」

優美な手がネル地の下で、胸の尖《とが》りを的確に探り当てる。両の親指の腹で力を込めてこすり上げられると、柾は拒絶の言葉を口にしながらも、その強い快感に背中をしなわせた。

「誓約書は？」

執拗《しつよう》にその愛撫《あいぶ》を続けながら、唇をまさぐる。

「なっ……いよ、そんなもん……」

「では無効だ」

「あうっ……」

パジャマ越しに左の乳首に歯を立てられ、柾は鋭い声をあげた。

反動で椅子から浮いた背中に片手が回り、今度は下のパジャマを征服にかかる。背骨をすうーっと撫《な》で下ろされるゾクゾクしたくすぐったさに、思わず両手で貴之のワイシャツをぎゅっと握りしめた。

一階にいる母親に対する後ろめたさ。しかしその罪悪感はまた、官能を増幅させる最高のスパイスでもある。ツボを知り尽くした指に尻の狭間《はざま》をこすられ、感じやすい乳首をいじられ、耳朶をねぶられて、柾はいつしか指の動きに合わせてゆらゆらと腰をくねらせていた。せめて声だけはあげるまいと思っていたのに、両手で押さえても、間歇泉《かんけつせん》のように溢《あふ》れてきて、恋人の耳を楽しませてしまう。

「いい……」

後ろ抱きにされ、脚に負担のかからない格好で貫かれる。

柾は深く息をついた。

貴之の太い部分が貫通する一瞬、苦痛に呻《うめ》いたが、それもすぐに快感の疼痛《とうつう》へと変わってしまう。

穴という穴が、貴之で塞《ふさ》がってしまったような感じ……征服されているのか、それとも柾が彼を取り込んでいるのか、わからないほどの一体感。

涙が滲《にじ》む。

深々と突き上げられ、衝撃にぎゅっと締まった腸壁を、今度は傘でひっかかれるように抉《えぐ》り出される。たまらなかった。後ろから抱かれたまま柾は緩く首を振り、片手を前に伸ばした。それはずっとほったらかしにされたまま、パジャマの腹で弾んでいた。

「だめだ」

添えようとした手を、貴之が腰を揺すりながら遮る。

「尻だけでいきなさい」

「やだ……やだ……」

回らぬ舌で訴える。後ろだけでもいけるようになっていたけれど、柾はそうされるのが好きじゃなかった。自分の体が男じゃないようで——男のための性器になってしまったようで——

「い……いじわ……うっ、ううっ、うっ」

「意地悪か？」

汗ばんだうなじをまさぐりながら貴之は嗤《わら》い、そのままくるりと椅子を反転させた。

「意地悪とはこういうのを云うんだ」

顎をとらえられ、鏡のようになった夜の窓ガラスに映った姿を見た瞬間、柾はひっと息を飲んで、下腹を濡らしていた。

下半身だけ裸に剝《む》かれて、黒い革張りの椅子に大きく脚を広げさせられるというみっともない格好で、尻をいっぱいに拡げ、後ろから雄々しいものをずぶずぶと咥え込んでいる。性器は何度も精液を噴き上げながら硬く勃ち上がり、しかも男の逞《たくま》しい肩にのせた貌《かお》は、上気し、恍惚《こうこつ》としていた。

「早いな」

額を汗ばませた貴之がからかうように、汚れたパジャマをつまんだ。いたたまれなさに膝から飛び降りようとした柾を、太く熱い楔《くさび》でがっちりと繋《つな》ぎ止めた彼は、両手で掬《すく》い上げた太腿をさらに持ち上げて開かせ、窓の向こう側に見せつけるかのようにその狭間で腰を動かしてみせた。柾は真っ赤になって肩をよじった。

「やだっ……」

「恥ずかしいのは嫌いか？」

「きっ……きらい……だっ……貴之なん……うんっ……うっうっ」

もう一度深く突き上げ、耳のそばで低い声で尋ねる。

「嫌いか？」

柾はせわしく喘《あえ》ぎながら、首を捻って彼の唇に吸いつき、太腿を抱えた手に、震える手を重ねた。上からぎゅっと指を絡める。

「好き……」

ご褒美と云わんばかりの揺さぶりが、激しいくちづけとともに与えられる。

今度こそ貴之が飛沫《しぶき》を放つ瞬間の快楽の呻き声を聞くまで我慢するのだと決めたのに、どんなに堪《こら》えようとしても漏れてしまうその悩ましい声と同じに、最後まで意志を貫き通すことは至難だった。


「……眠れないのか？」

ベッドでぼんやりと天井を眺めていると、貴之が髪を拭《ふ》きながらシャワールームから出てきた。

「足は？　痛み止めを持ってこようか」

「ううん……平気」

「なにか飲むか？　ミルクは？　ブランデーを少し垂らして。よく眠れるよ」

気怠《けだる》く首を振る。

貴之はタオルを椅子の背に掛け、柾の枕もとに腰を下ろした。

「向こうを向いてごらん。枕は外して。そう……姿勢は楽なように。松葉杖で、右肩と背中が張っているだろう」

「うん……気持ちいい……」

大きな、温かな手が、背中をゆっくりとほぐしてくれる。柾はうっとりと瞼《まぶた》を閉じた。

「なにか心配事があるなら話してみなさい。悩み事は、たとえそれで解決しなくても、重い荷物も二人で持つと半分の重みになるように、誰かに話すと少しは軽くなるものだ。……幸い、おまえより十二年も多く生きている。レポートの締切りを延ばす方法と、友人との仲直りの仕方くらいならアドバイスできるよ」

「貴之でもレポートの締切り破ったことあるんだ？」

「いいや。学友にそうした言い訳が天才的にうまいやつがいたんだ。たまに期限前に仕上がっても、今度はその届け方に悩んで結局締切りを破るはめになっていたな。学生のレポートで飛行機を折って一番遠くに飛んだ者から優をつけていくので有名な教授がいたんだが、あるときはレポートをリモコンの飛行機に結びつけて、教授の被った帽子の上に着陸させようとした」

「着陸したの？」

「見事、池にね。だがちゃっかりしたことに、レポートを拾うのを理由に池さらいをやって、汲《く》み上げた泥を植木屋に売って代金を着服していた。池の泥はいい堆肥《たいひ》になるんだそうだ」

草薙《くさなぎ》といい、なんだか貴之ってそういうタイプに縁があるよな——と思ったが、口には出さないことにした。草薙のことになると貴之はやたら神経質になる。また不興を買ってあらぬ言いがかりをつけられても、いまは喧嘩をするだけの気力も体力も残ってない。さんざんに絞られて、体の芯をくり抜かれたみたいに疲れている。

それに、マッサージをやめてほしくなかった。恋人の大きな手は、硬張《こわば》った筋肉をほぐすと同時に、柾の気持ちをとても安らげてくれるから。

「眠くなったらそのまま寝てしまっていいよ」

「うん……でも、ちょっとだけ話したい」

気持ちよすぎてすぐにでも眠ってしまいそうだったけれど、柾は数時間前に訪れた院長室での会話を鮮明に思い出そうと、意識の覚醒《かくせい》に努めた。重い荷物を半分にするために。

「友達の妹が入院してるんだ。原発性肺高血圧症っていう、難しい病気で……」


「原発性」とは、原因不明の障害が特定の臓器や器官に起きることだと、高槻《たかつき》はそこから説明をはじめ、ノートの上に、ハート型の心臓と、肺を意味する二つの楕円《だえん》を描いた。

「こいつは肺の血管がだんだん細く固くなってしまう病気でね。そうすると心臓から送られてくる血液がスムーズに肺に届かなくなって、肺動脈自体を圧迫してしまう——つまりホースの出口を塞いだまま蛇口をいっぱいに開けたような感じね。行き場のなくなった血液が逆流して、心臓に強い負担をかける。するとこの周りに水が溜《た》まって、最後には心不全を起こしてしまう。

友紀子《ゆきこ》ちゃんが倒れたのは学校の水泳の授業中だったそうだ。息切れ、めまい、失神、胸痛、血痰《けったん》……症状は色々あるんだが、厄介《やっかい》なことに、この病気は発作が起きて初めて発見されることがしばしばでね。病気が見つかったときには、もう手術も出来なくなっていることが多い。しかも一度発作が起きたあとは、病状の進行が非常に速いという特徴がある。まだ早期の段階なら血管拡張の薬が効くこともあるんだが、彼女の場合はもうそういう状態じゃなかった。初めての発作が去年の七月……仙台からここへ転院してきたのが十月。移ってきたばかりのときはまだ車椅子が使えたけど、いまはベッドから起き上がることもままならない。それでも彼女はよく頑張ってるよ。十三歳の女の子がね、おしゃれしたい年ごろだろうに、腕なんか点滴と注射の跡でぼろぼろになっちゃっててねえ」

その痛々しい状態を思い出したのか、医師は小さく息をついた。

「残念ながら、この病気に対する決定的な治療法は見つかっていないんだ。唯一の手段は、薬で延命を図りながら、一刻も早く肺移植を行うことなんだが……。肺の生体移植は、患者の家族に肺の一部を提供してもらうのが一般的だ。しかし家族に彼女と同じ血液型がいない上、親族からも協力を断られてしまった。待機リストには載せたけど、この国には、何年も移植を待ち望んでいる患者が大勢いる。彼女は、おそらくドナーが見つかるまで持たないだろう。原発性肺高血圧症の患者が二年以上生存した例は、極めて稀《まれ》なんだよ。

肺移植にはもう一つ、脳死ドナーによる移植という手段がある。だが日本ではまだ脳死移植が認可されていない。たとえ近々に承認されたとしても、日本人は脳死に対する違和感を持つ人が多いからね。実際に移植が行われるまでには時間がかかるだろう。

そこで、治療方法として最も現実的なのは、国外での移植だ。特にアメリカは技術も進んでいるし、レシピエントの受け入れ態勢も整ってる。それになんといってもドナーの数が決定的に違う」

ただし、ここで一番大きな問題がある。

「金がかかるんだよ。国外移植には。飛び出た目ん玉、リボン結びできるくらいにね」

医療費及び渡航費用や滞在費、諸々《もろもろ》ひっくるめて最低でも五千万。しかも術後も、拒絶反応を抑えるために免疫抑制剤を一生飲み続けなければならない。その薬は医療保険適用外で、年間二百万円もの自己負担を強いられる。

その上そんなにまでしても、肺移植後の五年生存率はわずか四〇パーセントなのだ。これは、他の臓器と違って肺は外気との接触が多く、感染症など他の病気を引き起こす確率が高いためである。

そう説明しながら、高槻は暗い瞳《ひとみ》を宙に泳がせた。

「移植っていうのはね、完璧な治療方法じゃないんだよ。むしろさまざまな病気のはじまりだと云ってもいい。でも、それでも彼らは、生きるための道を選択する。どんなに険しい道でもね。脳死移植については、様々な意見がある。脳死を人の死として認めるか否か、もし脳死と判定され生前に移植を希望したドナーがいたとしても、遺族が体にメスを入れることを望まない場合もある。百人の人がいれば、百通りの意見がある。亡くなった人の臓器を貰《もら》ってまで生き延びるのは浅ましいと感じる人もいるだろう。でもね。ぼくは、生きようと一日一秒を必死でもがいている患者を、そのしぶとさも弱さもひっくるめて、尊いと思う。愛《いと》しいと思う。一日でも、一秒でも長く、彼らを生かしてやりたい。——そんなに意外そうな顔をしないでくれたまえよ。伊達《だて》や酔狂で医者やってるわけじゃないのよ、これでも」

あれで、くねっとしなを作る癖さえなければ、立派な医者に見えないこともないのに……。

「では、その友達は、妹の手術費のために働いているわけか」

黙って話を聞き終えた貴之が、柾の背中を優しくマッサージしながら尋ねた。

「うん……」

柾は溜息《ためいき》を吐き出した。

「西崎《にしざき》は、中等部卒業してすぐ、アメリカにバスケ留学したんだ。ずっとプロを目指してて、家族も試合のたびに必ず応援に来てた。妹も何度か見かけたことあるよ……すごく仲のいい家族だなって思ってた」

だが西崎が留学して一年程で父親がリストラされ、退職金を持って女と蒸発したらしい。

そしてその直後、妹が発病した。

「西崎の母親、もともと体が弱かったところに心労が重なって、いまほとんど寝たきりなんだって」

「そうか……」

「国外で移植を受ける人は毎年何人かいるんだけど、手術の費用はほとんどが募金で賄《まかな》ってるんだって。ネットで調べてみたら、そういう手助けをしてくれるボランティア団体も結構あるんだ」

「ああ。聞いたことがある」

「病院は何度もそれ勧めてるんだって。実際にボランティアの人を紹介したこともあるらしいんだけど、西崎がさ……」

「なぜか首を縦にしない？」

「うん……。父親とはまだ連絡つかないし、母親も自分で募金活動できる状態じゃないから、西崎が反対なら仕方ない……って感じみたいで」

シーツの上に溜息を落とす。

西崎が賭場《とば》に出入りしている理由はわかった。

だけど、なぜ募金を拒むんだろう。柾には兄妹はいないが、病床の妹を救うためならなりふりかまわないものじゃないだろうか。もし瑶子が――貴之が――悠一《ゆういち》が、周りの大切な人たちが同じ境遇を得たとしたら、ほんの一筋の希望にだって縋《すが》るし、なにを犠牲にしたって救おうとするはずだ。なのに……。

「家族思いだな。柾の友達は」

張った肩胛骨《けんこうこつ》の辺りを揉《も》みほぐしながら、貴之が云った。

「え？」

「たった十七歳で母親と病床の妹を支えるのは、なまなかなことじゃない。家族のために自分の夢を諦《あきら》め、懸命に働いて、経済的にも精神的にも父親の代わりを務める……そんな重圧を背負ったら、大の男だって逃げ出したくなる。普通の少年なら、父親が蒸発したことだけでもショックでへこたれてしまうところだろうに、立派だな」

うん……と柾は親指の爪を噛もうとし、気付いて口から離した。

「昼間、母さんも同じこと云ってた」

「……そうか」

「でも、募金のことはやっぱ納得できないよ……助かるには移植しかないのに」

「そうだな。たぶんなにかしら事情があるんだろうが」

「事情かあ……」

いったいなんだろう。募金活動より賭場で危険を冒すほうを選んだ事情って……。

「大切な友達なんだね」

貴之がさらりと髪を撫でる。シーツに片頬《かたほお》を埋《うず》めたまま、柾は困ったように曖昧《あいまい》な表情で瞬《まばた》きした。

「……そんなに仲が良かったわけじゃないんだ。あいつは、どっちかっていうとクラブ内じゃちょっと浮いてたし。無口で無愛想だしつき合いも悪かったし……あ、でも悪いやつじゃないんだけど、ただ折り合いがあんまり良くなかったっていうか……っていうのも、あいつが上手《うま》すぎたからなんだ」

実際には、ちょっと浮いてたなんてかわいいものじゃなかった。

同じレギュラーでも、西崎と柾たちの間には、はっきりとした溝があった。ちょっとでもミスすれば舌打ちしたり、先輩でも容赦なく罵倒《ばとう》したり。練習中にわざとボールを回さず、ゲームメイクも無視して強引に自分でゴールにいくこともあった。そんな傲慢《ごうまん》な態度を監督も扱いかねていて、業を煮やし、ジュニアハイの予選でスタメンから外したこともある。

しかし結局は、チームが勝つためには西崎の力が必要だった。

「才能も凄《すご》いけど、本気でプロ目指して人の十倍、二十倍努力してたんだ。おれたちがサボったりふざけたりしてるときも、一人で黙々と走り込みや基礎練してた。あいつにとっては、中学のクラブ活動なんて子供の遊びにしか映らなかったんじゃないかな。それだけバスケに対しては真剣だった。……いまならそれが理解《わか》るんだけど、あの頃はおれたち、まるでガキで……」

胸のつかえを吐き出すように、大きく息をする。

「クラブ内でイジメみたいなの、あったんだ。練習時間の変更あいつにだけ教えなかったり、シューズ隠したり——おれは参加もしなかったけど、見ても止めなかった。……だから、同罪なんだ」

「……いまは、どう思っている？」

「謝りたい。すごく悪いことしたと思ってる。……あの頃、西崎はすごく大人っぽく見えて、おれたちのことはなっから見下してて、嫌なやつだと思ってた。間違ってるけど、あのときは、やられて当たり前だろって気持ち、心のどっかにあったんだ。——けど、中三のとき……」

ジュニアハイ地区予選決勝。

監督はスタメンに西崎を起用した。相手校は五年連続ベスト8の強豪。実力は五分五分。しかし久しぶりに西崎が加わったチームはぎくしゃくしていて、どちらかといえば戦局は不利だった。同じくスタメン出場だった柾は、西崎のスタメン入りが発表された瞬間、最悪なゲーム展開を頭に描いた。

西崎はこれまでの鬱屈《うっくつ》が溜まりに溜まっているはずだ。チームプレーなんてするはずがない。それどころか、鬱憤晴らしにスタンドプレーに走るに決まってる。なんでよりによってこんな大事な試合で西崎なんか使うんだよ、と腹の中で監督の采配《さいはい》をなじったりもした。

だがそれはまったくの杞憂《きゆう》に終わった。

西崎は自分を抑えてチームプレーに徹し、名アシストとして才能を発揮した。チームメイトのミスは素速くフォローし、確実に得点に繋げる。結果は東斗《とうと》学園中等部の圧勝。柾がそこから決勝までの間に、大会史に残る得点王という金字塔を打ち立て、MVPを獲得できたのも、西崎のアシストがあったおかげだ。

「あの試合のとき、わかったんだ——西崎はおれたちとは違う、もっと遠くを見てるんだって。シカトされたことなんかあいつにとってはたいした問題じゃなかったんだ。そんなことであいつをへこませることなんかできない。西崎は、ただ勝ちたいだけなんだ。ただバスケが好きで好きで、ただそれだけなんだ。——そう思ったらさ、おれはちゃんと自分のやりたいことをやってるんだろうかって……自分が本当にやりたいことって、なんだろうって……」

だから高校ではバスケをやめた。

自分にとってのそれはバスケじゃないと思ったから。西崎のように一心に打ち込めるなにかを、いつか見つけたいと思った。

いまの目標は、アルバイトをして金を貯めて独立することだ。そして仕事をして、ちゃんと自分の足で立って、貴之と対等の男になりたい。

対等、なんて言葉でいうほど簡単じゃないし、具体的にどうすればそこに辿《たど》り着けるのか、先のことは考えれば考えるほど靄《もや》がかかったみたいにぼんやりしてる。でも不安はない。きっといつか必ずそうなれる、と信じている。理由も根拠もないけれど。

だけど、西崎の妹には、その「いつか」が来ないかもしれないのだ。

急に足もとがぱっくりと割れて暗闇が広がったような気がして、背筋が冷たくなった。

明日が来ないかもしれないなんて、一度も考えたことがない。デートクラブで殺された吉《よし》川《かわ》だって、Dビデオで死んだ斉藤《さいとう》だって、そんなこと考えてなかっただろう。夜がきて朝がくるのと同じように当たり前だと信じていたはずだ。けど、西崎の妹にとっては、現実だ。もしかしたら明日が来ないかもしれないと怯《おび》えながら、夜、ベッドで目を閉じる……考えただけで胸が苦しくなるような辛い思いをしているんだ。十三歳の女の子が。

「……さあ、もう休みなさい。寝坊すると三代に叱《しか》られるぞ。わたしは少し仕事を片づけてくる」

貴之が、横たわった柾の耳にそっとキスした。すると胸の苦しさがふっと楽になった気がした。軽く頬笑み返す。貴之のキスは、魔法みたいだ。

「うん……マッサージありがとう。おやすみ」

おやすみのキスを交わして、布団を肩まで引き上げてやり、柾がすーっと寝入ったのを見計らって、書斎に戻った。

ローマとデトロイトからメールが入っていた。仕事の件はどうやら一段落ついたようだ。部下に短いねぎらいのメッセージを送信する。そしてふと思いつき、受話器を取り上げた。

「わたしだ。夜分にすまない。柾の中等部時代のバスケットチームにいた、西崎亘《わたる》という少年について調べてくれないか。同時に蒸発した父親の行方《ゆくえ》も調査を頼む。ああ、岡本《おかもと》瑶子に関する報告は読んだ。引き続き目を離すな。——それから、週末、女性の好みそうなコンサートを適当に見つくろってくれ。チケットは二枚。そうだ。白金《しろかね》の末次《すえつぐ》邸だ。白い薔薇《ばら》の花を添えて送ってくれ」

電話を切り、革張りの肘掛けに両腕をのせて、窓の方向へゆっくりと椅子を回す。闇を吸ったガラスに、男の暗い、冷えびえとした貌が、映っていた。

# 9

「古池や――……」

　悠一が、ビブラートをきかせて一句詠《よ》む。

「蛙《かわず》飛びつくゴールポスト。……字余り」

　どこかで気の早い蟬《せみ》が鳴いている。

「誰がカエルだ、だれ、がっ！」

　がっ！　のタイミングでジャンプ、レイアップシュート。決まった。落ちてきたボールがバウンドしたところを、俊敏に掬い上げ、ドリブルでフリースローラインに下がり、キュッと靴底を鳴らして鋭いターン。ジャンプシュート。

　ボールがバックボードに当たらずにゴールに沈んだところで、柾はフーッと満足の溜息をつき、リストバンドでしたたる汗を拭《ぬぐ》いながら後ろを振り返った。

　広い体育館は二人の他に人影はなく、バウンドしたボールの音が大きく響いている。

「だいたいどこに古池があるってんだよ」

　片腕を枕にして、ベンチチェアにごろりと寝そべっていた悠一が、分厚い推理小説を紐解《ひもと》きながら応える。

「駅」

「駅？」

ドリブルをしながらちょっと考え、顔目がけてボールを投げつける。

「あれはションベン小僧だろ」

「……そうか」

思い出した——と、寝そべったまま、悠一は片手でキャッチしたボールを投げ返す。

「なにを？」

「シュートするときのおまえの格好、なにかに似てると思ったら、あれだ……柳の枝に跳びつこうとしてる蛙《かえる》」

「………」

「なにかの教科書にそんな画が載ってただろ」

柾はもう相手にせずに、ボール籠《かご》を引いてきて、フリースローラインからのシュートフォームをチェックすることにした。すばしっこさとジャンプ力にはかなり自信がある柾だが、腕の力がやや弱く、ロングシュートの成功率があまりよくないのが目下の悩みだ。腕立て伏せとダンベルで日夜鍛えているのだが……。

「コントロールが悪いだけじゃないのか？」

ぼそりと呟《つぶや》いた悠一を、腰に手を当てて、じろっと睨みつける。

「おまえなー。横でぐちゃぐちゃ云って邪魔すんだったら、さっさと帰ってテスト勉強すれば？」

「心配してもらわなくても、テスト前に慌てて詰め込む必要はないんでね」

悠一は嫌味たっぷりにそう云って、起き上がった。

「おまえこそ帰らなくていいのかよ。成績落ちたら、貴之さんがうるさいんだろうが。英語下がったんじゃなかったか？」

「テスト明け、ジュニアハイの予選なんだぜ」

ピシュッと鋭くシュートを放つ。

「ちまちま英単語なんか覚えてられっかよ。期末テストは来学期もあるけど、中三のジュニアハイは一生に一回なんだぞ」

そのために、生徒会役員の悠一に体育館の鍵をちょろまかしてもらって、こうして自主練習に励んでいるのだ。

「中三の一学期末テストだって一生に一回だろうが……」

「くっそーっ」

リングに当たって大きく弾んだボールに、柾は憎々しげに舌打ちする。

「ロングシュートが決まらなくたって、おまえには切り札があるじゃないか。ダンクシュートが」

「本番で使えなきゃ意味ねーの。一八〇クラスのセンターがゴロゴロしてんだぞ。おれのタッパじゃダンク撃つ前に潰《つぶ》されんのっ。もーっ、横でぐちゃぐちゃ云われると集中できねー！」

「はいはい。コーヒー買ってくるけど、なんかいるか？」

「ポカリ！」

わめきながら放ったシュートも外れた。人の声が耳に入るのはコンセントレーション不足の証拠なんだよ——と思っても口には出さない、心優しい悠一である。

表の自販機でコーヒーとポカリを買って戻ってくると、背の高い少年が、窓辺に立って体育館内を眺めていた。

バスケ部の西崎だ。柾の話にたびたび登場するのと、中三で一八五センチを超える長身が目立つのとで、言葉を交わしたことはないが顔は知っている。

こいつも自主練に来たバスケバカか。声をかけようとした悠一は、館内を凝視するその張り詰めた眼差《まなざ》しに、なぜかヒヤリとして、言葉を引っ込めた。

くっきりと彫りの深い、大人びた横顔が、やけに冷酷そうに見えた——のだ。

そんな目つきでなにを見ているのか。悠一が、その視線を辿って窓に目をやったそのとき、ドン！　と大きな音がした。

「オカ！」

「ってぇーっ……」

柾が、ゴールポストの真下に、地面に叩きつけられた蛙のように仰向《あおむ》けにひっくり返って呻いていた。なにが起きたか咄嗟《とっさ》に飲み込めなかった。土足のまま駆け寄った悠一の目に映ったのは、柾の手に握られたリング——ゴールポストのリングだ。おそらく、ダンクシュートを決めてぶら下がった瞬間、重みでバックボードからリングが外れ、もろとも落下したのだろう。

ゾクリと肝が冷えた。

もし打ち所が悪ければ、大怪我《おおけが》をしているところだ。

「大丈夫か！　動くな、どこ打った？　頭は？　頭打ってないかっ？」

「あてて……ってー……背中打った……」

「じっとしてろ！　おいっ、保健室に……！」

西崎に向かって叫ぶ。

だが、窓の外に立っていたはずの西崎は、いつの間にか姿を消していた。


「やあ、こっちこっち。待ってたよ」

病院の中庭に面したガラス張りの通路のベンチから、コーヒーを片手に、高槻が手を振っていた。

人の溢れるエントランスロビーから、慣れない松葉杖をついている柾を気づかい、立ち上がって自分から近づいてくる。糊《のり》のきいた白衣の下は、いつもきっちりとネクタイを締めている。

「よく来たね。今日はかわいこちゃんを連れてるじゃないの」

「こんにちはっ」

駅前の花屋で買ったオレンジ色のチューリップの花束を抱えた及川《おいかわ》は、物怖《ものお》じせず、いつものぽややんとした笑顔でお辞儀をした。登下校、松葉杖の柾のために荷物持ちを買って出てくれているのだ。今日は放課後、高槻総合病院に見舞いに行くと話すと、一緒についてきてくれた。

「学校のお友達かい？」

「はい。及川千住《せんじゅ》っていいます。岡本くんにはいつもお世話になってます」

「あらそう、お世話に」

にこにこと立っている及川をじろじろと眺め回した高槻は、意味深な目つきで柾にそっと顔を寄せてきた。

「……君、守備範囲広いねえ」

「は？」

「友紀子ちゃんの病室は二階だよ。エレベーターを使おう」

「西崎は来てますか？」

「いや。昼前に顔を出して、今夜は仕事で遅くなるから、明日の朝また来るって云ってたそうだよ」

「そっか……」

「でもタイミングがよかった。今日は友紀子ちゃん、珍しく体調がよくてねえ。普段だとこの時間にはひどく疲れちゃって、横になってるんだけど。お昼に清拭《せいしき》したそうだから、気分もいいんじゃないかな」

「清拭って？」

「お風呂に入れないとき、看護婦さんに体を拭いてもらうんだよ。ところで君たち、風邪なんかひいてないだろうね？」

二人は頷《うなず》く。エレベーターが二階に着いた。

「オーケイ。風邪は彼女の体に一番よくないんだ。面会は二十分程度で切り上げて。くれぐれも疲れさせないように。――さ、ここだ」

高槻は柾たちを通路で待たせ、二〇二号室のドアをノックした。

「お邪魔するよ、お嬢さん」

開いたドアから、白いカーテンと、無機質なパイプベッドの足もとが見えた。

二人部屋である。西崎の妹は奥のベッドらしい。手前のベッドの患者は不在だった。各ベッドを仕切るカーテンが半分引かれていて、柾たちからは友紀子の姿は見えない。

「こんにちは、院長代理先生」

カーテンの陰、少女の声が親しげな感じで応じた。澄んだ明るい声。

「うん、今日は顔色がいいね。ご機嫌のほうはいかがかな」

「退屈で死んじゃいそう」

「そりゃいけない。では、危篤の姫君に朗報だ。お兄さんの友達がお見舞いに来てくれたよ。

入ってもらっていいかな」

「お兄ちゃんの？　誰？」

と、白い手でカーテンをはぐった瘦《や》せた少女は、戸口に立っていた柾の顔を見るなり、ベッドに横たわったまま大声をあげた。

「岡本先輩⁉　えーっ、なんでーっ？」

「おや、知り合い？」

医師が驚いた顔で柾を振り向いたが、柾もびっくりしていた。

大会に必ず応援に来ていた友紀子とは何度か顔を合わせていたものの、話をしたことはない。それに、小学生だった彼女が、柾の顔を覚えているとは思わなかった。

水色のパジャマに白いカーディガンを羽織った友紀子は、頭と肩の下にクッションを入れて、楽なように体を横たえていた。ショートにした真っ黒な髪。くっきりした眉《まゆ》の芯の強そうな顔立ちも、西崎によく似ている。

顔色は少し青白かったけれど、声も表情もはきはきして、鼻につけられたチューブさえなければ病人だとは思えなかった。

「覚えてますよ、だってあたし岡本先輩のファンだったんだもん！　でもどうして？　お兄から聞いたの？」

「ちょっとした偶然でね。ぜひ友紀子ちゃんに会いたいって、来てくれたんだよ」

邪魔な松葉杖を横に置いて、柾は小さなチューリップの花束を手渡した。

「わー、きれーい……ありがとうございます」

頬を染めて花束を受け取る。

そのときパジャマの袖《そで》が捲《めく》れ、柾はドキッとした。痩せた手のあちこちに、注射針の跡の鬱血ができていた。

友紀子が、柾の視線に気付いて、慌てて袖を直す。

「やだな、今日来るなら来るって云ってくれたら、もっとかわいいパジャマにしたのに。あ……先輩、足どうしたんですか？」

ベッドサイドの椅子に掛けさせてもらった柾は、ああ、と包帯が巻かれた右足を軽く動かしてみせた。

「ただの捻挫。ちょっとコケちゃって」

「バスケでですか？」

「あ、うん、まあ」

「岡本くんね、ダンクシュートできるんですよっ」

なぜか及川が胸を張る。

「すーんっごいかっこいいんですよ。こないだなんか、でっかい大学生三人相手に、一人で一点も入れさせずに勝っちゃったんだから」

「へーええ。君がバスケねえ」

高槻はしきりに感心したように腕を組んだ。

「その身長で」

するとと友紀子が、あーあ、と大きく肩を竦《すく》めた。

「わかってないなー。あのね先生、背が高いのが優秀なバスケットプレーヤーってわけじゃないの。ＮＢＡには一七〇センチでダンク決めちゃう選手だっているんだよ」

「そーですよ。岡本くんの運動神経とテクニックだったら、三対一どころか五対一でも楽勝だって褒めてたんだから」

「誰が？」

及川は首を捻った。

「わかんない」

「無理無理、五対一なんか無理に決まってるだろ」

「そんなことない。岡本先輩はすんっごいＰＧ《ポイントガード》なんだから。ジュニアハイの得点王で、ＭＶＰにも選ばれたんだよ」

「友紀子ちゃん、詳しいね。本当にファンだったんだ」

「そうだよ。お兄がＭＶＰ逃したのは悔しかったけど、岡本先輩ならしょうがないって思うんだ。だってほんとにかっこよかった！　決勝で決めたアリウープ、チョーかっこよかった！」

「……あ、ども。サンキュ」

女の子から褒めちぎられて、柾は尻をもぞもぞさせた。赤面した顔を、高槻が冷やかすようにニヤニヤ見ている。

「友紀子ちゃんがお兄さん以外をそこまで褒めちぎるってことは、相当のもんだ。認識を改めたよ」

「でもおれがMVP獲れたのは、いつも西崎がいいアシスト出してくれたからだよ」

「とーぜん。お兄は天才だもん」

友紀子が腰に手を当てて胸を張り、病室は笑いに包まれた。

「でもよかったー。高等部にいった友達から、岡本先輩バスケ部やめちゃったって聞いてたけど、やっぱり続けてたんですね」

「うん……まあ……。っても、正式なクラブじゃなくて、3on3《スリーオンスリー》のチームで時々やってるだけだけど」

それも、柾がやっているのは、非合法の賭《か》けゲームだ。しかも、そこには西崎も噛んでいる。

「ねえ先生、あたし岡本先輩のゲーム観に行きたい。病室で寝てばっかしじゃ太っちゃうよ」

「だめだめ、こんな寒いのに外に出るなんてとんでもない。それに君のことだ、観てるだけじゃ我慢できなくなって、今度はボールに触りたいって云い出すでしょ。それは、元気になって退院してからのお楽しみ」

「ちぇー」

そのあと同室の女性が戻ってきたのを機に、柾たちは病室を引き揚げた。

「今日はどうもありがとうございました。早く怪我治して下さいね」

大切そうにチューリップの花束を抱いた友紀子は、ベッドの上から柾に、元気にそう声をかけた。

「お風呂に入れないくらい重い病気だなんて、思えなかったね」

ロビーに降りるエレベーターの中で、及川がぽつりと呟いた。

「元気そうに見えるのは薬のせいだよ。特に年を越してからは目に見えて悪くなってる。一日も早い手術が必要なんだ」

「おれ、西崎に、募金のこと話してみるよ。連絡先教えてくれるんだろ？」

「ああ。約束は守るさ」

高槻は心得た顔で頷き、白衣の胸ポケットからメモを取り出した。

「彼の住所とアパートの電話番号。ただし情報源は内密に頼むよ」

「わかってる。守秘義務だろ」

「いつも朝三時にはアルバイトに出て、戻るのは深夜だそうだ。朝は新聞配達、昼はコンビニ、夜は道路工事で働いてるらしい」

柾は顔を曇らせた。

「そんなに働いてんの、あいつ……」

「お母さんまで寝たり起きたりだからねぇ……あまり無理して、彼まで体を壊したりしなきゃいいんだが」

「なら入院費安くしてやってよ。どーせ高い薬バンバン出して暴利貪《むさぼ》って脱税しまくってんだろ」

「おやおや」

苦りきったように肩を竦める。

「藪蛇《やぶへび》だ、こりゃ」

「今日バスケ部のやつらに、募金のこと相談してみたんだ。ほとんど中等部時代の持ち上がりだから、みんな西崎のこと知ってるし、協力してもらえると思う。あと、ジュニアユースのチームにも声かけようと思って。あいつ何度もユース代表に選ばれてたから」

「……駐車場……」

ガラス張りの通路に立ち止まって、唐突に及川が呟いた。

「駐車場はどうかなあ」

「は?」

「なんのこと?」

「あのね、ユリコちゃんの病室から駐車場が見えたでしょ?」

「ユリコ?……ああ友紀子ちゃんね」

「あそこにバスケットのコート作れないかな。そしたらベッドから観られるでしょ」

「駐車場なんかあったか？　及川よく見てたな」

「ふむ……」

高槻は考え込む表情で、シャープな顎を撫でた。

「二〇二号室の下は、確か職員用の駐車場だったな……。バスケットコートって何メートルあるの」

「二十八×十五」

柾が答えた。

「でも3 on 3ならその半分ですむ。ゴールポストはレンタルできるし。おれレンタル代くらい出せる」

「ぼくも」

「どうせなら大勢集めてトーナメント戦にしようぜ。バスケ部のやつにも声かけてみる」

「わーっ、また岡本くんのダンクシュート見れるんだね！　ユキミちゃんきっと喜ぶねえ」

「ちょっとちょっと……」

たじろいだ表情を浮かべる高槻に、二人はキッと向き直った。

「まさかダメなんて云わないよな」

「まさかあ。こんな優しそうなお医者さまがそんなこと云うわけないよ。ねっ、先生？」

「そーだよな。こんな立派なお医者さまが、そんな非道なこと云うわけないよな」

ジリジリと詰め寄る少年二人に、若き院長代理は、苦笑まじりの溜息をついて、降参、と両手を挙げた。

「やれやれ……嫌なガキどもだよ。ここでダメ出ししたら、ぼくが悪者ってことになるじゃないの。オーケイ、事務長にかけ合ってみよう」

「やったー！」

「ただし、ぼくら病院の職員チームの参加も認めること」

「いいけど、先生バスケできんの？」

「おや、バカにしてもらっちゃ困るね」

疑い深げな眼差しの柾の前で、得意げな笑みを浮かべた高槻は、なにやら怪しげな手の動きをしてみせた。

「玉遊びは得意中の得意よ、ぼく」


「やん……やっ……あん……はうぅっ……」

院長室のドアを開けると、パジャマ姿の少年が応接セットのソファの背に爪を立て、産まれたての仔猫《こねこ》のような甘ったれた鳴き声を上げながら、ゆさゆさと腰を上下させていた。

ミルク色の瞼をうっとりと閉じ、唾液《だえき》まみれの人差し指を白い前歯で嚙みしめ、細い眉をわずかに苦しそうにひき攣《つ》らせて、深い快楽に耽《ふけ》っている。

「あん、あんん、ダメ、そんな、ダメェ……ダメになっちゃうよォ」

「ンーン?……どォこがだめになるって?」

腰にズンッとくる低音が、下から少年をからかった。——声はすれども姿は見えず……である。

「ここか?」

「ぁんッ」

「それとも…ここんとこか……?」

「ああ……ン……」

「ここんとこもどこんとこも、その以前に、ここがどこだかわかってんのかい、お二人とも?」

開けたドアに肘《ひじ》をついて寄りかかり、高槻は呆《あき》れ顔でコンコン、とドアをノックした。

「院長室は、ホテルルームじゃないんだけどね?」

「……いよォ」

するとソファの背もたれから、のっそり、逞《たくま》しい片腕だけが現れた。

「邪魔してるぜ」

「邪魔なのは見りゃあわかるさ」

院長代理が嫉妬《しっと》まじりの嫌味な目線を放つ中で、さっきのいままで草薙に貫かれてアンアン喘いでいた少年はあたふたと衣服の乱れを直し、まだ余韻の残る腰をふらつかせながら退散していった。それでも出て行きしなに「また会ってね」「おう」——と別れのキスはしっかりと忘れずに。

「うちの患者に手ぇつけるのはやめてほしいね。ホイホイついてくる尻軽ちゃんもどうかと思うけどね、あんたも、まったく、節操がないったらさ」

「颯《そう》を定期検診に連れてきた」

草薙傭《よう》はジーンズを直しながら起き上がると、ポケットをまさぐって、煙草を振り出した。大理石の卓上ライターで火をつける。

「二時間も三時間も待たされて、待合室に根が生えちまうかと思ったぜ」

「検査に六時間以上かかるのは毎度のことなんだ。待たされるのが嫌なら、一度帰って、終わったころ迎えに来りゃいいのさ」

「なんだ。ツンツンしてんな」

「したくもなるさ」

高槻は憎々しげに草薙をにらみつけ、その唇から喫《す》いつけの煙草を奪った。苛立《いらだ》たしげにスパスパとふかす。

「まったく、デリカシーの欠片《かけら》もない男だ。このぼくが十年越しに惚《ほ》れてるのを知ってて、目の前でイチャクラしてくれちゃって。一服盛って犯したろうかって気になっちゃっても知らないよ」

「おいおい……その件についてはお互いの良好な友好関係のために、十年も前に話がついてるはずだろうが」

ソファにふんぞり返った草薙は、いかにも迷惑そうに、濃い片眉を吊《つ》り上げた。うっすらと繁らせた無精髭《ぶしょうひげ》をぼりぼりと掻《か》く。

「おれの守備範囲は、十五歳以上、二十歳《はたち》未満の美少年だぜ」

「オヤ……そ？」

嫌味にチラリと細眉を吊り上げる。

「宗旨替えしたってもっぱらの噂じゃないの」

「ああん？」

「第三製薬《だいさんせいやく》――」

新しいキャメルを箱から振り出そうとした手が、ぴくりと反応した。高槻は細く煙を吐き出しながら続ける。

「婚約パーティ」

「津田《つだ》……」

「……」

「ニュースソースは？」

「そいつはトップシークレットさ」

高槻はニヤッと薄い唇の端を上げた。

『赤頭巾《あかずきん》ちゃん』から、医師の守秘義務を曲げて仕入れたネタである。簡単には明かせない。

しかしその結果には、いかにも高槻は満足していた。あの赤頭巾ちゃん、乗せやすそうだ

し、意外に行動力もありそうだ。あの調子で西崎一家を説得してくれれば、手術の可能性もみえてくるかもしれない。渡米しての移植手術となれば、我が医院のドクターを主治医として帯同させることもできる。日本にいてはできない研修だ。いい医者は、いい宣伝になる。患者は命が救われ、病院は儲《もう》かる。一石二鳥。トレビアン。

「なにニヤニヤしてんだ」

「こっちのことさ」

「そういや、ちょっと小耳に挟んだが、ここに原発性肺高血圧症の患者が入院してるって？」

高槻はフーッと煙を吐いた。

「ニュースソースは？」

「トップシークレット」

「ふん」

どうせ若くハンサムな研修医をくすぐって聞き出したに決まっている。食えない男だ。

「あんまりあちこちつまみ食いしてると、ハニーにお灸《きゅう》を据えられるぜ」

「おっかねえことを云うな。脳死移植か？」

「ああ。家族とは血液型が適合しなかったのでね」

「どこでやる？」

「やるとしたらロスだろうね。けど、なにせその前段階で難航してるんだ。旦那《だんな》が女と蒸発しちまって、入院費払うのもやっとだってのに、家族が募金を拒否しててさ」

「なんでまた」

「こっちが聞きたい」

どっかとソファに足を投げ出す。

「海外移植ってなると、ざっと見積もって費用は四、五千万。渡航での体への負担を考えりゃ、いますぐにでもあっちの病院に移したいくらいだってのに。あんな親は初めてだね」

「訳ありか」

「だろう。娘の命より優先させる訳ってのがなんだか、想像も付かないけど。国内で臓器提供の可能性なんてゼロに等しいっていうのに、まったく」

「いっそ東南アジアのどっかで、二、三百万でナシつけてきちゃどうだ？　それだけ出しゃ、喜んで自分から売りに来るぜ」

「――ナギ」

高槻はプカプカと二本めの煙草をふかした。

「いまの発言が本気なら、ぼくらの長い友情関係はここで終止符を打つけど、一応あんたの意見を聞いとくよ」

草薙はゆっくりと煙を喫い込んだ。

「終止符を打って、そのあとはどうする？」

「決まってる」

長い脚をゆっくりと組み替える。長いまつ毛が、ねっとりと掬い上げるように男を見つめた。

「友人でもない男に一服盛って懇《ねんご》ろになるのに、なんの良心の呵責《かしゃく》もないさ」

草薙は首を竦めた。

「ものの例えだ。そういう噂は昔っからあるだろうが」

「ふん……本当に噂だけかね。最近じゃ、チャイニーズマフィアが一枚噛んでて、専門の闇マーケットもあるって……ははあ、あんたの目的はそれか」

高槻が目を輝かせるのを見て、草薙は、藪をつついたな――というような顔をした。

「そうならそうと早く云いなさいよ。あんたの仕事の手伝いなら、ぼくだって吝《やぶさ》かでないさ」

「それで何度も失敗してんだ。おまえの情報料はバカ高ぇ」

「何度も失敗するのは、本当はあんたも嫌いじゃないからさ……」

男の横に移動し、苦々しげに天井を向いている唇から煙草を取り上げると、高槻は、煙草を挟んだその指で、仰向いた太い喉《のど》をどこか好色そうな感じで撫でた。ザワッとたちまち鳥肌が立った上を、フィルターの先ですーっと撫で下ろし、シャツの釦《ボタン》をことさらゆっくり外してゆく。

「それじゃこれ脱いで、あんたのスベスベのお肌、そこに俯《うつぶ》せてもらおうかしら……んっふっふっ……」

「てて……。ったく、あの藪医者、おかしなモンに凝りやがって……」

精密検査にまだ二、三時間はかかるという颯を高槻に預け、草薙は一人で病院を出た。

腰にどーんとした鈍痛が残っている。皮下出血もしているようだ。さすりながら、咥え煙草でぶつぶつとこぼす。

「なにが『性欲増進のツボ』だ。痛くて使いモンになるかよ……ったく、東洋医学との融合だかなんだか知らんが、人の体実験台にするのは勘弁してもらいたいぜ」

鍼灸《しんきゅう》に凝る前は、漢方薬だった。その時も草薙が人体実験に使われ、なにやら怪しげな薬を飲まされて三日三晩ひどい下痢《げり》に悩まされたのだ。反省して今度は鍼《はり》の勉強をはじめたと聞いたときも嫌な予感がしたが、案の定だ。縫い針から勉強し直せ。

「あいつに医療免許持たせとくのは、なんとかに刃物だな……」

駐車場に停めた廃車同然の白いスカイラインは、遠目にも目立つ。強い北風に肩を竦めるようにして車に戻った草薙は、ドアの鍵を開ける前に、運転席の窓をコンコン、とノックした。

窓ガラスにぐったりともたれていた津田が、その音で脅えたようにビクッと顔を上げる。きっちりとネクタイを締め、グレーの趣味のいいスーツを着けている彼の白皙《はくせき》の額には、じっとりと脂汗が滲んでいた。形のいい唇も苦しそうに喘いでいる。

「待たせたな」

「あ…あああ……あ」

ドアを開けると、濡れた声が悲痛にほとばしった。汗ばんだ頤《おとがい》を振りたくる。髪の先までも汗でしっとりと濡れていた。

草薙は、彼の膝にかけていたトレンチコートを取り払った。その下は素っ裸だった。

それもただの裸ではない。細い紐を編むようにして括《くく》ったペニスが、ばら色に充血し、とろとろと先走りをしたたらせていた。その下の宝珠も同じように紐《ひも》で括られており、さらにその下からは、肛門に入れられたバイブレーターのコードが尻尾《しっぽ》のように垂れ下がって、揺れていた。

内部を抉られるような激しい動きに耐えかね、白い尻がシートの上でもじもじとくねっている。ぴくぴくと揺れるペニスの先端が、尻が躍るたびにハンドルにこすりつけられる。そしてそのハンドルには、勝手に自分で慰めたり、バイブを抜き取ってしまったりしないように、津田の両手がやはり紐状のもので括りつけられているのだった。

「このまま会社までドライブするか?」

意地の悪い草薙の囁《ささや》きに、津田の背中がぶるっと震え、がっくりと頭が崩れ落ちた。すでに彼は、肛門と、言葉嬲《なぶ》りだけで達することを覚えさせられていたのだ。

西崎の住む千葉のベッドタウンに着いたのは、もうとっぷりと陽が暮れてからだった。

駅前の交番で地図を書いてもらい、どこか寂れた感じの小さな商店街を抜けてほどなく、その古い木造モルタルのアパートはあった。

部屋の表札は白札のままで、まるで長いこと留守にしているかのように、新聞受けにダイレクトメールやチラシの束がぎゅうぎゅうに突っ込まれている。

明かりもついていなかった。西崎はともかく、母親はいるに違いないと決めつけていた柾はがっかりして、せめて駅から電話をかけてみなかったことを後悔した。

なにしろやたら寒いのだ。

「留守みたいだね」

及川が、凍える指をごしごしこすり合わせながら、心細げにたずねた。

「どうするの？」

「少し待ってみる」

柾はコートの襟を立てた上から、マフラーをぐるぐる巻きつけた。

「買い物に行ってるのかもしれないし」

「うん……」

「おまえ風邪ひくから帰れよ。おれにつき合ってることないから」

「やだ。一緒にいる」

指にはーっと息を吹きかけながら、及川は妙にきっぱりと拒絶した。

「だって帰り道わかんないもん」

通路には屋根も囲いもなく、吹きさらしだ。海が近いせいか、強風が建物にまともにぶつかってくる。

近所にコンビニとか喫茶店でもないかと見渡してみたが、周囲は似たようなアパートやマンションが軒を連ねているばかりで、少なくともここからは、暖を取れるような場所は見当たらなかった。キオスクでカイロ買ってくればよかった……と、後悔を重ねながら、柾もかじかんだ指に息を吹きかけ、こすり合わせた。

柾の足を気づかった及川が、鞄《かばん》を通路に敷き、柾を座らせた。同じように自分も鞄の上にしゃがみこむ。

少しでも寒さを凌《しの》ごうと、二人は膝を抱えて、自然に肩をくっつけ合った。寒さで爪先《つまさき》と鼻がジンジンしてくる。

「ねえ、岡本くん。イシガキくんて、どんな人なの？」

西崎なんだけど……もういっか。

「どんなって……」

柾は返答に詰まって、ドアの表札を見上げた。二〇二。友紀子の病室と同じ番号だ。

「……バスケの天才」

「……それだけ？」

「バスケ以外ではあんまりつき合いなかったから。同じクラスにもなったことねーし」

そのクラブでの西崎は、無口、ぶっきらぼう、無愛想の三重苦。あいつが好きなＣＤや漫画の話をしたり、皆とふざけ合ったりしているのを見た記憶がない。三年間、同じクラブにいたのに、だ。

普段は無口なくせに、人のミスを責めるときはズケズケ本音を云うし、レギュラーじゃない上級生の命令は聞かない、下級生の面倒はみない。小学生時代からジュニアユースのメンバーに選ばれていて、プライドが高くて部室の掃除当番もボール磨きも「下っ端の仕事だ」と取り合わず、一度も手伝おうとしなかった。初心者の部員は完全に見下されていた。柾もその一人だ。バスケットボールは、小学校の体育でしか経験はなかった。

「岡本くんは、どうしてバスケ部に入ったの？」

「それは……」

柾はちょっと返答をためらった。

「……背が伸びると思ったから」

「ふーん……」

及川はしみじみと頷いた。

「残念だったねえ」

うるせー。

「でも、どうしてやめちゃったの？　ＭＶＰを獲ったってことは、たった三年間で、ニシザワくんを負かすくらいうまくなったってことでしょ？　もったいないよ……あんなにきれいに跳べるのに。岡本くんがダンクシュート決めるときってね、空中で止まったみたいに見える……すごくきれいなんだよ」

「サンキュ」

なんだか、今日はやたらに褒められる日だ。

「バスケがつまらなくなったとか、飽きたとかってわけじゃないんだ。ただ……」

「ただ？」

「うん……」

その時、疲れ切ったような、重い足音が階段を上がってきた。

西崎だった。寒そうに肩を竦めて階段を上がってきた西崎は、玄関の前で凍える二人を見ると、怪訝《けげん》そうに顔を顰《しか》めた。

黒い厚手のダウンジャケット。古びたジーンズ。今夜の夕食らしい、ホカ弁屋の袋を提げている。

「お、お帰り……」

「………」

西崎は、ポケットから鍵を取り出しながら、無言で二人の前を通り過ぎた。

「ちょっと話があるんだ。今日病院で」

ドアの鍵を開けた西崎は、そのまま無視して中に入ろうとした。慌てて立ち上がり、ドアノブごと手を摑《つか》む。

「聞けって！　今日、友紀子ちゃんに会ってきた」

西崎の顔色が変わった。ようやく柾を見る。

「……なんでおまえが友紀子に」

「病院で聞いたんだ、病気のこと。手術が必要なんだろ？　募金のことも聞いた。仕事が忙しくて募金活動ができないなら、協力するよ。おれだけじゃない、東斗のバスケ部も手伝ってくれるし、ボランティア団体も手を貸してくれる」

「必要ない」

切り口上に、西崎は拒絶した。

「うちのことは、うちでどうにかする。余計な口出しするな」

「どうにかって、どうするんだよ。手術だけで五千万もかかるんだぞ？　そんな大金、棗《なつめ》さんのとこで稼げると思ってるのか？」

「おまえには関係ない」

「棗さんのとこにはもう行くな。もしおまえになにかあったら、友紀子ちゃんはどうなるんだよ」

精悍《せいかん》な頬が硬張るのがわかった。柾はダウンの袖をギュッと握り締めた。

「それに、おまえが自分のためにあんなことしてるって知ったら、友紀子ちゃんが悲しむよ。あの子、ほんとにおまえのことを尊敬してるんだぞ。今日だってほんとに嬉しそうにおまえの話してた。おまえだって、仕事三つも掛け持ちしてるのは妹のためだろ？」

「……」

「おれも協力する。友紀子ちゃんが早く手術受けられるように」

「ほっといてくれ」

「西崎っ」

「……あのーお」

と、あいかわらず空気を読まない声で、及川が挙手した。なんだよっと振り返ってみれば、困ったような、情けない顔でしきりともじもじしている。

怪訝に見つめる二人に、小声で呟いた。

「トイレ……」


火の気のない部屋の中は、通路と変わらない温度だった。

及川にトイレを貸し、柾を部屋に上げた西崎は、ストーブに火を入れ、ヤカンをかけた。

質素な部屋だった。

一足歩くごとに軋《きし》む、鶯《うぐいす》張《ば》りの狭い板間の台所に、六畳間。煎餅《せんべい》布団が敷きっぱなしで、テーブルもなければテレビもない。陽焼けした畳はすり切れ、台所の隅には空き缶とゴミ袋が山になっている。窓辺に茶碗《ちゃわん》が三つ並べてあるのは、たぶん雨漏りがするのだろう。

柾が昔住んでいたアパートも、古さでは似たり寄ったりだったが、ここがやけに荒《すさ》んでいるように感じるのは、家庭の匂いがないせいかもしれない。

ただ、そんな中で、部屋の隅に片づけられた段ボールの中に、バスケットボールとナイキのシューズがきちんと収まっているのが、西崎の押し殺した想いを見てしまったようで、切なかった。どんな気持ちで日本に戻ってきたか、考えただけで胸が締めつけられる気がした。

「おばさんは？」

「仙台《せんだい》の実家に帰ってる」

「具合悪いのか？」

「……あっちで職が見つかったんだ」

「そっか……元気になったんだ。よかったな」

云ってから、本当によかったんだろうか、と気になった。母親が病気の娘を置いて仙台で働いているというのは、よかったと云えるような状況だろうか。きっと心配でしかたないに違いない。

考え込んでいる柾をよそに、西崎はじかに畳に胡坐《あぐら》をかいて弁当を食べはじめた。

「……なあ」

「………」

「さっきの話だけど、仕事が忙しくて時間がないなら協力するから」

「お節介なんだよ」

冷え冷えとした声。

「人の家のことにまで首突っ込むのはやめろ。迷惑だ。だいたい、友紀子友紀子ってなんなんだ。あいつに惚れたのか？」

「おまえの妹だからだろ！　心配なんだよ、友紀子ちゃんもおまえのこともっ」

柾のまっすぐな言葉と視線に気圧《けお》されたように、西崎の顔に初めて、たじろぎの表情が浮かんだ。

「勝手に押しかけてきたのは悪かったよ。お節介なのもわかってる。けどこのまま手術しなかったら……」

「手術はさせる」

「どうやってだよ」

「おまえには関係ない」

ドキッとした。

またただ。病院でも見せたあの顔。他人が自分のテリトリーに踏み入ることを拒絶する顔だ。おれに触れるな、構うな――そう云ってる。

「かっ、関係ないなんて、そんなのひどいよ」

いつの間にかトイレから出てきた及川が、突然横から、西崎に食ってかかった。

「ぼくたち、友紀子ちゃんとは友達になったんだ。だから関係なくないし、それに、岡本くんは本当にニシヤマ君や友紀子ちゃんのこと心配して、それで酷《ひど》い怪我してるのにわざわざ千葉まで来てっ」

「誰もそんなこと頼んでない。それとおれの名前は西崎」

西崎はかったるそうに及川の言葉を遮り、弁当を頬張る。

「これ食ったら、仮眠してまた仕事なんだ。そいつ連れて、さっさと出てってくれ」

「……わかった。及川、帰ろう」

「でも岡本くん、まだ話っ……」

「いいから。西崎、邪魔してごめん。でもまた来るから」

框が先に玄関で靴を履きはじめると、及川もあとから来て靴を履いた。西崎は頑《かたく》ななくらい一度もこっちを見なかった。ドアを閉めるとき、もう一度声をかけた。

「今度、病院で3 on 3の試合やるんだ。駐車場にコート作って。おまえも来いよ。おまえがバスケしてるとこ見たら、友紀子ちゃん元気出ると思う」

しかし西崎の返答はにべもなかった。

「仕事だ」


アパートを出てから二人は黙ったままJRと私鉄を乗り継ぎ、いつもの駅のホームに降りた。慣れない松葉杖で歩き回ったせいで、足の痛みと腕が限界だった。家に電話をすると貴之が帰宅していて、駅まで迎えに来てくれることになった。

電車に揺られている間、西崎のあの顔が、ずっと頭から離れなかった。

拒絶されても当たり前だ。バスケ部時代のことはあいつも忘れていないだろうし、柾だって、わだかまりのある相手から急にお節介を焼かれたらうんざりする。関係ないって云われてしまったら、確かにその通りだ。もうチームメイトでも同級生でもない。多分、友達だとも思われていない……。

柾は溜息をついた。このことに関してはもう何十回目かもわからない溜息だ。

だから猪突猛進《ちょとつもうしん》だって云ってるんだ。もっと上手く立ち回れよ。——悠一の呆れ声が聞こえてきそうだ。

ほんとだよな……。西崎がおれのことどう思ってるかなんて、わかりきってたのに。おれが出しゃばったせいで、西崎の心をもっと頑なにしてしまったような気がする。そう思うと、また溜息が出た。

「あのね、ずっと考えてたんだけど……あのカンザキくんて人、ぼく、知ってるよ」

バスロータリーの隅にある車寄せで迎えを待っていると、及川がふと呟いた。

「模擬テストの日に、3on3の会場に来てたんだ。ベンチで岡本くんのことを見てた。すごく背が高い人だと思って、覚えてたんだ」

柾は厳しい目で及川を見た。

「……そのこと、誰にも云うなよ」

うん、と及川は神妙な顔で頷いた。

「それでね、その時云ってたんだよ。岡本くんなら五対一でも勝てるって」

「えっ……」

驚いた。まさか、あの西崎が？

「パス回しなんかで時間稼ぎできると思ってるのは、岡本くんを舐《な》めてる。あの大学生くらいじゃ、五人束になってかかっても岡本くんは止められないって。岡本くんのこと、すごい認めてるって感じだった。今日だって本当はきっと嬉しかったんだと思うよ。ぶっきらぼうな人って、思ってることを素直に口に出せないだけで、ほんとは心があったかいって云うもんね」

ほわんとした笑顔。なんだかこいつって、ホットケーキの湯気みたいだ。

頭に溶けかけたバターがのっているところを想像して、柾はくすっと笑った。そうして初めて、自分の顔が、ずっと硬張ったままだったことに気付いた。

「今日は色々つき合わせてごめんな。でも、サンキュ。及川がいてくれてよかった」

「ううん。岡本くんの役に立てて嬉しいよ」

「及川っていい奴だよなあ。悠一だったら、帰りの電車でずーっと文句云われてる。ってか、それ以前につき合ってくれねーか」

「そうなの？　すごい仲良しに見えるけど」

「うん。けど、あいつ西崎のこと苦手みたいで……あ」

帰宅ラッシュの人混《ひとご》みの中に、頭一つ分高いシルエット。

カシミアの白いセーターにトレンチコートを羽織った貴之が、片腕に大判のストールを掛けて、立っていた。すれ違ったOLが、あまりの男振りに、わざわざ振り返って顔を覗《のぞ》き込もうとしている。

「お帰り。お腹が空《す》いただろう。母上が首を長くして待ってらっしゃるよ」

柾が立ち上がる前に近づいてきて、肩にふわりとストールを掛けた。

「先に食っててよかったのに。あ、貴之。及川も送ってほしいんだけど」

「クラスのお友達かい?」

貴之は、そこで初めて及川の存在に気付いたように云った。

「はじめまして、及川です」

「こないだ転校してきたんだよ。うちの近所なんだって」

「そう。柾が世話をかけるでしょうが、仲良くしてやって下さい」

「はい。任せて下さい」

穏やかな貴之の微笑《ほほえ》みに、及川も、ほっこりとした笑みを返した。

## 10

「ちょっといいか、オカ」

昼休み。

ドーム型の高い天井にざわめきが反響する大食堂で、悠一、及川と並んでAランチを食べているところへ、同じくランチのトレーを持って、２—Ｅの矢部《やべ》が人をかき分けてやってきた。

あいにく柾たちのテーブルに空席がない。すると悠一が気をきかせて、食べかけのトレーを持って立ち上がった。

「ここ空くぜ」

「悪いな、佐倉《さくら》」

「いや。ほら、おまえもだよ」

悠一は、柾の隣でとろとろカレーを食べ続けている及川の耳を引っぱって、席を離れた。

「おっきい人だねぇ」

空席に移動しながら、矢部の背中を振り向いた及川が感想を漏らす。なんでぼくまで移動しなきゃなんないの?……という疑問は抱《いだ》かないところが彼らしい。

「バスケ部の主将だ。一九〇はあるんじゃないか」

「ふあ〜……岡本くんの知り合いは、おっきい人ばっかなんだね。ネズミほどライオンに憧《あこが》れるってやつかなあ?」

「……おまえ、それ口が裂けても本人には云うなよ」

再びもぐもぐ口を動かしながら無頓着《むとんちゃく》に呟いた及川を、悠一は怖いものを見るように見《み》遣《や》った。

「佐倉の隣にいるの、おまえのクラスの転入生だろ」

柾の向かいに腰を下ろしながら、矢部が尋ねた。

幼等部からの一貫教育を宗《むね》とする東斗学園では、同学年の連中はほとんど幼なじみのようなものだ。一度も同じクラスになったことのない生徒でも、顔と名前は一致する。外部から入ってきた人間は一目でわかるのだ。

「うん。担任命令で悠一が面倒みてるんだ」

「ふーん……なんか妙な時期に転入《はい》ってきたよな」

「前の学校でイジメにあってたんじゃないかってさ……」

「あー、そんな感じ。構いたくなるもんな。——んでさ」

矢部はカレースプーンをグラスの水に突っ込んでから、用件を切り出した。

「おまえが昨日云ってた、病気の子の募金の件だけど……あれ、やっぱバスケ部で協力すんの、無理だわ」

「なんで」

間髪を容れず食いついた柾に、矢部はたじろいだように、口に運びかけたスプーンを止めた。

「なんでって……そう決まったんだよ」

「……」

「あと、３on３？　日曜は練習試合入ってんだわ」

「昨日はそんなこと云ってなかったじゃんか」

「急に決まったんだよ。悪《わり》ィな、協力できなくて。おれも、入院してるのがおまえの妹だったら一も二もなくだけどさ、西崎の妹じゃな……」

苦笑いしながらカレーを口に運ぶ矢部を、柾はむかっとして睨みつけた。

「そんな云い方……ダチだろ」

「ダチぃ？　よせよ。ただのチームメイトだろ」

いや、元チームメイト、と矢部は迷惑そうに訂正して、さっきスプーンを突っ込んだ水をぐびっと飲んだ。

「こう云っちゃなんだけど、元東中バスケ部であいつのことダチだと思ってるやつなんか一人もいねえぜ。だいたいあいつだって、こっちのことダチだなんて思ってねーって、ぜったい」

「それは、おれたちがあいつを無視したりしてたからだろ」

それは触れられたくない記憶だったのか、柾の台詞に矢部は嫌そうにげじげじの太眉をひそめて、カレー皿から目を上げた。

枉にとっても嫌な記憶には違いない。けれど、癒えない傷口をほったらかしにしておくこともできない性質《たち》だ。

「おれたち、ひどいことしてたじゃんか。買ったばっかのシューズ隠したり、集合時間の変更、あいつにだけ連絡しなかったり……んなことされたら、どんなやつだって怒るし、傷つくよ」

「……それは確かに悪かったと思ってるよ。けど、それとこれとは別だろ？　自分のこと見下してるやつ、ダチだと思えったって無理」

「全国優勝できたのは西崎の力だって、おまえだって認めてたじゃんか」

「だから、それはそれ、これはこれだろ」

矢部はむっとしたように強く云い返した。

「そりゃバスケのセンスは認めるよ。はっきり云って天才だよ、あいつは。けど才能があればなにしたって許されんのか？　練習後のコート整備も、ボール磨きも、先輩のジュース買ってくんのも、『そんなことしたってバスケはうまくならない』とか云って、いっぺんだって手伝ったことがなかった。おれはああいう、人のやってることをバカにしたり、自分勝手で和を乱すようなやつは我慢ならない。――ジュニアハイのあと、レギュラー全員で西崎に謝罪に行ったことがあっただろ。そのときあいつがなんて云ったか、おまえだって覚えてんだろ？『虫けらに無視されたって痛くも痒《かゆ》くもない』……あんなこと云われて、ダチだと思えっか?」

「それは……あいつは、口が悪いから……」

「悪いのは口じゃなくて性格だよ」

苛立たしげにビーフカレーをこね回す。

「あいつはな、人を傷つけても平気でいられるやつなんだよ。無視されるにはそれだけの理由があったってことさ。――そりゃ、おれたちのしたことは悪いよ。その点については反省するよ。けどあいつに手を貸すのは真っ平だね。あんな糞《くそ》ったれに友情だの罪悪感だの持ったってバカみるだけだ。あいつに関わるのだけは真っ平だね」

「……わかった」

柾はスプーンを握ったまま、静かに矢部を見つめた。

「けど助けたいのは西崎じゃない。西崎の妹だよ」

「……」

顔を上げた矢部は、柾の硬く思い詰めた表情を見て、気まずそうに目を逸《そ》らした。

総ガラス張りの大きな窓の外に視線を向ける。すっかり葉を落とした楓《かえで》の根元に、溶け残った先日の雪が、まだ塊で残っている。

「……おれもさ、妹のことはかわいそうだと思うし、正直云ってなんか協力してやりたい気持ちはあるよ、あるけどさ……募金って、街頭に立ったりポスター作ったりとか、いろいろ大変なんだろ? 三年になるのにそういう時間はないって皆が云うんだよ。ただでさえ練習ハードだし、予備校も行かなきゃだしさ……わかるだろ？　皆、時間的に無理なんだよ。なにもおれらじゃなくたって、他に誰かいるだろ？　親戚とか、妹の学校とか同級生とか。第一さー、西崎もあいつの親も募金には協力できないって、なんか変じゃねえ？　協力してほしかったらまず西崎自身が頭下げにこいって話。おまえも、あいつにいいように使われてんじゃないの？」

「いいよ、もう」

柾は自棄《やけ》になったようにガツガツとカレーを口に押し込んだ。

「わかった。忙しいのに頼んでごめん。こっちでなんとかする」

「……これ、バスケ部全員一致で決まった意見だから、他のやつに声かけてもムダだと思うぜ」

食べかけのトレーを持って立ち上がった矢部は、付け足すようにそう云って、クラスメイトが座っている窓辺の席に移動していった。

「なるほどなあ……。だが、そいつはちょーっと難しい相談だなあ」

生徒指導室で向き合った担任の山岡《やまおか》は、八の字眉の渋い表情で、顎のたるんだ肉を引っぱった。

「その病気の子の募金を、社会福祉の課外授業として、参加者に単位を与えるってのは、おれもなかなかのアイデアだとは思うんだが……。理事会に掛け合うにしても、現役の東斗生ならともかく、西崎は高等部に進学してないしなあ……当の妹さんに至ってはずっと公立だったんだろう。ちぃっと、なんだわな……」

「やっぱ無理かぁ……」

柾は大きな溜息をついて、椅子の背もたれに背中を預けた。スチール椅子の背もたれがギシ…と軋む。

「妹さんの学校はどうなんだ？」

「連絡取ってみたんだけど、家族の同意がないのに無理押しはできないって云われた」

「うーむ……」

「ボランティア団体にも問い合わせたけど、やっぱ家族の同意がないのがネックだって」

西崎の頑なな態度を思い出し、柾はますます溜息を深くした。

ともかく事は急を要する。募金が遅れればその分手術も遅れ、助かる命も助からない。だからとにかく募金という既成事実を作ってしまって、それから西崎の説得にかかろうと思っていた。妹のために協力してくれる人達の姿を実際に見れば、気持ちを変えてくれるんじゃないかと思っていたのだが……。

現実はそう甘くはない。

「あいつを説得できるいい方法ないかなあ……募金を嫌がる理由がわかれば、糸口になると思うんだけど……」

「なあ、岡本よ」

山岡が、薄くなりかけた頭をボールペンでかきながら、どこかのんびりとした感じで柾の言葉を遮った。

「おまえ、ボランティアも結構だし、その熱意と友情はたいしたもんだと思うが、人のことより自分のことはどうなんだ？」

デスク上のバインダーに、ボールペンの尻をトントンと打ちつける。

「おれも若者のやる気に水注《さ》すようなことは云いたかないんだが、こういう時期だろ。二学期末に出してもらった進路、まだ気持ちは変わってないのか？」

「変わってないよ。就職希望」

「一年の時は経済学部進学希望だっただろう。就職が悪いってわけじゃないが、いっぺん考え直してみちゃどうだ？　経済に興味がないなら、別の学部に変えてみる手もあるぞ。まあおまえの家庭の事情を考えたら経済学部が順当なところなんだろうが」

「先生、どっちの味方なんだよ」

上目遣いにじろっと睨《にら》み付けられた山岡は、苦笑してボールペンで耳の後ろを掻いた。

「いや、味方って云われるとな……」

「家の事情なんか関係ないだろ。一年の時の進路表なんてテキトーに埋めただけだし。でも今度のはちゃんと自分で考えて決めたんだ。親にもちゃんと話はしてある。先生がなんて云おうと、おれ、大学になんか行く気ねーから」

「まあ、そうとんがるな」

椅子を立ちかけた柾を、どうどう、となだめる。

「おれだって前途ある若者にこんなこと云いたかないが。しかしなあ、三十年近くも高校教師やっとると、いろーんな例を山ほど見ちまってるわけだよ。東斗には経済的に恵まれた家庭が多いが、家庭の事情で進学を断念したり、途中で公立に転校せざるを得ないケースも多い。西崎だって家庭の事情があったんだろ？」

「……」

「なあ岡本よ。世の中には、おまえが思ってるより沢山の選択肢があるぞ。おまえの成績なら国立ストレートは間違いないんだし、将来のことを考えても大学だけは出ておくべきだと思う。たとえば将来、仕事でなにか資格が必要になったとき、大卒でないと取れないことだってある。遠回りに見えても、大学の四年間は無駄にはならんと思うぞ」

「大学行く金なんかないよ」

「奨学金って手もある」

「それって勉強したい人が受ける制度だろ？　おれはそこまで目標ないし」

「いまはなくても、大学でいろんな友達を作って刺激を受ければ考えも変わるぞ」

「高卒で就職するのが不利なのはわかってる。けど奨学金って、結局は借金だろ？」

「経済的なことは親類の人に頼んでみたらどうだ。おまえから切り出しにくければ、おれのほうから話をしてみるぞ。きっと応援してくれるんじゃないか？」

柾は大きく息をついた。

「……おれ、卒業したらあの家を出たいんだ」

「家の人とあんまりうまくいってないのか？」

山岡に四方堂《しほうどう》の家との関係を詳しく話したことはないが、やっぱりどこからか伝わっているのだろう。貴之も東斗のOBだから、色々と耳に入るのかもしれない。

「そうじゃないよ。皆いい人だし、学校にも行かせてくれて感謝してる。けど……どんなに居心地が良くても、やっぱり、あそこは自分の家じゃないから」

「……そうか」

「なのに大学まで面倒みてくれなんて虫が良すぎるし、いままでの学費も働いて返すつもりなんだ。大学は、もしどうしても必要になったら、働きながら通ってもいいと思ってる。でも先にそういうことをきちんとしてからじゃないと、自分の中でケジメが付かないっていうか。それに……」

祖父はまだ養子縁組のことを諦めていない。何度も強く断ってるのに、顔を合わせればその話だ。これ以上四方堂の世話になってしまったら、養子の話も断りにくくなるし、なし崩しに将来のレールを敷かれてしまうかもしれない。

きっと他人から見れば勿体《もったい》ない話なんだろう。四方堂の財力や権力ってやつは。横浜の本宅へ新年の挨拶に行ったときも、来合わせた遠縁の人たちが、財産目当てだの図々しいだのヒソヒソ云っていた。逆にあからさまに機嫌を取ってくる人もいる。そういう場に行く度、強く思うのだ。

自分の家族は、母親だけだ。四方堂の籍に入るなんて考えられない。たとえ血が繋がっていても、あの人たちは家族じゃない。五年前母親が留学したとき、籍をどうするかは自分で決めるように云われたけれど、気持ちは一度も変わっていない。

だから、急にあんなことを言い出されて、息が止まるくらい驚いた。

――ずっとあの人たちと暮らすかい？……

驚きすぎて固まってしまった柾に、寝そべったままの瑶子は、少し眠そうな顔でのんびりと言葉を続けた。

「いま修業してるミラノの工房で、正式に働かないかって誘われててね。予定じゃあと一年くらいで日本に戻るつもりだったんだけど、あたしにはあっちの水が性に合ってるみたいだし、工房の仲間も気の合うやつらばかりだし……このまま住むのもいいかと思ってね」

「じゃ、あっちに永住？」

「まだはっきり決めたわけじゃないよ。ただ工房の話は請けるつもり。で、あんたの卒業後のこと、一応聞いておこうと思ったんだ。進学しないなら、一度ミラノに来てみないかってね」

それで急に帰国したのか……。

「なんだ、ビビった。紛らわしい言い方すんなよ。この家の養子になれってことかと思っただろ」

「それはあんたに任せるって前から云ってあるじゃない」

「ミラノかあ……。行ってみたいけど、でもうち金ないじゃん」

「ばーか、子供がつまんない心配するんじゃないよ。……けど、この家は居心地いいみたいだし、このままここにお世話になりたければそうさせてもらえるように、あたしからも頼んでみるよ。爺《じい》さんもそのほうが喜ぶだろうしね」

「なんであんなジジイのこと喜ばせなきゃならねーんだよ」

口を尖らせた柾のおでこを、ぺちっと叩く。

「まったく。子供じゃあるまいし、今度そんな口叩いたらお尻ひっぱたくよ」

「さっきは子供って云ったくせに。どっちだよ」

「子供はいつまでも子供に決まってるだろ」

瑶子はいつになく優しく目を細めて笑っていた。

……いつまでも子供扱いかよ。おれ七月でもう十八だっての。結婚だってできる。

そういえば、両親が知り合ったのも、いまのおれとそんなに変わらない歳《とし》なんだ。二人ともまだ大学生で、そのほんの少し前までは柾と同じ高校生だった……なんだか不思議な感じだ。あの母親にも制服着て高校に通ってた時代があったなんて。

「なあ岡本。おまえ、なにか夢はないのか」

「……夢?」

唐突な問いに、柾はきょとんと担任教諭を見返した。

「子供の頃に野球選手になりたかったとか、金を稼いでいい車に乗りたいとか、なんでもいい、おまえの夢だよ。就職して自立するのが最終的な夢じゃないだろうが?」

夢。……あんまり考えたことなかった。とにかくバイトで金貯めて自立すること、貴之と対等になることが一番の目標だったから。

「こうなりたい、こうしたいって夢があるから、人間は目標が持てる。目標に向かって努力する。目標ってのは、夢に向かう一過程だ。焦ってそいつを取り違えるなよ。おまえの人生は、まだ三分の一にも来てないんだからな」

「……」

「なんだか柄にもない説教しちまったな」

山岡は眼鏡を外して、ズボンから引っぱりだしたよれよれのハンカチでレンズの曇りを丁寧に拭い、また掛け直した。

「お袋さん、まだしばらくこっちにいるんだろう? いい機会だ、将来のことも含めてよーく話し合え。その上でまだ迷いがなければ、おれはもうなんにも云わねえよ。……ただな、くれぐれも親御さんを泣かせるようなことだけはするんじゃないぞ。おまえが元気で学校に通ってられるのも、親があってこそなんだからよ……」

「断る」

生徒会執務室のパソコンの画面に顔を向けたまま、悠一は、一言のもとに切り捨てた。

「一面識もなければ、すれ違ったことすらない女子中学生のために割けるむだな時間はビタ一秒たりともない」

「むだって……なんだよその言い方。人の命がかかってんだぞ？　国内じゃ手術できる見込みはないし、どうしても海外移植が必要なんだよ。せめて薬を並行輸入して投薬しないと、手術を受ける体力もなくなる。でもその薬も保険がきかなくて、年間で五百万もかかるって……」

「加藤《かとう》、これコピー二十部」

「はい」

「おい悠一！　ちゃんと話聞けよっ」

「そっちこそ、この状況をよく見ろ」

声を荒げる柾を、悠一は、迷惑そうに肩越しにちらっとだけ振り返った。

「部外者立ち入り禁止の生徒会室にいきなり入ってきて、話を聞けもないもんだな。明日は予餞会《よせんかい》執行委員の会議があって、生徒会総出でその準備に追われてるんだ。この忙しさが見えないのか？　そのでっかい目ン玉はガラス玉か」

「……ごめん。けど時間がないんだよ」

「おまえ一人がいきり立ったって、募金に家族が同意してないんじゃ話にならないだろうが。それに西崎は、自分でどうにかするって云ったんだろ」

「あいつ一人でそんな大金稼ぐなんてどう考えたって無理だよ。その前に体壊してぶっ倒れる。今だってかなり無理してるのに」

「それでも募金活動はしたくないって云ってるんだろ？　なら他人が出る幕じゃない」

「西崎が無理なら、おばさんだけでも説得したいんだ。頼むよ。おまえならおばさん受けいいし、人を説得するのも得意だろ？」

「ああ。はっきり云って、年上受けも、弁舌にも自信がある」

悠一はパソコンからちらっと視線を上げた。

「が、それを西崎亘の家族のために浪費する心の寛《ひろ》さはない。以上」

「なんでだよ！　あいつに恨みでもあんのか？」

「べつに。たんになる個人的好みだ」

「んなこと云えるほどつき合いなかっただろ。ずっと違うクラスだったじゃんか」

「じゃあ前世の因縁かもな。おまえのほうこそ、なんでそんなに熱心なのか理解に苦しむね。同じバスケ部だったってだけで、西崎のことは敬遠してただろうが」

言葉に詰まった。その通りだ。

「そのクラブでも、西崎亘は有名な鼻つまみ者だった。部外者のおれが知ってるくらいにな。この募金もバスケ部満場一致で否決したんだって？　さもありなん、だな」

「ボランティアってのは相手を選んでするもんじゃないだろ。それに、助けたいのは西崎じゃなくてあいつの妹だよ」

「あいにく、社会福祉の単位は足りてる」

「そーゆーメリットで考えるもんでもねーだろってのっ！」

「人に強制してやらせるようなもんでもないだろ」

冷たいくらいにそっけなく話を切って、再びパソコンに向かう。

柾はきゅっと唇を嚙み締め、ソファから立ち上がった。松葉杖をついて、悠一の机の前に回る。そして、深々と頭を下げた。

「頼む。力を貸してくれ」

悠一が少し驚いたように視線を上げた。

「確かに西崎はちょっと問題のあるやつだった。けどおれだってあいつに悪いことをしたんだ。おれのほうがやったことの罪は大きいかもしれない……」

「その償いに手助けしたいってわけか」

「それもある。でも一番は、立花和実《たちばなかずみ》のときみたいに後悔したくないんだ」

「……あいつが死んだのはおまえのせいじゃないだろ」

「かもしれない。だけど、もしかしたら止められてたかもしれない。おれ、もう二度と後悔するのは嫌なんだ。やれるだけのことはやっておきたいんだ」

「……」

「頼む、悠一。おまえの力が必要なんだっ」

柾は更に深く頭を下げた。悠一はしばらく黙っていたが、再びパソコンのキーボードを叩く音が聞こえた。

「話がそれだけなら、さっさと出てってくれ。風紀取り締まり強化中に部外者が生徒会室にいると、妙な憶測を呼ぶ」

「……そーかよ」

柾はぎゅっと松葉杖を握り締めた。

「おまえがそんな薄情だとは思わなかった。わかった、もういい。おまえには二度と頼まねーよっ！」

悠一は肘掛けにゆったりと肘をのせ、椅子を回してもう一度柾に向き直った。

「薄情で結構。とにかくおれはお断りだ。おまえもこれ以上あいつのことに首を突っ込むな。どうせ聞きやしないんだろうが一応忠告しとくからな」

「ご忠告どーも！　冷血漢！」

杖をガツガツと床に叩きつけるように鳴らしながら、柾が出て行く。バタン！　と荒々しく閉じられたドアを見つめて、加藤が気遣わしげに尋ねた。

「なにかあったんですか？」

「知るか。生理前だろ」

「いえ、西崎先輩となにかあったのかと……。いつもの佐倉先輩なら、なんだかんだ云いつつ岡本先輩の頼みは断らないでしょう?」

「どうせおれは冷血漢だからな」

拗《す》ねたような口ぶりに、加藤は苦笑を浮かべる。

「本気で云ったんじゃないですよ。でも岡本先輩、あの様子じゃかえって依怙地《いこじ》になっちゃうんじゃありませんか?」

「いいんだよ、少しは痛い目を見て懲りれば。毎度毎度、なにかってーと面倒事ばっかりしょいこみやがって……」

パソコンの画面を睨みつけて、悠一は低い唸《うな》りをあげた。

「……心配なら素直にそう云えばいいと思うんですけど……」

「ああ? なにか云ったか?」

「いえ、なんでも。ところで、風紀委員会から明朝の抜き打ち持ち物検査について回覧が来てますが、岡本先輩に知らせておきましょうか?」

「必要ない」

「でも一昨日《おととい》の遅刻で罰掃除がついてますから、これ以上失点がかさむと……」

「ほっとけ。自業自得だ。普段は人の情報なんざクソの役にも立てないくせに、都合のいいときだけ使われてたまるか。少しはおれのありがたみをわかれってんだ」

プリントの端を揃《そろ》えながら、加藤が怪訝そうに悠一を見遣る。

「なんのことですか?」

「べつに」

パソコンデスクに頰杖をついて、悠一はむっつり呟いた。

「おれは根に持つタイプなんだよ」


帰宅すると、夕飯の買い物で留守にしている三代の代わりに、母親が玄関を開けてくれた。昼寝でもしていたんだろう。髪はぼさぼさ、朝見たときの寝間着姿のままだ。

「お帰りーい。ふあーぁ……もう夕方か。なんだか時差ボケでまいっちまうよ。ちゃんと病院行ってきたの？　行きなさいよ、ちゃんと。きちんと治さないと捻挫は癖になるんだからさ」

「っせーな、よけーなお世話だよ！　そっちこそ寝《い》ぎたなく夕方までダラダラ寝てんじゃねーよ、クソババア！」

「………」

とたんに、柱に肘をついて寄りかかり、寝乱れた浴衣《ゆかた》の袷《あわせ》から手を突っ込んで腋《わき》の下をぽりぽりかいていた瑶子の二重が、密林で獲物を見つけた猛禽《もうきん》さながらに、スッ…と細められた。

その眼光にぞわっと悪寒を感じて後ずさった柾の襟首を、上から素早く伸びてきた鷲《わし》のような鉤爪《かぎづめ》がガシッと摑み、有無を云わさず廊下に押し倒す。

「いでででででーっ！　死ぬ死ぬ死ぬーっ！　ブ、ブレークブレーク！」

「母の強さがわかったか、クソガキ」

咥え煙草で余裕の笑みを浮かべる母の下、がっちりとキャメルクラッチを決められた柾は、必死に白木の廊下をバンバン叩いた。

「わーったわーった！　わーったからどけよデブ！」

「………」

「ギャアアアーッ！　ごめんなさいーっ！」

「ごめんなさい、美しくてお若いお母さま、だ。はい復誦《ふくしょう》」

「目尻の皺《しわ》増えたんじゃねーのっ！」

怒鳴り返した柾の背骨が、今度こそ、ベキベキバキッ、と鈍い音をたてた。


「……そうか……学校にも断られたのか」

「それよっか悠一だよ！」

ソファに胡坐をかいて煙草に火をつける母親の傍ら、仏頂面の柾は、抱きしめたクッションに、親の仇《かたき》とばかりにヘッドロックをかけていた。

「あいつがあんな薄情で冷たいやつだとは思わなかった。サイッテーだよ。口は悪いけど、根はいいやつだと思ってたのに……」

「あたしは、その子はそんなに間違ったことは云ってないと思うけど」

膝の上に肘をつき、その手で顎を支えて、肩からこぼれてきたウェーブの打つ豊かな黒髪を邪魔そうに手櫛《てぐし》でかき上げる。

「どこがだよ！　人の命がかかってんのに。いくら気に入らないやつの妹だからってっ……」

「それこそボランティアってのは人に強制されてやるものじゃない、手伝うも手伝わないも自由だろ。心根の冷たいあったかいは関係ないよ。人が自分と違う考え方をしてるからって、それを責めるのは曲がった考え方に思えるけどね」

柾は言葉を詰まらせた。

「……そう、かもしれないけど……」

「あんたに西崎って子を助けたい事情《わけ》があるように、その友達にもなにか事情があるのかもしれないよ。友達を助けたいのに友達と喧嘩してちゃ、世話ないだろ。ん？」

「………」

柾は爪を噛もうとして、はっとして唇から指を離した。苛々する。云われてることはわかってる。正しいと思う。けどどうしようもなく苛々する。

「それより、本当にその女の子を助けたいんだったら、こんなところで愚痴たれてる暇はないだろ？　シケたつらして座ってたって、銭に足生えてあっちから歩いてきてくれるわけじゃないんだよ。本当に万策尽きたかどうか、脳みそ絞ってもういっぺんよーく考えてごらんな」

「やったよ！　やれるだけのことはっ……募金団体に片っ端から電話して、他のバスケ部の連中や元ジュニアユースのやつらにも監督にも声かけた。でもどれもダメで……それで、自分で募金集めようとしたんだ。駅前広場で」

「募金？　あんた一人で？」

瑶子が目を丸くする。

たとえ自分一人だってやるしかない。はじめからそう決めていた。手書きでチラシを作り、学校に頼んでコピーさせてもらった。急ごしらえの募金箱も用意した。ここで諦めるわけにはいかない、あの子の命がかかってるんだ。

だけどいざ、駅前広場に一人で立つと、そんなに簡単なことじゃないってすぐにわかった。

「あの、これ……お願いしますっ。女の子の手術費用を集めてます」

真冬の夕暮れ時。人々は皆早足で、チラシを差し出す柾を迷惑そうに避けていく。中には受け取ったものの、ティッシュやサービス券がついていないと文句を云って突き返してくる人もいた。目の前で丸めてポイ捨てする人もいた。悔しかった。それでもチラシを配り、通行人に呼びかけた。すると、一人の女性が足を止めてくれた。

「大変ね。うちにも同じくらいの子がいるのよ」

そういって、少ないけど、と小銭を募金箱に入れてくれたときには、涙が出るほど嬉しかった。初めて、チャリンと募金箱の底が鳴った。

「頑張ってね。手術、上手くいくといいわね」

「ありがとうございましたっ！」

柾は深々と頭を下げた。萎えかけていた勇気に火が灯った。募金お願いします！　ともっと大きな声で呼びかけた。

「君、ちょっといいかな」

はいっ、と勢いよく振り向いた柾の目の前に、制服の警官が立っていた。

「許可証を見せてくれるかな。ここでチラシを配ったり募金活動をするには許可がいるんだよ」

「え……」

青ざめる柾に、初老の警官は、この広場は区役所の管轄だと教えてくれた。申請して許可が下りるまでに一週間以上かかること、もし道路で募金するなら警察の許可が必要になること……なにもかも知らなかった。募金箱を抱いたまま次第に肩を落としていく柾を見て警官は気の毒そうに「寒いから、今日のところは早く帰りなさい」と優しく云った。

「一人で募金を集めるのは大変だろう。申請が下りるまでに仲間を集めて、皆で協力してやるといいよ」

頑張ってな。……柾は俯いて、すみませんでしたと頭を下げた。配ることのできなかったチラシの束が、両手にずっしりと残った。

情けなかった。こんな基本的なことさえ知らずに人を助けようと思ってたなんて。なにひとつうまくいかなかった。自分が、いかに無力で、無能で、ちっぽけな存在か、思い知っただけだ。

「……やれやれ」

顔を真っ赤に染め、悔し涙を堪える息子を、瑶子はしみじみと見つめて、やわらかな溜息をついた。

浴衣の袖で、潤んだ目もとを拭ってやる。

「まったく、我が息子ながら、ぶきっちょというか、肝心なとこで抜けてるというか、ばか正直というか」

邪険に母親の手を押しやる。

「っせーな。自分のDNAの悪口云って空《むな》しくなんねー？」

「まったく、減らず口ばっかり一人前になっちゃって」

ぺこんと息子の頭を叩くと、瑶子はよいしょと立ち上がり、電話を持ってきた。

「……なに」

「これが髭剃《ひげそ》りに見えるんだったら重症だね」

「……いい。悠一には明日学校で謝る」

「だーれが仲直りの仲裁をするって云ったよ。銭の話に決まってるだろ」

「だからもう、逆さに振ったって鼻血も出ねーって」

「なら、あるところから絞り出しゃいいのさ」

瑶子は弓なりの眉を片方引き上げ、なにか企《たくら》みを秘めた顔つきでうまそうに煙草の煙をふーっと吐き出した。

「昔から云うじゃないか。地獄の沙汰《さた》も金次第。コネとオトコは使いよう…ってね」

# 11

「君から電話を貰うとは、珍しいね」

サインをした書類を持って秘書がオフィスを出て行くのを見届け、貴之は、リクライニングされたデスクチェアに深く背中を預けた。

『お仕事の邪魔をしてすみません』

卓上のスピーカーから、高校生にしては大人びた、シャープな声が聞こえてくる。

『ご迷惑だとは思ったんですが、どうしてもお話ししておきたかったので』

「いや、かまわないよ。で、話というのは？」

と尋ねながらも、彼、佐倉悠一の用件が柾に関わることであるのは、容易に察しがついていた。それ以外に彼ら二人の接点はなかったし、悠一がわざわざ丸の内のオフィスに電話をかけてくるような事情は、他に考えられない。

『西崎亘という名前をご存じですか？』

「ああ……柾の中等部時代のチームメイトだったね」

答えながら、貴之はパソコンのファイルをクリックした。

画面に、件《くだん》の少年の顔写真入りのデータが立ち上がる。それは今朝ほど調査室から届いたばかりの身上書だった。病院の玄関で盗撮したとおぼしい写真はお世辞にも鮮明とは云いがたいが、引き締まった長身と、眉のくっきりした、精悍な顔立ちを見ることができた。

調書には、西崎亘本人のみならず、両親の生年月日から出生地、学歴、交友関係に至るまで子細に書き込まれている。

『西崎の妹が、臓器移植を必要とする難病で、都内の私立病院に入院しているんです』

「その件なら柾から聞いているよ。手術のために募金を集めると張り切っていたようだが……」

『その件でたぶん、貴之さんに援助を求めると思います』

画面をスクロールさせ、貴之はある地点で視線を止めた。

『募金活動には本人と家族の同意が必要なんですが、西崎と母親が拒否しているそうなんです。理由はわからないけど、恐らく募金は無理だと思います。そうなれば他の出資者が必要になる。……おれなら始めからあなたに話を持っていったでしょうけれど、あいつには、四方堂グループの財力ってものがちっとも頭にないので』

貴之は唇に苦笑いを上らせた。

「君の話というのは、募金の口添えかな?」

『いえ、その逆です』

「逆?」

『できれば、もしその話をしてきたら、断って欲しいんです』

「なにか込み入った事情がありそうだね」

磨かれた机の上の埃《ほこり》を指先で拭う。

「よかったら詳しく聞かせてくれないかな」

『オカを――』

悠一はその先を云い澱《よど》み、口ごもった。

『……いえ。すみません。いまのは忘れてください』

「せっかく電話をかけてきたんだ。話してみないか。わたしでよければ、力になれることもあるかもしれない」

しばし、逡巡《しゅんじゅん》するかのような沈黙があった。背もたれに深々と背を沈めたまま、貴之は黙って次の言葉を待った。

『……おれは』

やがて、少年が、肺いっぱいに溜めていた息を吐く音が、スピーカーの向こうから明瞭《めいりょう》に伝わってきた。

『あいつを……オカを、これ以上、西崎に近づけたくないんです』

そのとき、秘書室からのコールが彼らの会話を遮った。

悠一に断り、通話を切り替える。それは、不意の来客を伝えるものだった。

『お話し中、申し訳ありません』

第二秘書の真柴《ましば》が戸惑いがちに云った。

『岡本柾さまが、一階受付にお見えなのですが……』

五階まで吹き抜けになったガラス張りの広いロビーの、いくつも並んだ回転ドアの右手に、大理石の床を四角く切った噴水が設《しつら》えられている。

ライトアップされた水面《みなも》が反射して、水紋を、幾重にも辺りに投げかけていた。噴水を囲むように配されたソファに腰かけた柾の足もとと、小さなコーヒーテーブルにも、薄いブルーの輪がゆらゆらと幻想的に揺らめいている。

間もなく五時になる。ロビーにはまだ人の行き来が絶えず、右隣のテーブルでは名刺交換が行われていた。後ろからは中国語が聞こえる。左隣には、携帯電話で延々取引相手のミスをなじっているパンツスーツの年かさの女性。

その中にぽつんと座った制服姿は完全に周囲から浮き上がっていて、あまりの場違いにただでさえ尻が落ち着かないっていうのに、キンキンするソプラノで捲《まく》し立てるのを聴いていると頭が痛くなりそうだ。

（……家で待ってりゃよかった）

手持ち無沙汰《ぶさた》にコートの釦をいじりながら、吹き抜けのガラスに映る暮れかけた空の紺とオレンジの濃密なグラデーションを見上げて、柾は小さな溜息を漏らした。

つい勢いで出てきちゃったけど、わざわざここまで来る必要なかったんだよな。考えてみれば。

貴之の会社を訪ねるのは、今日が初めてなのだ。

何度か機会はあったのに、ずっと避けていた。明確な理由があったわけじゃない。ただ、なんとなく。ここに近づくのが嫌だった。貴之の働いている場所に興味がないわけではなかったのだけれど。

ふとエレベーターホールに首を向けると、上品なグレーの背広の紳士が、にこにこしながらこちらに向かってくるのが見えた。貴之の秘書、中川《なかがわ》だ。

肩からほっと力が抜けた……と思った瞬間、彼の後ろにくっついてきた青年がなにやら運んでくるのを目にして、柾の眉間《みけん》はたちまち曇る。

「お待たせしましたね。ここまではタクシーでいらしたんですか？　お電話を下されば、迎えをやりましたのに」

「貴之の携帯、留守電になってたから、会議中とかだったら悪いと思って……あのさー中川さん、それ……なに？」

「車椅子ですよ」

中川がにこにこ答えると、傍らの青年が、それをずいっと柾の前に突き出した。

マットな黒の三ツ釦スーツに、濃灰色のシャツと紺のネクタイ。貴之と歳は変わらなそうな、ちょっと甘い感じの顔立ちの青年だ。

「秘書課の真柴です。どうぞ。社長室までご案内いたします」

柾は慌てて立ち上がった。

「冗談っ……自分で歩くよ！」

「いえ、そうはまいりません。こちらでご案内するよう社長からきつく云いつかっております。どうぞ、お座り下さい」

「やだよ、捻挫くらいで車椅子なんてっ」

「まあまあ、せっかくですからお座りになってみては？　乗り心地は悪くなさそうですよ」

「いいって、ほんとに自分で歩けるから」

「お待ち下さい、困ります」

「ここの床は滑りやすいですよ。重役用エレベーターまで距離がありますし……」

「わたしが叱られますから、どうか」

「歩けるって！」

押し問答する三人に、周囲の迷惑そうな視線が集まる。

真柴の執拗な制止を振り切って、一歩踏み出したそのときだ。周囲の注目どころでない事件が起きたのは。

それはエレベーターホールからはじまった。柾にも、柾の目の前で立ち話をしていた背広の男とOLにも、その気配――ロビーのムードが見えないなにかで、音もなく塗り替えられてゆくその気配が感じられた。話し声がロビーの奥から徐々にやんでゆく。

そして、その始発点から、優雅な身のこなしで歩いてくる、長身の男の姿が、ゆっくりと割れてゆく人の波間に現れた。

人を掻き分けるでもない、ゆったりとした歩みだが、彼が踏み出すたびに自然に人が割れ、まるで予め示し合わせたかのようにさーっと道を空ける。しかし彼らが、自分が道を譲った相手の正体を知るのは、彼が目の前を通り過ぎたあとなのだった。――柾は、彼が彼の肩書きではなく、その天賦の威厳と美しさとで人々を圧倒する様を、呼吸も忘れて見入っていた。

夢のような男だ。

誂《あつら》えた英国製のスーツがぴったりとはまる、すばらしい肉体と美貌《びぼう》。疑うべくもない、まさに君臨するために生まれてきた男――。

立ち止まった彼に、うっとりと見とれていた女性たちの唇から、心からの賛辞の溜息が漏れる。

「案の定、てこずらせているようだな」

「申し訳ありません」

真柴と中川が、揃って頭を下げた。

「いや。手間をかけてすまなかった」

そして、ストイックな中にドキッとするような色香を漂わせる眼差しで柾を見下ろした貴之は、その美貌にぴったりの素晴らしいテノールでそう云うと、いきなり、両腕を伸ばして柾の体をひょいと抱き上げた。

「荷物を頼む」

「は――はい」

一瞬、動揺を走らせた真柴は、だが素早くそれを飲み込むと、柾の手から松葉杖を受け取った。

「お預かりいたします」

「たっ……貴之っ！」

「なんだ？」

なんだじゃないって！　携帯電話を握ったままポカンと口を開けている女性とばっちり目が合ってしまい、柾はカーッと赤くなって貴之の肩を叩いた。

「やだよ、たいした怪我じゃないのに！　自分で歩くよ！」

小声で怒鳴るという器用な真似をしてみせる柾の抗議に耳を貸さず、二人の秘書を従えた貴之は、人垣《ひとがき》の間を、制服姿の男子高校生を『お姫さまだっこ』して悠然と渡ってゆく。

ロビー中の呆気《あっけ》に取られた大勢の社員の視線が、さざ波のように追ってくる。あまりのいたたまれなさに、赤くなった顔をスーツの襟に伏せて隠した。

「かっ会社ン中だよ⁉　みんな見てるよっ」

「怪我人を運んでいるだけだ。なにか不都合が？」

「ありありじゃん！　下ろせよ、みっともないだろっ」

「こら――おとなしくしていなさい。でないと」

もがく柾の抵抗を、貴之は次の一言で黙らせた。

「――キスするぞ」

「……」

「いい子だ」

珍事に静まり返ったロビーを突っ切る間、柾は羽を切られた小鳥のようにちんまりと男の腕に収まって、狂おしい羞恥《しゅうち》と視線の矢に耐えながら、一刻も早くエレベーターの扉が閉じることを祈り続けた。

忘れてた。有能なビジネスマンは、『面の皮の厚い男』と同義語なのだ。


「もう、二度と、ぜったい、ここには来ないっ」

社長室のソファに下ろされた柾は、両腕を組んで、むっつり、そしてきっぱり宣言した。

四十五階建てのビルの最上階である。

特殊なカードキーと暗証番号が必要な重役用エレベーターのドアが開くと、夕闇迫る街灯《あか》りと、東京タワーの赤が正面の窓から目に飛び込んできた。

広い部屋だ。淡いマロングレーの絨毯《じゅうたん》が敷き詰められ、手前に北欧製の白いソファセット、そして窓を背に重厚なオークの両袖机があり、自宅の書斎と同じようにデスクトップ型のパソコンや書類ケースが整然と並んでいる。机のそばには、子供が隠れんぼできそうに大きな古伊万里の壺に、早咲きの桜が活けられていた。

殺風景で、清潔で、どこか冷たく、かすかに貴之のコロンの匂いがする。

「そんなにふてくされなくても、自分が思っているほど他人は気にしていないものだよ。コーヒーは？」

「いらない」

「キャンディ」

「いらないよ」

「では……キスは？」

「……いらない」

むすっと横を向く。ソファの背に腰掛けた貴之は苦笑して、柾の黒髪をくしゃっと撫でた。

「せっかくだから外で夕食を摂ろうか。瑶子さんもお誘いして。電話をあと何本かかけたら出られるから、ここで少しテレビでも観ておいで」

リモコンで片側の壁がスライドし、内部に組み込まれた大型モニターが現れた。

「母さんは買い物行っちゃったんだ。途中まで一緒にタクシーで来た」

「では久々に水入らずといこう。また城崎《きのさき》に蟹《かに》でも食べに行こうか？」

「いまから？」

「ヘリならすぐだよ。ただし、三代には内緒にすること」

「んー……」

柾は迷うように首を傾《かし》げたが、

「行きたいけど、またにしようよ。母さん置いて蟹なんか食いに行ったら殺されちゃうよ」

「……そうか。そうだな」

「そうだよ。すっげー食い意地張ってんだから。小学生のころ、袋にこーんなちょこっと残ってたポテチ食べただけで、一週間くらいぶつぶつ云っててさ。しょうがないから新しいの買ってやったんだけど。そんときのおれのお小遣い、月に三百円だったんだよ？　アイス買うのも我慢してたのに……」

「なにが食べたい？」

「え？　んーと……じゃあ、肉」

「では赤坂の〝まつ屋〟にしよう。母上には土産を買っていって、明日三代に焼いてもらえばいい」

「うん……あの、貴之。それより、頼みがあるんだ」

「コーヒー？　それともキスかな？」

「真面目に話してるんだよ」

「さっき電話があって、西崎亘くんが、来春のピクシー入団契約にサインしたそうだよ」

「……え？」

柾はきょとんとして貴之を見上げた。

柾の知っている『ピクシー』といえば、国内の大手総合電機メーカーだ。同じ名前のレコード会社、音楽事務所は業界一の規模で、ゲームソフトの開発などでも有名である。

そしてもうひとつは、そのピクシーが持っているバスケットボールチームだ。日本リーグ十二年連続優勝の強豪チーム。

「先日おまえの話を聞いて少し調べたんだが、彼はバスケット界ではかなりの有名人だそうだね。小学生時代からジュニアユース日本代表として国際大会に出場、国内大会ではＭＶＰ受賞四回、二年連続得点王……強豪高校の誘いを蹴《け》ってアメリカ留学したのも頷ける戦績だ。彼を欲しがる企業や学校は多いだろうな。特にスポーツに力を入れている私立校は、有名選手が一人いるだけで入試の倍率と偏差値が跳ね上がる」

柾はまだぽかんとしている。

「ピクシーの首脳陣も同じ考えだったようだ。今日の午前中、スカウトが彼と話し合いを持って、その場で話が纏《まと》まったらしい。ＮＢＡを目指す彼には日本の実業団は物足りないだろうが、契約金の前払いを条件に首を縦にしたそうだよ。来春の入団までは仙台の高校に在籍することになる。契約金は全額、ＬＡ州立病院の口座に振り込んでほしいと依頼があったそうだ。さっき高槻病院の院長代理に連絡を取ってみたんだが、妹さんは体調次第で来週早々にも渡米することに決まったらしい。あとはＬＡで治療を受けながら、移植を待つことになる」

「……貴之……」

ようやく言葉を発した柾の、信じられないと云いたげに大きく瞠《みは》った目を、貴之は温かな眼差しで見つめ返した。

「彼には、才能と強運がある。友人の叔父《おじ》が、たまたま実業団の上層部とコンタクトを取れる立場だった。——強運も才能のうちだ。その才能が、妹さんにも受け継がれていることを祈ろう」

云い終わらぬうちに、貴之に乱暴なキスのタックルが襲いかかった。

それは貴之の唇を蹂躙《じゅうりん》し、すっきりした顎や頬の肉を咬み、めちゃくちゃに舐め回した。ちぎれんばかりに尻尾を振って飛びついてきた犬が、大好きな飼い主に親愛を示すみたいに。

「……好き……」

息も継がせぬ情熱的なキス。ようやく解放された貴之は、スーツが皺になるほどしっかりと首に手を回している柾の黒髪を撫でてやりながら、こめかみを唇でくすぐった。

「いい言葉だ」

ちゅっと鼻先にキス。

「もっと聞かせてほしいね」

「好き好き好き好きっ。めちゃくちゃ好き！　愛してる！」

柾は恋人をぎゅうっと抱きしめて、顔中にキスの雨を降らせた。

「そうだよ、実業団って手があったんだよ。すごい、天才だよ貴之。おれ募金のことばっか考えてて全然そっちに頭がいかなかった……でも、なんで？　どうしてわかったの」

「云っただろう？　わたしはいつも、おまえのことだけを注意深く見つめていると……」

頰に添えた手の親指で、なめらかな頰をさすり上げる。

「その嬉しそうな顔を見るのが、わたしの生き甲斐《がい》なんだよ」

柾は芯からとろけそうになりながら、貴之の頰を両手で挟んで、高い鼻梁《びりょう》に鼻先をこすり合わせた。

「好きだよ……」

きつく抱き合って、いっそう情熱的に舌を絡める。貴之の手が制服の釦を外し、ネクタイを緩めたそのとき、電話が鳴った。

貴之の溜息。

「お邪魔虫が来た」

柾の頰に軽くキスして、スーツの乱れを整えながら机に向かう。柾は熱い肺の中から大きく息を吐き出し、ソファの背もたれに火照った顔の片側をコテンとのせた。革の冷たさが心地好い。

仕事の電話のようだった。ドイツ語だろうか。パソコンの画面を見ながら、柾にはちんぷんかんぷんな言葉で、淀《よど》みなく受け応えしている。

しばらくそうして待っていたが、電話が終わる気配はなく、柾は音量を絞ってテレビをつけた。しかし番組はちっとも頭に入ってこない。手持ち無沙汰にしきりにチャンネルを替える間に、貴之はどこかへ電話をかけ、今度は英語で話をはじめる。

……なんてかけ離れた存在なんだろう。

ふいに、云いようのない切なさが柾を襲った。

四方堂グループ次期総帥。叡智《えいち》、教養、財力、権威——二十代にしてそのほとんどを身につけた男。柾の希《のぞ》みを見通す目と、叶《かな》える力を持った男。

それに比べて。

十七歳。高校二年。未成年。コネも地位もなんの力もない。自慢できるのは、人よりちょっと勝った運動神経。

比べるのは間違ってる。そんなことはわかってる。自分を他人と比較するのはつまらないことだし、そもそも四方堂貴之との比較に耐えうる人間がこの世に何人いるだろう？

わかってる。わかってるけど……。

いまの貴之と同じ年齢になったとき、おれはなにをしてるだろう。

十二年も先のことなんて、想像もつかない。考えれば考えるほど不安でたまらない。胸をかき毟《むし》られるような焦燥感に足首を摑まれそうになる。

どんな仕事をしてるだろうか。

貴之はまだ、おれを愛してくれてるだろうか……。

（こっち、向かないかなあ……）

こっち向け、こっち向け、あと三つ数えたらこっち向く。いち、にー、さん！——……しかし、胸の中でどんなに念を送っても、貴之は電話とパソコンの画面に没頭していて、ソファに置き去りにした恋人のことなど、すっかり頭から追い出されてしまったようだ。

柾はそろそろとソファを下りた。

四つん這《ば》いで絨毯の上を這《は》って、机に近づき、まったく気付かずに電話を続けている貴之の足もとに、机の下から潜り込むと、両手で右足の革靴を引っぱった。スポンと脱げる。貴之は動ぜずに話を続けている。

左足も同じようにして脱がせた。次に靴下。引っ込めようとする足首を摑んで、くすぐってみる。貴之は一瞬声を詰まらせかけたものの、咳払《せきばら》いをひとつして、また平然と会話を続ける。

今度はズボンの裾を捲り上げて、臑《すね》にかぷっと齧《かじ》りついてみた。それから膝頭。尖った骨に歯を立てる。貴之はこんなところまで形がいい。

すると、貴之の右手が机の下に出てきて、猫を呼ぶようにくいくいっと中指を動かした。その手を捕まえ、貴之の両膝の間から顔を出すと、柾は長い中指にキスした。

見下ろす貴之は、余裕の表情だ。挑発的な、笑いを含んだようなその目が憎たらしくて、柾はピンク色の舌を思いきり伸ばすと、彼の指先をちろりと舐めた。

大きく口を開け、奥までゆっくりと含んでゆく。

指の一本一本を、吐きそうになるほど深く迎え入れ、唇を窄めながらゆっくりと引き出す。拡げた指の股《また》に吸いついて、舌で細かく刺激する。

手の平の肉をやわらかく嚙む。

いつも貴之がしてくれる愛撫を思い出しながら、いやらしい音をたて、うんと挑発的な表情で舐めたりしゃぶったりしてみるのに、貴之はそれでもまだ平然と喋《しゃべ》り続けている。柾は、彼の指を前歯で噛んで挟むと、今度はズボンに手を伸ばした。

塊が弾み出る。それは柾の手の平の中ですぐに体温と重量を増した。特有の雄の臭いが鼻をつく。柾は、口から指を引き抜くと、唾液の糸を引く舌を伸ばして、その熱い塊に浮き出た太い血管を根元から舐め上げた。

「っふ……」

とうとう、声が漏れた。

咳払いをして、一瞬にして動揺を押し隠しまた会話に戻ったが、確かに、はっきりと声を漏らした。

掠《かす》れて、鼻にかかったような、甘い声……。

ゴクン、と生唾《なまつば》を飲み込む。

貴之の顔が赤い。

手の中がドクンドクン脈打っている。

くらりとした。

この男の官能を、文字通り一手に握っていることの興奮に。

仕事中のオフィスで、この男に淫《みだ》らな声をあげさせたことに。ひょっとするといまにも背後のドアが開いて、誰かが書類を届けに来るかもしれない、スリルに。

硬い……。

生唾が口から溢れそうになる。

燃えるように体が熱い。

左手が、興奮に震えながら自分のズボンをさすった。

口を開き、舌で男の形を辿る。

淫猥《いんわい》な唾液の音が、机の下に籠《こも》る。

貴之の片手が荒っぽく髪をまさぐった。その乱暴さが、男が感じている官能の深さを、なによりも示していた。

最後の甘いひと咬みに、隆起した熱塊が弾ける瞬間、静まり返ったオフィスに、貴之の激しい声が響いた。柾の顔に、べったりと精液が飛び散った。

「悪い子め……」

甘くて掠れたテノール。

受話器はもとの位置に戻っていた。

酩酊《めいてい》の余韻を滲ませた目を細め、今度は自分においたをしている恋人の頤を摑むと、貴之は親指でその汚れをなめらかな頬になすり付けた。

これから、その指が自分になにをするか——それを知っている体と唇が、期待にわななく。

「こんなお行儀の悪い子は、厳しく躾《しつ》け直さなきゃならないな」

男は、芯から震えるような低音で、甘く命じた。

「来なさい。まずは、挨拶のしかたから教えてあげよう……」

12

赤坂の老舗《しにせ》のカウンターに座って、美しい女将《おかみ》のつかず離れずの行き届いた給仕で松坂牛のステーキをたらふく食い、二〇〇グラムのヒレとサーロインを土産にしてもらって、更に帰りがけに立ち寄った洋菓子店で生クリームの上にフレッシュフルーツがこぼれそうなくらいのっかったタルトを丸ごと買った。

胸のつかえが取れてすっかり上機嫌の柾は、ほんの一口のワインでほろ酔い気分だ。

膝に抱えたケーキを気にして、車がカーブに差しかかるたびに貴之の運転にギャーギャーけちをつけ、呆れた恋人がやがて相手にしなくなると、助手席からネクタイを引っぱったり、リボン結びにしてみたり、袖のカフスを外してみたりと、酔っぱらい特有のしょうもない悪戯《いた》《ずら》をくり返し、最後には、「おとなしくシートに座っていられないなら膝の上にのせるぞ」と、妙な脅しをかけられてしまった。

「お帰りなさいませ。賑《にぎ》やかですこと」

遅い時間だったが、三代はまだ帰らずに二人の帰宅を待ってくれていて、リビングで縫い物をしていた。

車庫入れのときのブレーキングでケーキが崩れた崩れないと、揉めながらリビングに入ってきた二人を、眼鏡を外しながら出迎える。

「たっだいまあ！　これお土産。こっちが肉で、こっちがケーキ」

「まあ、美味《おい》しそうですこと。お茶のご用意をいたしましょうね」

「うん。あーっやっぱり崩れちゃってるじゃん！　ほらぁこれ、ここんとこ、貴之が急ブレーキ踏んだせいだよ」

「そこはわたしが頂くよ」

苦笑してネクタイを緩める。三代がキッチンからナイフと取り皿を持ってきた。

「お袋は？」

「お部屋にいらっしゃると思いますよ。すぐお呼びしてまいります」

「あ、いいよ。おれ呼んでくる」

そこにタイミングよく、浴衣に丹前を羽織った瑶子が入ってきた。湯上がりらしく、長い髪を大きなピンでアップにしている。

「お帰り。美味しそうなもんがあるじゃない」

「ただいまー」

「遅くなりました。お出かけだとうかがっていたので、外で食事をすませてしまいましたが……」

「ああ、気を遣わないで。こっちも好き勝手やらせてもらってんだしさ。三代さん、すまないけどあたしにもコーヒーくれる？」

「母さん、ケーキどんくらい食う？」

「こーんくらい」

親指と人差し指をめいっぱい広げて見せる。

貴之は上着を脱いで、両腕を捲ってコーヒーの支度に取りかかった。縦のものを横にもしない貴之だが、ちゃんと豆から挽《ひ》いて淹《い》れるコーヒーだけは絶品なのだ。

「首尾は上々だったようだね」

煙草をふかしながら、山ほどのった果物と生クリームをどうすれば崩さずに切り分けられるか、四苦八苦してナイフを入れている柾をからかっていた瑶子が、キッチンの二人に聞こえないようにこっそり尋ねた。

「うん。西崎、来年実業団入りが決まったんだ。その契約金で手術を受けられる」

「実業団?」

「バスケだよ。十二年連続日本一のチームなんだぜ。貴之がスカウトにツナギ取ってくれて、すぐに話が決まったんだって。西崎は小学生のころから国際大会に出てたんだ。スカウトもずっと注目してたんだよ。まあNBAと比べたらレベルは段違いだけどさ、でも西崎なら世界選手権とオリンピックは間違いなく代表だし、ぜったいそのうちNBAからスカウトが来る。天才だもん、あいつは」

目をキラキラさせて、我がことのように興奮した様子で語る息子に、瑶子は優しい母親の眼差しで頷き返した。

「よかったじゃない。その子のお母さんもとりあえず一安心ってところだね。あとは手術が成功するように祈って、千羽鶴でも折ろうか」

と、思いついたようににやっとし、

「いまのうちにサイン貰っておこうか。高く売れるかもよ」

「そーゆーやらしいことを考えるなよな」

めっ、と睨みつける。瑶子はちっともこたえていない顔で肩をすくめた。

「そういえば、買い物ってなんだったの」

「明日のスーツ」

てっぺんの木苺《きいちご》をつまんで口に放り込む。

「スーツぅ？」

「そ。こないだのスーツ、醤油《しょうゆ》のシミ付けちゃってクリーニング中なんだよ。まさか学校にジーパンじゃ行けないだろ。あ、スーツ代はあんたにツケとくからね。二万三千円。タクシー代込みで二万八千円にまけとくわ」

「じょーだん！　なんでおれがそんな金……」

「だってあんたがどうしてもって頼んだんじゃないか。三者面談」

「——三者面談？」

被さるように、貴之が問い返した。

一瞬にして、背後の温度が氷点下に下がった気配を感じ、サーッと酔いが醒《さ》めた。柾の顔から、体中の水分を絞ったかのような大量の汗がどっと噴き出す。

突然張り詰めた二人の間の空気に、事情を知らない三代と瑶子が、怪訝そうに顔を見合わせた。


書斎のドアを閉めるなり、貴之が静かに尋ねた。

「なぜ嘘をついた」

「……嘘なんかついていないよ。こないだ怪我して学校に迎えに来たとき、担任が、せっかく帰国してるんだから、いい機会だから今回は母さんが来たほうがいいって勧めて、それで……」


コン、と指の関節が強く書斎机を叩く。ドアに背中をつけて寄りかかっていた柾は、その音に、まるで目の前で手を振り上げられたかのようにビクッと首を縮めた。

「柾」


貴之の低い声には、威圧的な凄《すご》みがあった。表情こそ穏やかに見えるが、柾を見つめる目の奥には静かな怒りが宿っている。

「わたしは、なぜ先生と母上に、わたしが仕事で行けないなどと云ったのかと聞いているんだ」

「………」

「三者面談があることも、それが明日だということも、一言も聞いた覚えはないんだがな。それとも、寝ているわたしの耳もとでわざわざ囁いてくれたのか？　寝言で今週の金曜日はスケジュールが空かないと答えたか、わたしは？」

「……チョー嫌味」

意地の悪い問いに、スリッパの中で爪先をもぞもぞ動かしながら、柾は口の中でぼそっと呟いた。

……なんだよ。さっきはおれの顔に射精したくせして。色っぽい声、出したくせして。

「答えなさい。柾」

さっきまでの団欒《だんらん》も、オフィスでのいちゃいちゃも、楽しい食事も、夢か幻みたいな険しい声。

だから嫌だったんだ。進路絡みで喧嘩にならなかった例《ためし》がない。

「……だって」

むっつりと呟く。

「だって、なんだ」

「だってほんとのことだろ。仕事が忙しいのは。ここんとこずっと土曜も日曜もいなかったし、帰り遅いし」

「だから忙しくて答えるのも面倒だろうと、手間を省かせてくれたわけか。それはそれは、気のきいたことだな」

「いちいち嫌味な云い方するなよ」

「嫌味に聞こえるのは、自分の中にその要因があるからだろう」

「………」

「いつ、学校から通知があったんだ」

「……金曜」

下を向いたまま答えた。

どうしてこんな訊問《じんもん》みたいな真似をされなきゃならないのか。胃の底がチリチリする。

「どうして黙っていたんだ」

「………」

「初めから母上に出席してもらうつもりだったのか」

「………」

「……柾」

俯《うつむ》いたままの柾の様子から、このままでは埒《らち》があかないと踏んだ貴之は、声を和らげた。

組んだ長い脚を床に下ろし、その膝の上に手を組む。

「わたしはべつに、怒っているわけじゃないんだ。ただ、わたしには保護者としての責任がある。学園生活についても、無論進路についてもそうだ。担任の先生のおっしゃることは尤《もっと》もだし、今回の三者面談には母上に行っていただくのが一番だとわたしも思う。だが、それをわたしに隠して、母上にまで嘘をついたのはどうだ？　なぜ、そんなつまらない嘘を……」

「だって貴之が来たってしょうがないだろ」

だがその優しい声音も、子供の機嫌を取っているようにしか聞こえず、よけいに柾の神経を逆撫でしただけだった。

募るイライラは、言葉の礫《つぶて》に変わる。

「来たって、どうせ揉めるだけで面談になんかなんねーし」

「進学のことで悩みがあるのなら、いくらでも相談に乗るつもりだよ。あれこれ口出しするのは煩わしいだろうと思って、柾から言い出してくれるのを待っていたんだ。もし学費のことで不安があるなら、できる限りの援助は惜しまない。なにも心配しなくていい」

「そういうことじゃなくてっ……」

「おまえの成績ならまず問題はないと思うが、不安になる気持ちはよくわかる。家庭教師なり予備校なり、柾に合った対策を立てよう」

「ほら、やっぱ話になんねーじゃん」

柾は顔を上げ、肩で息をついた。

「貴之は、おれが有名大学に進学して四方堂グループに入って、ジジイの籍に入って、跡継ぎになるのが当たり前だって思ってるんだろ。おれが本当にやりたいことなんかどうだっていいんだ。バイトのことだってそうだ。四方堂家の人間がレンタル屋でバイトなんかみっともないとか、もっと高校生らしいことをしろとか。貴之は、おれが高校生らしく部活やって受験勉強してればそれで安心なんだろ」

「学生の本分は勉学だろう。わたしなりに譲歩はしてきたつもりだ」

「譲歩ってなんだよ」

柾は手の平にギュッと爪を食い込ませた。

「この際だからはっきり云っとくけど、おれはぜったいに四方堂の跡は継がないし、籍に入るつもりもないから」

「それは今すぐ決めるような問題ではないだろう。母上ともよく話し合って……」

「それと、進学もしない。卒業したらこの家を出て働くから」

すっと貴之の顔色が変わった。

「なんだと……」

「ずっと前から決めてたんだ。バイトして結構貯金できたし、贅沢《ぜいたく》しなければやってける。アパートや食費は悠一とシェアすれば安く上がるし。いままで払ってもらった学費とか、生活費とかは、一生かかってでも働いて返すから」

「ばかなことを――」

貴之は唖然《あぜん》とした顔で立ち上がった。

「そんな大切なことをなぜ今まで……この家を出るだと……!?」

「云ったら反対するだろ」

「当たり前だ！　そんなことをわたしが許すとでも」

「許す許さないってなんだよ。おれの勝手だろっ」

火のついた導火線のように、一度口火を切った勢いは止まらなかった。

「なんで貴之に許可を貰わなきゃならないんだよ。自分の進路くらい自分で決める」

「柾。少し頭を冷やしなさい。おまえが思っているほど世の中は甘い物じゃない。いまは学歴などどうでもいいと思えるかもしれないが——」

「わかってるよそんなこと。担任ともさんざん話した」

「いいや、おまえはなにもわかってない。この家を出て、働きながら金を返す？　そんなことが本当にできると思っているのか？　社会に出たら高卒なんて肩書きは通用しないぞ」

「わかってるよ、けどおれはちゃんと働いて、自立したいんだよっ」

「高卒の初任給や生涯賃金のことを調べたことがあるのか？　将来のビジョンは？　それもなしに、ただ憧《あこが》れだけで自立したいと思っているのなら考えが甘すぎる。この家を出る必要もない。大学進学以外の進路も認めない。わかったな」

「全っ然わかんねーよっ！　なんの権利があって勝手に決めるわけ！」

「おまえの保護者として、将来の為《ため》を思ってだ。三者面談もわたしが出席する」

「だから、それは母さんがっ……」

「わたしは常に一緒にいておまえを見ている。だが母上はそうではないだろう」

「貴之はおれの親でも家族でもないだろ！」

バン！　と両手を机に叩きつけた。

「母さんは自分のことは自分で決めろって云ってくれたよ。貴之はおれの話なんか聞かないで勝手に押しつけてくるだけじゃんか。どうせ進路だって、じーさんがそうさせろって云ってるからだろ。四方堂の跡取りが大学も出てないなんてみっともないとか。いつもそうだ、二言目には四方堂四方堂四方堂。うんざりだよ。自分のことは自分で決める、貴之に口出しされたくないっ！」

次の刹那《せつな》、起こった事態を、柾は自分の体が冷たい地面に投げ出されるまで、飲み込むことができなかった。

「……よかろう」

柾の腕を摑んで書斎から引きずり出し、無理やり階段を引きずり下ろし、玄関から突き飛ばした男の顔は、血の気が失《う》せ、能面のように青白く、表情がなかった。

茫然《ぼうぜん》と、白玉砂利に尻もちをついている柾に、スニーカーを投げつける。

冷え冷えとした声が云い放った。

「そんなに出て行きたければ、一年も待つことはない。いますぐに出て行け。望み通り、今後一切おまえのことには、口も手も金も出さんと約束してやる。その代わり、二度とわたしの前に顔を見せるな」

「柾ぼっちゃま⁉」

物音を聞きつけて飛び出してきた三代が、足袋《たび》のまま柾に駆け寄った。

「なんてこと……なんて乱暴なことをするんです！　お怪我はないですかっ？　さ、三代の肩に摑まって……」

「出てくよ！」

柾はその手を振り払うや、スニーカーを投げ返した。

「出てけばいいんだろ！　出てってやるよ！　頼まれたって二度とこんなうち帰ってくるか！　石頭のクソ野郎！　貴之なんかっ……」

手もとの玉砂利を鷲摑んで投げつけた。いくつかが貴之の胸や肩に当たった。

「ヘソ噛んで、死んじまえッ！」


「……ばっかだねえ」

街灯の小さな明かりが、風に揺れる木立ちを照らしていた。

ジャングルジムの向こうからゆっくりと歩いてきた長い影法師は、ブランコの前に立ち止まると、溜息のような、苦笑のような声を吐き出した。

「家出するんだったら、せめて靴は履いていきなさいよ」

スニーカーを、汚れた靴下の前に揃え、丸まって落ちた肩にダッフルコートをふわりとかける。

「コンビニにでも入ってりゃいいのに。風邪ひくよ」

「……」

ゆらゆらとブランコを揺らしながら、柾はちらっと顔を上げた。

「……変なかっこ」

浴衣の上にコートを羽織っただけ、おまけに素足にサンダルという格好の母親は、息子のほっぺたをムニョ、とつまんだ。

「変な顔」

「……」

「三代さんが腰抜かしてたよ。家主に喧嘩売るとは、おぬし、なかなか度胸があるのう？」

柾は仏頂面でスニーカーに足を突っ込んだ。

「茶化すなよ」

「なんの。感慨に耽ってんのさ。三つ子の魂百までってのは、このことかと」

瑶子は笑いながら、隣のブランコに腰掛けた。

「おまえに泣かされた子の父兄に、何度怒鳴り込まれたっけね。小学校六年間、通信簿はずーっと『優しい子だけど、少し気が短いようです』だった」

「なにがあっても喧嘩には絶対負けるなって、おれに叩き込んだのは母さんだろ。負けて帰ってくると、おやつ食わせてくんなかったくせに」

「上の子とは取っ組み合いをしても、年下や女の子には、いつも優しかったね」

温かい手が、冷えきった柾の頬を、そっと撫でた。

「いつも、偉いと思ってたよ」

喉の奥からこみ上げてきた、熱くて、ツンと鼻を刺激するなにかを、奥歯を噛み合わせ、柾は必死で飲み下した。

片足で弾みをつけて、勢いよくブランコを漕《こ》ぐ。息を吸い込むと、凍るような冷たい夜気で肺がいっぱいになった。

「担任にさ。大学行っとけって云われたんだ」

「ふうん」

「奨学金って手もあるし、将来のことも見据えてもう一度考えてみろって。……でもおれは一日も早く働きたいし」

「そう」

「けど担任の云うことも一理ある気がするし、先のこと考えたらやっぱ大学くらい行った方がいいのかなって……ちょっと迷いが出てきたっていうか……。けど学費のこと考えると簡単じゃないし、ずっと就職して自立するの目標にしてきたのに、初志貫徹しなくていいのかってもっと迷いが出てきて」

「それ、貴之さんに相談したのかい？」

「……したって無駄だよ」

スニーカーの爪先で地面を削る。

「貴之はいっつもああなんだ。大学に行くのは当然、四方堂の籍に入って当然、跡を継ぐのも当然。こないだなんかとうとう、会社を継げって云いだしたんだぜ？　できっこねーじゃん。貴之とはデキが違うってのに」

「……」

「勝手なんだよ、貴之は。おれの気持ちなんか、ちっともわかってくれない。わかろうとしないんだ。自分の価値観押しつけてばっかで。知るかよ、四方堂家とか、相続とか――そんなもん、やりたいやつがやればいいじゃんか。おれにだってやりたいことくらいあるのに、貴之はなにかっていうと邪魔してばっかで……バイトだってなんだって、頭っから反対して。おれの云うことになんか、全然聞く耳持たないんだ」

「ふーん……そりゃ本当に勝手な男だね」

懐を探った瑶子は、煙草を忘れてきたことに気付いて、手持ち無沙汰げにその手をうなじにやった。コキコキと首を鳴らす。

「まったく、何様のつもりなんだか。人の息子を野良猫かなんかみたいに放り出してくれちゃって。ほんとに、かわいそうに……あんな鬼みたいな男と一緒に暮らしてちゃ、さぞ辛かったろう。なに、帰ることないよ、あんな家。どっかに安いアパートでも借りてさ。ああ、いっそ高校なんか辞めて一緒にイタリアに来たら。そうだ、そうしなさいよ。パスポートは持ってるよね？」

「持ってるけど……」

「あっちはいいよおー？　食べ物はうまいし、きっと気に入るよ。うん、そうしよう。あんな乱暴で身勝手な男に大事な息子を任せておけないからね」

「いつもはあんなことしないよ。あれは……おれが、怒らせるようなこと云ったから……。貴之は悪くないんだ」

「でも、おまえの邪魔ばっかりするんだろ？　バイトもさせてくれないし、話も聞いてくれないし」

「そうだけど……でも、やなとこばっかってわけじゃないよ。ちょっと分からず屋なとこはあるけどさ、心配性っていうか、過保護なだけで……」

「あんたを着の身着のままでこの寒空に追いだしたのに？」

「……けど急にイタリアなんて無理だよ。高校はちゃんと卒業したいし……」

「じゃあアパートを借りたら。どうせ遅かれ早かれ、卒業したら独立するつもりだったんだろ？」

「そうだけど」

「けどけど、って。いったい、あんたはどうしたいのよ」

柾はギュッとブランコの鎖を握り締めた。

——貴之と離れたくない。

矛盾してる。めちゃくちゃだ。

独立するって決めたのはおれ。その為に働くって決めたのもおれ。なのに、貴之とは離れたくない。イタリアに行くのが嫌なんじゃない。貴之と離れてしまうのが嫌なんだ。一緒に暮らしてから十日以上離れていたこともないのに、そんな遠いところに離れ離れになるなんて、考えられない。

だって、好きなんだ。石頭の分からず屋だし、キレたらめちゃめちゃ怖いし、エロオヤジだし、おれのことガキ扱いしてばっかだけど、でも……大好きなんだ……。

「迷ってるなら、大学のこと、一度真剣に考えてみたら？」

柾は潤んだ目を急いで拭った。けど、とまた云おうとして、口を噤《つぐ》む。けどけど、ってほんとにそればっかりだ。自分がどうしたいかも決められない。情けなかった。

「大きな決断をする時には、誰だって迷うもんさ。初志貫徹はいいことだけど、そこにこだわってちゃ視野が狭くなる。もっとことん迷わないと、納得のいく結論なんか出やしないよ」

「……母さんは、小さい頃から家具のデザイナーになるのが夢で、大学行ったんだろ？　おれはそんな目標とかないしな……」

「大学はもともと建築を勉強したくて行ったんだよ。途中で自分のやりたいことが別の方向だって気付いたんだ。中退してあんたを産んで、ちょっと、時間はかかったけど、またこうやって好きな道に戻ってる。急がば回れさ。それに途中で一度や二度、道に迷ったって人生終わるわけじゃないよ。あんたまだ十七じゃないか」

ブランコを揺らす、いつの間にか成長した息子の横顔を、瑶子は慈しみの眼差しで見つめた。

「ほんとはあたしより、貴之さんに相談したかったんじゃないの？　なのに三者面談のことで叱られて、ついつっかかって喧嘩になったんだろ。あの人は、あんたが正面からぶつかったことに頭ごなしに反対するような人じゃないと思うけどね」

「……うん」

「ありがたいね。大事にしなさい。あんたのために真剣に怒ってくれる人は、一生の財産だよ」

柾は頷いた。言葉が素直に胸に滲《し》みた。貴之になんて酷いことを云ったんだろうと、申し訳なく、自分が恥ずかしかった。

「あんたがお腹の中にいるってわかったときにさ……」

キイ……とブランコを揺らして、瑤子は寒そうに洟《はな》をすすった。

「正道《まさみ》さんが死んだすぐ後でね。病院でおめでたですって云われて……そのとき真っ先に頭に浮かんだのは、もし四方堂家に知られたら、この子を取り上げられるってことだった。正道さんは一人息子だったし、あたしはご両親から嫌われてたけど、どんな女から生まれたってあちらにとってはかわいい初孫《はつまご》だからね。だから怖かった。まだ大学も出てなかったし、身寄りも、金もなくて……不安だったんだね。誰にも云わずに引っ越して、なんとか働き口を見つけて一人であんたを産んで。大学は中退しちゃったけど、あんたを産んだことを一度も後悔したことはないよ」

頬骨に影を落とすほど長いまつ毛を、そっと瞬《しばたた》く。

「でも、そのせいで、あんたから色んなものを奪っちまった。四方堂の爺さんや婆《ばあ》さん。それに、正道さんが育った家、そこでの暮らし、四方堂の財産——」

「そんなもんいらねーよ、おれは」

怒ったような声に、瑶子はかすかに笑った。薄闇に吐息の白が広がる。

「昔、正道さんも同じこと云ってたよ。でもね、きっとあの人は親を捨てたりできなかったと思う。あたしもそんなことあの人にさせるつもりはなかった。なんだかんだいっても、やっぱり血の繋がった親子だもの」

「……」

「もし正道さんが生きてたら……ううん、あたしがあのとき逃げなければ、あんたは皆に祝福されて、爺さんたちからもきっと愛されて、なに不自由なく育てられたかもしれない。それを取り上げてしまったのは、あたしの……母親のエゴだ。……四方堂家を恨んだこともあったけど、あんたを産んで、親になって初めて理解できるようになったこともある。自分の子供の幸せを願わない親なんていない、あの人たちもきっとそうだったって。だから、あんたを預けていけたんだよ」

柾はぎゅっと唇を結ぶと、ムキになってブランコを漕いだ。

「やっぱ母さんも、思ってるんだ。おれに四方堂を継げって……」

「そうじゃないさ。それはあんたが決めること。口を出すつもりはないよ。あんたのことに口出しするのは、人様のものを盗んだときと、人を殺すときだけって決めてるからね」

「なにそれ。人殺しするとき、いちいち親に相談するわけねーじゃん」

「だから、それくらいありえない話だって意味さ」

瑶子は立ち上がると、弧を描いて戻ってきた柾の背中を、片手で思いきり押した。

「それくらい、我が子を信じているんだよ、母親ってものはみんな」

ブランコは大きく弧を描いた。

柾の体は、ふわりと大きく宙に上がった。

「あんたの人生は、あんただけのものだよ。誰にも踏み込むことなんかできやしないし、誰にもそんな権利はないんだ。母親のあたしにも、爺さんにも、貴之さんにも、死んだ正道さんにだって。大学に行きたいなら行けばいい。就職したっていい。四方堂の跡を継ぎたかったら、継げばいいさ。どんな道を選んでも、決めるのはあんた自身だよ。自分の頭で考えて、考え抜いて、なにがあっても後悔しないって思えるまで考えて、それで出た結論なら、信じて貫き通しなさい。たとえ、人から笑われても、世界中からばかにされても」

息子の背中を、瑶子は、いっそう力強く押し出した。

「それでも、あたしだけは、ずーっとおまえの味方だからさ」

柾は黙ってブランコを漕いだ。やがて、母親の手が届かないほど、柾の体は高く宙に上がった。高く、高く。ビル明かりに染まる冬の夜空に近づくほどに、体の中が、澄んでゆくような気がした。

「……声をおかけしなくてよろしいのですか？」

暗がりからそっと尋ねる声に、一言もいらえず、貴之は公園に背を向けた。

温かなストールと靴が、その手に抱えられていた。

「お送りいたします」

「いや。おまえはここに残って様子を見てくれ」

「お待ち下さい」

街灯の明かりの届かぬ生け垣の陰から、声の主は足音もなくスッと近づいてくると、首に巻いていた辛子《からし》色のマフラーを外し、背伸びして男の首に掛けた。

「どうぞ、これを……お風邪を召します」

マフラーの裾を几帳面《きちょうめん》に整え、コートの襟の中にきちんと入れる。見下ろした頭の下に浮かぶ、真っ白な息とかじかんだ指の動きに、貴之は、硬く張り詰めていた頬をふっと和らげると、首からそれを外し、相手の首にそっと掛け直してやった。

さらに、柾にと持ってきたカシミアのストールで、その上から黒っぽいコートの肩を覆ってやる。

「おまえが使いなさい。いかにも寒そうだ」

「いいえ、おれは丈夫にできていますから……」

慌ててストールを外そうとする手を、やんわりと制する。

相手は、熱いものに触れたかのように手を引っ込めた。

「凍りそうな手だ」

「……手袋を忘れて……」

「もっと厚手のコートは持っていないのか？」

首を振ると、爪の先まで手入れの行き届いた優美な手が、犬の首をそうするように、頤を掬い上げた。

「今度届けておこう。好きな色は？」

支えられた手の平の中で、俯きがちにまた首を振る。街灯のわずかな明かりが、にわかに赤らんだ少年の貌《かお》を、白々と照らし出していた。


「おうーし、今日はここまで」

山サンの号令と、ガタガタと椅子を引く周りの音に、教科書を枕に窓辺の陽だまりで熟睡していた柾は、ハッと目を醒ました。

追いかけるように鐘が鳴り、隣の教室からも賑やかな声が聞こえてくる。持ち込み禁止になっているはずの携帯電話の呼び出し音が、あちこちで鳴りはじめる。

「面談のある者はちゃんと残れよー。ないもんも、半ドンだからってその辺ウロついてんじゃねえぞ。ちゃんと帰れー」

「岡本くん」

なお眠気を振り切れず、ガヤガヤと生徒が教室をあとにする中でまた机に突っ伏しかけた柾に、帰り支度をした及川が声をかけてきた。

「今日も病院に寄ってくの？」

「んー……面談終わってから行く……」

「よかった。あのね……」

と、インスタントコーヒーの空き瓶《びん》を机の上に置く。

「これ、少ないけど、ユリコちゃんの手術代の足しにして」

「え……」

柾は寝不足の腫《は》れぼったい目をこすった。瓶の中身は、小銭がぎっしり詰まっている。

柾のびっくりした顔に、及川は、もじもじと照れ臭そうに俯いた。

「ほんとに、ちょっとなんだけど……。容れ物もこんなで、悪いんだけど……。募金のこと、ぼくもなにか手伝いたくて。一人でやるより、二人のほうが、お金も早く集まると思うから」

「……サンキュ」

瓶いっぱいに詰まった及川の善意と真心を、柾は、驚きと、胸にしみる気持ちで撫でた。

「西崎が聞いたら喜ぶよ。でも、友紀子ちゃん手術できることになったんだ。西崎、実業団入りが決まってさ。契約金で手術を受けられるんだ」

「本当?」

ぱあっと笑顔が広がる。柾もつられて思わず笑顔になった。

「マジ。来週にはロスの病院に入院できるって」

「よかったねええ!」

「うん。だから、これは、せっかくだけど……」

「ううん、これはユミコちゃんのために遣ってほしいんだ。なにかプレゼントするのはどうかなあ? お花とか、洋服とか、あ、NBAのビデオとか!」

「喜ぶと思うけど……」

ふと、柾は眉をひそめた。

「……もしかして、及川」

「え?」

「友紀子ちゃんのこと……?」

「えっ? えええっ?」

及川は、つぶらな丸い目を、ビー玉みたいに真ん丸にした。

「ちっ、ちがうよ! 全然そんなんじゃっ」

「いいじゃん。照れんなよ」

「そうじゃないったら。ぼくはただ、岡本くんと一緒にいたいからっ……」

「……」

「変な意味じゃなくてだよ！」

一瞬白くなった柾に、慌てたように顔の前で両手を振る。

「ぼく……岡本くんのこと、尊敬してるんだ。友達のためにあんなに一生懸命になれるってすごいと思う。ぼくにはとても真似できないよ……。それに、スポーツ万能で、頭も良くて、人気者で。ぼくなんか、なんの取り柄もないし、どん臭いし、友達もいないし……」

「なに云ってんだよ。おれの病院に付き添ってくれたり、ノート取ってくれたり、こうやって友紀子ちゃんのことも考えてくれて、そういう優しいとこが及川の取り柄だろ。それにおれ、及川のこと友達だと思ってるけど」

友達。——面と向かって口に出すと、かなり照れ臭い台詞《せりふ》だ。けれども、その照れ臭さを乗り越えてよかった、と思えるだけの特上の笑顔を、及川は見せてくれた。

「ありがとう……」


三者面談は、特別教室棟の二階にある面談室で行われる。杖を突いてゆっくりと階段を上がり、渡り廊下から窓を見下ろすと、臨時の駐車場になった校庭に高級外車がずらりと整列していた。ベンツにＢＭＷ、運転手つきのキャデラック。壮観だ。

一見地味そうな高級服に身を包んだ父兄がぞくぞくと来賓《らいひん》用玄関に入っていくのを見下ろして、柾は、大きな溜息をついた。瑶子がやってくるまでまだ二十分ほどある。

結局、今日の面談は、貴之には頼めなかった。

あの後、瑶子に背中を押されて帰宅したものの、貴之はもう床に就いていて、今朝も早くに仕事に出かけてしまい、顔も合わせられなかった。

コツンと窓ガラスに額をぶつける。

やっだなあ……うちに帰るの。

貴之のことだ。また追い出したりはしないだろうけれど、きっつい嫌味は覚悟しなきゃならない。

「もう家出はおしまいか。偉そうな啖呵《たんか》を切ったわりには意気地のないことだな」――リビングで新聞を広げている姿まで浮かんできて、ムカッとする。

貴之があんなふうに問い詰めたりしなきゃ、あんな形じゃなくて、折を見てきちんと話をするつもりだったんだ。なのに――

柾はゴツンっとガラスに額をぶつけた。はあー、とまた、溜息。

違う。そうじゃない。おれが悪かったんだ。揉めるのが嫌でいままでぐずぐず引き延ばして、いくら勢いにしたって酷いことを云ってしまった。貴之は本気で心配してくれてたのに。

ちゃんと謝らなきゃ。でもまた顔を見たら喧嘩になるんじゃないかと思うと、気が重い……。

「あーあ……」

ダメダメだ、おれ……。

何百回めかの溜息をついてふと顔を上げた柾は、ぞろぞろ面談室に向かう着飾った母親たちの中に、生徒会のものらしきファイルを抱え、自分の横を黙って通り過ぎようとする親友の姿をキャッチした。

「悠一！」

と、右腕を掴む。ところが悠一は、立ち止まるどころか、柾に右腕を掴ませたまま、スタスタと廊下を歩いていく。

「ちょっ……悠一、ストップ！　待てってば！」

「おれは冷血漢だからな」

しかたなくヒョコヒョコ足を引きずりながらくっついてくる柾を一瞥《いちべつ》もせず、悠一は、南極のペンギンをも凍らせる声で云った。

「心が凍ってるから、人の言葉なんか鼓膜に辿り着く前に結晶になっちまうね」

「昨日はごめん……」

「ついでにケチだから口数も節約してる」

「ほんとにごめん。謝る。悠一は冷血漢なんかじゃない。親切で、優しくて、心があったかくて、だから――」

「また貴之さんと喧嘩したのか」

なんでわかるんだ？

「なんでもクソも、その目の下の隈《くま》見りゃ一目瞭然《りょうぜん》」

悠一は不機嫌そうに鼻を鳴らした。

「うちには泊めないからな。巻き込まれるのはこりごりだ」

「……ごめん」

「ほら」

悠一はいきなり立ち止まると、柾の目の前に携帯電話を突きつけた。

「さっさと謝れよ。ぐずぐず長引かせるともっと謝りにくくなるぞ」

「え……」

「自分が悪いってわかってるんだろ？　貴之さんが悪いと思ってたら、あんな顔してガラスに頭ぶつけるか。何年つき合ってると思ってるんだよ」

「悠一……」

「ほら。相手の顔が見えないほうが謝りやすいだろ」

「……うん。サンキュ」

と、携帯電話に伸ばした柾の手から、悠一はサッとそれを引っ込めた。

「西崎の件、どうなった」

「実業団入りが決まって、契約金で手術できることになったよ」

「実業団？　それ、貴之さんの口ききか？」

柾が頷くと、悠一はちょっと考え込むように眉を寄せた。

「なんだよ？」

「……いや」

携帯電話をポンと投げてよこす。そのまま踊り場に柾を残して、スタスタと階段を上がっていってしまった。

なんだろう、あいつ……なんだか気になる顔つきだった。貴之が口をきいてくれたことまで気にくわないんだろうか？

（なんで、そんなに西崎のこと嫌うんだろうな……）

悠一はああ見えて、実は好き嫌いが激しくて人見知りだ。でも広く浅くのつき合いは得意で、あんなふうに誰かを毛嫌いすることなんかめったにないのに。ほんとに前世の因縁かなんかあるんだろうか。

首を傾げつつ、手の中の携帯電話を見る。小さく覚悟の息をつき、それから、生徒手帳に書き留めてある貴之の携帯のナンバーをゆっくりと押した。

呼び出し音がはじまると、急に緊張してきた。

心臓がドキドキ鳴る。小学生のとき、好きな女の子の家に初めて電話をかけたときみたいだ――ただの連絡網だったのに、やたらにドキドキして、なにを話すかちゃんと紙に書いておいたくせに、いざ相手が出ると、ぶっきらぼうに用件だけ云って切ってしまった。横で聞き耳を立てていた母親にずいぶん冷やかされたっけ。

『はい』

と、相手が電話に出た瞬間、ドキーンッと心臓が高鳴って、

「あ……」

一瞬、喉が詰まった。

「あの……貴之？」

『……柾か？』

驚いたような声。

「うん……」

『いまどこにいる』

「学校だけど、あの……」

『学校のどこだ』

「特別校舎の東階段」

妙に緊迫したような声に、怪訝に思いながら答える。

『そこを動かないように』

なんでそんなこと訊くのか——と尋ねる前に、プツッと通話が切られてしまった。

「……なんだよいったい」

ツーツーとくり返すだけになった携帯を眺めていると、階段を駆け上がってくる足音が聞こえた。

えっと顔を上げると、目の前に、貴之が立っていた。

唖然としている柾の二の腕を掴み、有無を云わせぬ力で引っぱる。

「貴之……!?」

「来なさい」

「ちょ、なんだよいきなりっ……」

すごい勢いで引っぱられ、柾は、反射的に手摺《てす》りを掴んで踏んばった。

こんな貴之、見たことがなかった。只事《ただごと》でない事態を感じつつも、なにもわからないまま引っぱられていくのは嫌だった。わからないままどこへも行けない――行ってはいけないという、強い不安、直感があった。

なんだろう。こんな気持ち初めてだ。

「なんだよ……貴之、なんでここにいんの。なんかあったの?」

貴之は顔面蒼白《そうはく》だった。柾を見つめ、開きかけた口を一度ためらうように結び、そして逡巡を見せながらも再び開いた。

「……柾」

二の腕を掴んだのと逆の手を腋の下から入れ、柾の背中をしっかりとサポートする。

「落ち着いて聞きなさい。――母上が、事故に遭われた」

「え――」

「ここに向かう途中のタクシーで……」

全身からスーッと力が抜けていった。額から冷たい汗が噴き出す。膝がぐんにゃりして、自分ではまっすぐ立って歩いているつもりなのに、何度も階段を踏み外しそうになった。崩れそうになる体を貴之の腕が、横から抱き抱えるようにして支えた。

「ゆっくりでいい。ゆっくり歩きなさい……急ぐ必要はないんだ。もう——急いでも——」

13

「あ」

一週間前に訪れた二〇二号室から、友紀子《ゆきこ》は七階の個室に移されていた。

及川《おいかわ》が荷物を抱え、遠慮がちにおずおずと室内を覗《のぞ》くと、ベッドで点滴を受けながらテレビを観ていた友紀子はすぐに少年に気付いて、にこっとした。

「こんにちは。また来てくれたの？」

「う、うん……。あのぅ……お邪魔しても平気かな……？」

先日より顔色も優れず、いくらかぐったりしている様子なのを気遣ってそう尋ねたが、友紀子は自由になる手でわざわざ枕もとの椅子を引いて、及川に勧めてくれた。

「うん、全然へーき。座って座って。一人で退屈してたんだ。わあ、ありがとう、キレイ」

「お花は岡本《おかもと》くんから。それで、こっちはぼくから……」

及川は、抱えてきた薄紅色の薔薇《ばら》の花束と、ピンク色のリボンでラッピングした包みを、ベッドの上に置いた。

「Tシャツなんだけど……。ほんとはバスケットシューズって思ったんだけど、サイズがわからなかったから……」

「ううん、嬉しい。どうもありがとう。あの……今日は一人？」

「うん……岡本くんは、おうちの事情で来られないんだ。明日もお見送りできないかもしれなくて、ごめんなさいって」

「そっかあ……」

「あ、でも、お手紙も預かってきたから」

「手紙？　見せて見せて」

友紀子は十三歳の少女らしい、はにかんだ笑みを浮かべて、大切そうに封筒を受け取った。表書きの「西崎《にしざき》友紀子様」と裏側の「岡本柾《まさき》」の文字を、嬉しそうに何度もひっくり返して眺める。血色の悪かった頬《ほお》に、うっすらと赤みが差す。

「調子……どう？」

「んー……検査ばっかかされてサイアクって感じ」

「いよいよ明日出発だね」

「うん……」

「手術頑張ってね」

「……うん」

「……どうしたの？」

「だって……」

友紀子は沈んだ顔で、血色の悪いカサついた唇を軽く噛《か》んだ。

「アメリカに行ったからって、すぐに手術が受けられるわけじゃないもん。半年……ううん、一年以上待つかもしれないし……それに、移植が成功したって、肺は感染症になる確率がすごく高いんだって」

「友紀子ちゃん……」

「……きっとダメだよ……」

黒目がちな目がじわりと潤む。友紀子はそれを隠すように、たぐり寄せたシーツに急いで顔を埋《うず》めた。

「あたし、昔から運が悪いんだもん……ビンゴで当たったことないし、ジャンケン弱いし」

「で、でも、手術はビンゴゲームとは違うよ」

「同じだよ！」

友紀子はふいに大声を出した。

「あたしと同じ血液型の提供者が、事故か病気で脳死しなきゃ、手術は受けられないんだよ。ビンゴゲームよりずっとずっと確率低いんだからっ。手術中に、死んじゃうかもしれないんだからっ……先生たちは絶対だいじょうぶだって云うけど、絶対なんてありえないもん。移植手術の成功率は七〇パーセントだって、本に書いてあったもん……あ、あたしは残りの三〇パーセントなんだっ……きっとそうだもん。絶対そうだもん……」

「……友紀子ちゃん……」

「健康な人にはわかんないよっ……」

「友紀子ちゃん――友紀子ちゃん、聞いて」

死と隣り合わせの恐怖に、脅え、痩《や》せた肩を激しく震わせて泣きじゃくる、十三歳の無力な少女。――その肩に、及川は、なだめるように手を置いた。

「あのね……岡本くんね、こないだの金曜日、お母さんが事故で亡くなったんだよ」

「えっ……」

友紀子は半分顔を上げた。驚きのあまり涙が止まっている。目と鼻が真っ赤だった。

「ほ……本当に？」

「うん……日曜日がお葬式だったんだ。今日が初七日法要で、学校もお休みしてた。明日は納骨で九州に行くんだって。お母さんの実家のお墓がそっちにあるんだ」

驚愕《きょうがく》が、たちまち憐憫《れんびん》の涙に曇った。

「……先輩、かわいそう……」

「うん……。岡本くんにはお父さんがいなくて、お母さんまで亡くなっちゃって、一人ぼっちになっちゃったんだ。本当はとってもつらいと思うのに、お通夜もお葬式のときも、毅然《きぜん》としてて、すごく立派だった。友紀子ちゃんも頑張らなきゃ。運が悪いなんてこと、絶対ないよ。だって岡本くんと叔父《おじ》さんのお陰で、手術が受けられるんだから」

友紀子は洟《はな》をすすり上げた。

「叔父さん……？　先輩の？」

「うん。今度友紀子ちゃんのお兄さんが入る実業団は、岡本くんの叔父さんがオーナーなんだよ。四方堂《しほうどう》さんっていう、すごい大金持ちの人なんだ。お兄さんは、岡本くんがお願いして、ピクシーに入れたんだよ」

「……それ、本当なのか」

ふいに、背後から険しい声がした。

西崎亘《わたる》が、青ざめ硬張《こわば》った顔で、病室の戸口に立っていた。


「あら、お出かけですか？」

三代《みよ》が洗濯籠《かご》を抱えて二階から下りていくと、柾が玄関の上がり框《がまち》に腰掛けて、靴の紐《ひも》を結んでいた。

「うん。思ったより早く終わったから、友達の見舞いに行って、そのあと本屋に寄ってくる」

「お夕食はどうなさいます？」

「うーん……そんなに遅くなんないと思うけど、わかんないや。七時過ぎたら、先に食べちゃっていいよ」

「もし召し上がらないんでしたら、お電話して下さいましね。それから自転車、お怪我《けが》が治ったばかりなんですから、あんまり飛ばしちゃいけませんよ。あら、コートの釦《ボタン》がちゃんと上まで留まってないじゃありませんか。外は寒いんですからね、風邪を引きますよ」

「三代さん過保護だよ」

「いーえ。柾ぼっちゃまには、このくらいがちょうどです。はい、これでよろしいですよ」

三代は、上まできちんと釦を留めたダッフルコートの胸を、ぽんと叩いた。柾は照れくさそうににこっとした。

「サンキュ。行ってきます」

「はい、行ってらっしゃいまし。車に気をつけて」

柾はフードつきの赤いコートを翻し、元気よく玄関を飛び出していく。——バタンと扉が閉まるなり、三代は、気が抜けたようにがっくりとして、框に膝《ひざ》をついた。柾が自転車を庭に押し出す音を聞いているうちに、目頭から、こらえきれぬ熱いものが、じわっと噴き出すのだった。

「出かけたのか」

喪服から着替えた貴之《たかゆき》が、そのすぐあとから、シャツの袖《そで》を留めながら階段を下りてきた。

廊下に線香の穏やかな香が漂っている。

三代は急いで洟をかんで、割烹着《かっぽうぎ》のポケットにハンカチをしまった。

「お友達のお見舞いに行くとおっしゃってましたよ」

「病院か……」

「遅くにはなりませんでしょう、明日の予定はご存知なんですから」

洗濯籠を膝に抱える。

「……それに、少しお一人にして差し上げたほうが……。今日の初七日がすむまで、なにやかやと忙しくて、息をつく時間もなかったんですから」

三代は気の弱い溜息《ためいき》をついた。

「ですけれども、柾ぼっちゃまに喪主をしていただいたのは、かえってよかったのかもしれませんわねえ……。バタバタと走り回っている間は、少しは気が紛れますもの」

「……そうだな」

貴之の脳裏に、あの日の光景がよぎった。


居眠り運転の大型トラックが起こした事故だった。信号無視で交差点に進入し、通りかかったタクシーの横腹に突っ込んできた。

逮捕された運転手は軽傷。タクシーの運転手は重傷ながら一命を取り留め、車外に投げ出された瑶子《ようこ》だけが、頭部を強打して即死した。——それが、遺体安置室に案内した警官の説明だった。

遺体にはほとんど外傷はなく、目立つものは、白い額にすっと一筋走った、絹糸のような切り傷ひとつきりだった。

ただ、新品の白いスーツは損傷が著しく、靴は片方がどこかに吹っ飛び、足に残ったほうも踵《かかと》がもげてしまっていた。

フェラガモのパンプス。節約家だった彼女だが、靴にだけは、昔から金をかけていたのだと以前柾から聞いたことがあった。持っていた靴はすべてイタリア製。っていうといかにもお洒落《しゃれ》って感じするけど、実は足がでかくて日本製の靴じゃ入らなかったんだよ。買ったものは、ずっと大事に手入れして履いてた。十年前の靴だって箱からすぐ取り出して履けたくらい。

片足のパンプスとセカンドバッグは、婦人警官が小さな箱を見つけてきて、それに納めてくれた。

「搬送車がまいりました」

遺体の確認をすませ、深夜、警察署のロビーのベンチで待っていると、中川《なかがわ》が、喪服の男を二人連れてやってきた。葬儀社の者だと名乗った。

「検死が済むまでは遺体の引き渡しはできないとゴネられたのですが……井上《いのうえ》長官のお口添えをいただいて、どうにか」

「そうか……ご苦労だった。長官には、よく礼を云ってくれ」

車のキーを差し出す。

「先に戻って手筈を整えてくれ。わたしは柾と、彼女に付き添っていく」

「わかりました」

「申し訳ありません、柩《ひつぎ》のことなんですが……」

若い葬儀屋が口を挟んだ。

「仏様は普通の女性より少しお背が高くてらっしゃいますので、規格より少し大きめの物がよろしいかと……ぴったり納まるものもあるにはあるんですが、時間が経《た》ちますと、こう、ご遺体の足が伸びてきますので、仏様が窮屈な思いをされるかと……」

「そうしてください」

中川が、そばにいる柾を慮《おもんぱか》り、遮るように答える。

「とにかく、仏様に不自由のないように」

「承知いたしました」

「明日は友引ですので、今夜がお通夜、明後日《あさって》が本葬ということでよろしいでしょうか」

「結構だ」

貴之が答えた。

「斎場の手配も併せて頼む。喪主はわたしが務める。……この子にはとても無理だ」

「さようでございますね……」

「おれがやるよ」

それまで、遺品を膝にのせたまま、青ざめた顔でじっと座っているだけだった柾が、はっきりとした声でそう云ったことに、貴之と中川は驚いて目を見合わせた。

「ぼっちゃま、よろしいのですよ、こんなときくらい若に甘えて……」

「子供じゃないんだよ、中川さん」

心配顔の二人に、柾はすらりと立ち上がり、いままで見せたこともないような大人びた微笑を浮かべて、云った。

「おれはだいじょうぶ。喪主はおれにやらせて下さい。母さんのことは、おれがやってやりたいんだ。これが——最後だから」

——それからの柾は、あれほどの気丈さを持つ子だったか——と、こちらが訝《いぶか》るほどの働きをした。葬儀の段取りも、柩に白薔薇を敷き詰めさせたのも、火葬場に向かうルートを、わざわざ車を遠回りさせ、両親が知り合ったという喫茶店の前をゆっくりと通らせたのも、柾が一人で決めたことだった。

「ご立派でございましたよ」

三代は、涙ぐんだ声で柾を褒めた。

「本当に……どんなにかお辛いでしょうに、ご挨拶《あいさつ》も、立居振る舞いも、ひとつも乱れずに、そりゃあ堂々と果たされて……。三代が褒めて差し上げたいくらいでしたよ」

迫るものがあったのか、声を詰まらせ、エプロンで口を押さえる。

「……瑶子さんは、さぞお心残りでございましょうねえ……。どんなに柾ぼっちゃまの成長を楽しみにしてらしたかと思うと……。こんなお気の毒なことはありませんよ。あんなおきれいな方が——まだ四十にもなってらっしゃいませんでしたのに……。な…なによりももう、ぼっちゃまが、涙ひとつお見せにならないのがいじらしくて……しっかりして見えても、まだ十七歳でございますよ。あのお歳《とし》でご両親に先立たれるなんて、どんなに、どんなに心細いことか……」

「……だからこそわたしたちが、心を強く持たねば」

貴之は三代の傍らに跪《ひざまず》き、洗濯籠を抱えて嗚咽《おえつ》をこらえる丸い背中を、優しく撫《な》でさすった。

「おまえがそんなことでどうする……柾に笑われるぞ」

「は、はい……はい」

「あの子にはもう、残された家族は、翁《おう》とわたしと、おまえだけだ。能《あた》う限り、あの子の力になってやってくれ」

「もちろんですとも」

涙の零《こぼ》れる頰を何度も指で拭《ぬぐ》いながら、三代は力強く請け負った。

「御前《ごぜん》さまには僭越《せんえつ》ですけれども、柾ぼっちゃまは、三代の本当の孫同然に思わせていただいています。三代のできることは、なんだってさせていただきますよ。ええ、なんだってさせていただきますとも」

「頼むぞ」

ようやく微笑《ほほえ》みが戻ってきたことに安堵《あんど》し、貴之は立ち上がった。

「まずは、あの子の好きなものでも作ってやってくれ。そう……柾は三代のホワイトシチューが好きだったな」

「あらいいえ、柾ぼっちゃまがお好きなのはビーフシチューでございますよ。ホワイトシチューがお好みなのは、貴之ぼっちゃまでございましょ」

「そうだったか?」

と、とぼけてリビングに向かう間際、瑶子の骨壺が納めてある、廊下の奥の座敷にふと目がいった。

——わかんないけど、涙が出ないんだ。

昨夜、ベッドの中で、両腕の中に柾を温かく抱きしめ、泣いてもいいんだよ……と思い切り甘やかしてやるつもりで囁《ささや》いた貴之に、柾は困ったように云った。

——葬式のときもさ、あんまりサッパリしてるとかわいげがないから、ちょっとくらい涙ぐんでやろうと思ってたんだけど。目薬ポケットに入れとけばよかったな。……なんだかあんまり、悲しいって感じじゃないんだ。

貴之の肩に顔をのせ、頼りなげに瞬《まばた》きした少年の声を反芻《はんすう》して、貴之は苦々しく溜息をついた。


高槻《たかつき》総合病院へは、最寄り駅からバスが出ている。松葉杖《まつばづえ》をついていたときはしかたなく二百円払ってバスの世話になったが、

(いまのおれは無敵だ)

柾は意気揚々と、傾斜のきつい坂道を登り切った。

途中の商店街でケーキ屋に寄った。予算がないので、一番安い苺ショートを二つだけ。彼女と二人で食べてもいいし、西崎がいたら声だけかけて置いて帰ってこよう。歓迎されないかもしれないけれど、明日はいよいよ友紀子が渡米する日だ。お祝いくらいは許してくれるだろう。

帰りに及川の家に寄って、友紀子ちゃんに渡してもらった花束の代金を清算して。帰ったら、さっさとめし食って寝ないと、明日は八時の便で九州だ。忙しいのはいいな……と、柾は自分の白い息を見ながら思った。忙しければなにも考えないでいられる。

病院は、日曜のためか閑散としていた。いつものようにエントランスロビーにやってくると、「日曜日の面会は午後四時半まで」と看板がある。ギリギリ十分前だ。

「赤頭巾《あかずきん》ちゃん」

急いで、かつケーキを崩さないように注意しながら階段を上っていくと、背中から声をかけられた。オネエ外科医がいつもの姿で立っていた。

「友紀子ちゃんのお見舞いかい？」

「うん。明日は見送りに来れないからさ。……どしたの？」

「それが——ちょいと、問題が起きてね」

医師の難しそうな顔つきから、只《ただ》ならぬ雰囲気を感じて、柾はつられたように頰を硬張らせた。

「友紀子ちゃんになんかあったの？」

「うん——ああ、いや、彼女の病状に別条はないんだけども……まったく、なんでいまさらあんなこと云い出すかなあ……あああ、まったく、明日のチャーター便まですっかり手配できちまってるってのに」

「なにがどうしたんだよ」

「どうしたもこうしたもないさ」

高槻は苛立《いらだ》たしげに眉間に縦皺を寄せた。

「実は、あの子の兄貴がね……」


「西崎！」

病室から出てきた西崎の腕をひっつかまえると、有無を云わせず、人けのない自動販売機コーナーに引きずり込んだ。

「院長代理から聞いた！　ほんとなのか⁉」

「………」

長身を壁際に押しやり、スカジャンの襟《えり》をひっつかんで食いついた柾は、西崎が、なにが——とも、眉筋《まゆすじ》ひとつ胡乱《うろん》げにも動かさぬことに、それが紛れもない真実なのだと悟って、愕然と立ちすくんだ。

「なんで……」

「……離せよ」

「なんで⁉　アメリカに行かせないって――どうして！」

「………」

「いったいなに考えてんだよ！　手術しなかったらどうなるかわかってんのかっ？　このまじゃっ……」

「おれたちのことはほっとけと云ったはずだ」

西崎は、抑えた、重量のある声で云った。襟を摑《つか》んでいる柾の手を、恐ろしいような力で捩《ねじ》り取り、撥《は》ね除《の》ける。

「友紀子が死のうが生きようが、おまえには関係ない」

「いまはそんなこと云ってる場合じゃねーだろ⁉　わかってんのか、手術をしなかったら……！」

「そっちこそなんの権利があっておれに干渉する」

「ダチだからに決まってんだろ！」

柾は拳《こぶし》をダン！　と壁に打ちつけた。

「友達の妹が生きるか死ぬかってときなのに黙ってられるかよ！　そりゃおまえとは、いろいろあったよっ……おまえが東斗《とうと》バスケ部にいい思い出がないのも知ってる、いじめを見て見ぬふりしてたおれに腹立ててるのも！　でもおれたちが三年間同じコートでプレーしたのは事実だし、おれはおまえのプレーを尊敬してる。おまえとプレーできたことは、おれにとっては誇りだ。おれ、入部したときは初心者でへたっかすでドリブルも満足にできなくて、でも頑張ってレギュラー取って、初めて試合でおまえからパスが貰《もら》えたとき、めちゃめちゃ嬉しかった。ほんとに、死ぬほど嬉しかったんだ。なのに、三年間、おまえのこと助けなかった。わかってたのに止めなかった。あの時のこといまはすごく後悔してる。悪かったと思ってる。謝ったって赦《ゆる》してもらえないかもしれないけど、でももう同じ過ちをくり返すのはやなんだよ！　わかったかこの石頭っ！」

「……」

顔を真っ赤にしてゼエゼエと息を切らす柾を、西崎は初めて見せるような年齢《とし》相応の間抜けづらでぽかんと見ていた。

「わかったのかよ⁉」

柾が襟を鷲摑《わしづか》んで顔を近づける。

「おい！　なんとか云えよ！」

「……はっ……」

西崎は、歪《ゆが》めた顔をゆっくりと片手で覆いながら、急に力が抜けたように、壁にゆらりと頭をつけた。

食いしばった歯の間から、低く、呻《うめ》くような声が漏れた。

柾は襟から手を離した。

大きな肩が、小刻みに揺れていた。

「……どうして、おまえは……」

「西崎……」

胸が締めつけられる思いがした。

父親の失踪《しっそう》、病気がちの母、大病を患う妹――どれほどの重圧が、この肩にのしかかっていることだろう。

西崎の荷物を半分引き受けたい――軽くしてやりたい。けれど、西崎が背負った荷物の重さを、いったい誰が、どうしたら理解できるというのか。それは、クッキーのように半分に分けられるようなものではないのだ。

どうしてこう、おれは、ちっぽけで、無力なんだ。気のきいた慰めすら云うこともできずに、ただ見つめて佇《た》ちつくしていることしかできないなんて――

やるせなさ、情けなさを奥歯ですり潰《つぶ》しながら、ためらいがちに、嗚咽する友人の肩を抱こうとした柾は、次第に大きくなってゆくそのくぐもった声に、伸ばしかけた手を止めた。

西崎の指の間から小さく漏れていたのは、嗚咽ではなく、押し殺した笑い声だった。

「変わってないな、おまえは」

「西崎……？」

「昔っからそうだった。お節介で、無神経で。……だからおれは、おまえのことが嫌いなんだよ」

指の間から、苦しげな声が絞り出される。

「ピクシー入団におまえが噛んでたなんて知ってりゃ、誰が受けたか。おまえのお情けで救ってもらうくらいなら……一生、おまえに頭が上がらずに生きていくくらいなら、妹を見殺しにしたほうがまだしもだぜ」

ハッ……と短く吐き出す。

「おまえを友達だなんて、いっぺんだって思ったことはないね。バスケ部のいじめ？ 蟻《あり》に噛みつかれて痛がる象がいるかよ。くだらねえ。よくそんな偽善くさい台詞《せりふ》が口にできるな。同じ過ちを繰り返すのが嫌だ？ 反吐《へど》が出るぜ。てめぇの満足のために人を利用するな。だからおまえが嫌いなんだよ。そのツラ見てるだけで虫酸が走る」

ゆっくりと手を下ろした西崎は、目の前にぶらんと両手を下げて突っ立っている友人の、間の抜けた表情を——そして彼が、真っ白になった頭で自分の台詞を反芻し、見開いた黒瞳をゆっくりと凍りつかせてゆく様を目にした。

西崎の唇は、昏《くら》く歪んだ悦《よろこ》びに、うっすらとひき攣《つ》った。

そして、決定的に柾を傷つける目的のためだけに、残酷な愉悦をもって、もう一度彼はその唇を開くのだった。

「おれは、ずーっと、おまえのことが嫌いだったよ。大嫌いだったよ。中等部で初めて顔を合わせたときから、ずうーっと、な」

バスと電車をどんな順序で乗り継いだのか、覚えていない。

ふっと気付くと、見たことのあるJRの駅で降りていた。うちの近くじゃないよな——と、ぼんやりと考えながら、柾の足は独りでに階段を上り、自動改札を出ていた。

あれ、ここの改札は自動じゃなかったのに……と不思議に思い、振り返ってみて初めて、そこが、五年前まで母親と住んでいたアパートの最寄り駅だったことに、柾は気付いたのだった。

ロータリーの隅に、違法駐輪の自転車が隙間なく並んでいるのも、陽に焼けてあまり食欲をそそらない果物ばかり並べている青果店も、並びのドーナツチェーンも、なんにも変わっていなかった。

柾は見知った細い路地を歩いた。夕闇がそこまで迫っていたが、街灯が照らし出す路《みち》を、足はちゃんと覚えていた。

街の様子は変わっていなかった。アパートとマンションと古びた一戸建てが雑然と軒を連ねている。通学路もそのままだった。柾は足を速めた。市営のテニスコートを通り過ぎ、コンビニの角を曲がり、いくつか路地を曲がると、小さな美容院——だがその隣には、あるべきはずの建物はなく、月極の駐車場になっていた。

「あの、すみません」

たまたま車から降りてきた、買い物帰りの主婦に声をかける。

「前、ここにアパートがあったと思うんですけど……」

「ああ、あのアパートね」

中年の主婦は、よく覚えているわよという顔をした。

「大家さんがボヤを出してね。もうずいぶん古かったし、大家さん夫婦も結構お歳だったから、それを機に取り壊してしまったのよ。三、四年前かしら」

「大家さんは……」

「静岡に住んでる娘さんのところに越したって話よ。そこの酒屋さんに聞いたら、もっと詳しいことがわかるんじゃないかしら。親しくしてたみたいだし」

といって彼女が指さしたのは、昔小さな酒屋だったコンビニエンスストア。酒・煙草の看板が夕闇に煌々《こうこう》と輝いていた。

駅に戻る道すがら、よく通った古い銭湯が、看板を下ろしているのに気付いた。喫茶店はファミレスに変わり、クリーニング店はプレハブから二階建ての立派な店舗に改築されていた。友達と毎日通った、耳の遠い老婆がやっている古びた駄菓子屋は、覗くと、知らない若い女性が店番をしていた。おばあちゃんは元気ですかと喉元《のどもと》まで出かかったのになぜか訊《き》けなくて、飴玉《あめだま》をひとつだけ買って、店を出た。外はとっぷりと暮れ、冷たい北風が吹いていた。

『はい、佐倉《さくら》です』

受話器から聞こえる悠一《ゆういち》の声が、とても懐かしい、遠くからのもののように感じられた。けれど間違いなくその声は、杉並《すぎなみ》の悠一のマンションから聞こえているのだ。たったそれだけのことに、胸がふっと温かくなった。

『オカか？』

「うん――」

いまから行ってもいいかな……と尋ねかけた先で、

『悠一、お風呂先に貰うわね』

――という、女性の声が小さく聞こえた。

『オカ？』

悠一が沈黙を訝る。

『なにかあったのか？　いまどこだ？　外からかけてるんだろ？』

「渋谷」

とっさに嘘をついた。

「貴之と待ち合わせしてるんだけど、暇なんで時間潰しにかけてみた。理子《まさこ》さん来てんのか？」

『ああ……でもべつに気にしなくても……』

「あ、学校、明後日から行くから」

『そうか。ずいぶん授業進んだぜ』

「悠一は優しいから、ノートとっといてくれてるもんな?」

『一教科千円』

「オニか!」

笑い崩れる。

「じゃ」

『おい』

ふと、なにか勘づいたかのように、声の調子が変わった。

『ほんとにそれだけか? 渋谷のどこだよ。三〇分くらいで行けるから……』

「いいって。ちょっとかけてみただけだよ。あ、貴之の車が来た。じゃな。理子さんによろしく」

電話を切り、戻ってきたテレカをポケットに捩《ね》じ込んで、階段で地上に出た。宵《よい》の口の新宿駅東口は人が溢《あふ》れていた。

その中で柾はぼんやりと佇《た》ちつくす。

急に、自分がどこへ行けばいいのか、どこへ向かおうとしているのか、心許《こころもと》なくなった。

心と体が切り離されてしまったみたいに、周りの音がぼんやりと遠く、自分の周りの景色も、大声で笑い合う学生のグループも、急ぎ足のサラリーマンも、まるでスクリーンに映った映像を眺めているみたいに思えた。

雑踏で立ち止まったままの柾に、人々が迷惑顔でぶつかってゆく。柾は人の波に流されるまま、ふらふらと歩きはじめた。

そしてふと気付くと、流れから弾《はじ》き出されていた。よく来る大型書店の前だった。

あいかわらず店内はラッシュ時の電車のように混《こ》み合っていて、明確な意志を持たなければ目当ての棚に近づくこともできない。雑誌のコーナーはラッシュどころか初売りのデパートみたいな混雑だ。

再び店内の人ゴミに押し流されるように、柾はエレベーターに乗った。降りると、専門書のフロアだった。新宿という場所柄と品揃《しなぞろ》えのよさで、客の数は少なくはない。しかしそれでも一階よりはよほどマシだった。

独特の静けさの中、柾は、ぼんやりと背表紙を眺めて歩いた。

写真集のコーナーまで来たとき、ふと、壁沿いの棚の上段に、興味を惹《ひ》くタイトルが目に入った。手を伸ばしたが、惜しいかな、あとほんの一センチ届かない。

脚立は三台とも塞《ふさ》がっていて、店員はレジで忙しそうだ。口を尖《とが》らせ、何段めかの棚に手をかけて、よっ、と思い切り背伸びした。

よし、届いたっ——と思った瞬間。

「あっ」

柾は間の抜けた声を上げた。

後ろから、ぬうっ…と伸びてきた長い腕が、タッチの差でそのハードカバーの写真集を奪い去っていったのだ。

しかもその男は、乱暴にも、トンビに油揚げをかっさらわれて茫然《ぼうぜん》としている柾の頭の上にどすんとその本をのせて、ページを開きやがったのである。

「シエナ、中世の都市——へーえ。ボウヤ、案外な趣味だな」

深みのあるバリトン。

「シエナ行ったことあるか？　トスカーナ地方の小さな街だ。何年か前に取材でちょっと立ち寄ったが、いーいトコだぜえ。酒も食いモンもうまいし、確かゴシック建築の街としても有名だったな。広場や大聖堂も見応えがあった。ひとつ難をいや、国民のほとんどが強烈なカソリックで、ゲイに排撃的ってことか。道を教えてくれたかわいい男の子に挨拶代わりにチューしたら、ホウキ持ったばあさん三人に小突き回されてライカ一台お釈迦《しゃか》だ。あれにゃ参ったたな。——そら、おっことすなよ」

草薙《くさなぎ》は、その大きな写真集をバランスよく柾の頭の上にのせ、フライトジャケットのポケットに片手を突っ込んで出口のレジに向かった。

あいかわらずの長身。あいかわらずの古びたジーンズ。あいかわらずの無精髭《ぶしょうひげ》。煙草の匂い。

「メシでも食ってくか。もち、ボウヤの奢《おご》りな。大晦日《おおみそか》のドライブのツケ、きっちり払ってもらわにゃーな。おかげでえっれぇ正月だったぜ。あの雪で車のエンジンはいかれちまうわ、ハニーちゃんのご機嫌は損ねるわ、ったく、ボウヤと関わるとロクなことがねえよ」

ドサッと本が滑り落ちた音に、草薙は首を捻《ひね》って振り返った。

「おい……」

太い両眉を上げ、困惑したげな笑みを浮かべて、ボリボリと額を掻《か》く。

そしてポケットから片手を出すと、柾の頭を、自分の胸板に抱いた。

柾は喉を絞るように声をあげた。両手で男の上着にしがみつき、胸板に顔を埋めて、幼い子供のように人目もかまわずにわんわん大声をあげて泣いた。大粒の涙がボロボロと頬に溢れた。――なにも云わず、なにも尋ねない男が、厚みのある大きな手で何度もゆっくりと背中を撫でさすってくれると、ずっと張り詰めていたものが、こらえきれず涙と一緒に堰《せき》を切って、溢れ出していくのだった。

# 14

「閉鎖⁉　棗《なつめ》さんの賭場《とば》が⁉　マジかよ！」

「シッ。声がでかい」

唇の前にすっと指を一本立てた悠一の仕種《しぐさ》に、興奮して思わず椅子から腰を浮かしかけていた柾は、慌てて口をつぐんだ。

隣のテーブルを囲んだセーラー服の女子高生たちが、びっくりしたようにこっちを見ている。

私立東斗学園高等部最寄り駅前のハンバーガーショップ。放課後、二階席はいつも東斗の制服で溢れる。この頃はなぜか、遠隔地の他校の制服を着た女子高生が群れていることが多い。

柾たちのいる奥まったボックス席の周りにもそんな少女たちが陣取っていて、柾がコーラ片手にテーブルから身を乗り出し、悠一の整った顔にぐっと鼻先を近づけるのをチラチラ盗み見ては、きゃあきゃあクスクスと黄色い声でさざめいている。

とはいえ彼女たちの交わす意味深な眼差《まなざ》しやヒソヒソ声になぞ、まるで無関心な柾は、再来月高校三年生になるにしては少女めいた小造りな顔をますます悠一にくっつけ、声をひそめた。

「マジかよそれっ……なんで、どーして、いつっ？」

「あのビルの取り壊しが急遽《きゅうきょ》決まって、立ち入り禁止になったんだとさ」

悠一は焦げたような臭いのするコーヒーを、形のいい眉をひそめて、まずそうにスチロールカップから啜《すす》った。

「今朝、棗さんがメールで報《しら》せてきた。閉鎖っていっても次の会場が見つかるまでの間だけど、同じだけのキャパに交通の便、あれだけの人数がぞろぞろ集まっても怪しまれない場所ってなると手間取るだろうな。二、三ヵ月は覚悟しないと」

「うーっそだろお……」

へたへたと椅子の上に戻った柾は、重い荷物がずり落ちるようにズルズルと脱力していった。

「どーしよ……春までに五十万は堅いと思ってたのになあ」

年末の貴之とのいざこざ以来、棗の賭場が柾の唯一の収入源である。三年に進級する前に、アパートの敷金や当座の生活費その他あれこれ、目処《めど》をつけておきたかったのに……青天の霹靂《へきれき》とはこのことだ。

「ま、もともと棗さんのところに長居するつもりはなかったんだ。ここらがいい引き際かもな。オカ、受験するんだろ？」

「えっ？」

ぱくついたポテトが喉に詰まりそうになった。なんでそれを。

「違うのか？　ここんとこ進路相談室に日参してたから」

「……まだはっきり決めたわけじゃないよ。ただちょっと、興味あることがあってさ……」

「建築だろ？」

「ええっ？」

「岡本くん、建築家になりたいの？」

黙々とハンバーガーを頬ばっていた及川が、冬眠前のシマリスみたいに膨らませた頬にさらにポテトを詰め込みながら尋ねる。すると悠一が横から訂正した。

「オカが興味あるのは、建てるほうじゃなくて、文化財とかの古い建物の補修保存。世界遺産とかの」

「な、なんでそれ」

「なんでって、声かけてもガン無視で関連資料読み漁《あさ》ってたし、それにおまえ、前からその手のもの好きだったろ？　世界遺産の番組とか写真とかもよくチェックしてたし」

「う、うん、まあ……そうだけど」

びっくりした。おまえが文化財保護？　って絶対からかわれると思って黙ってたのに。

「世界遺産の保護活動かあ。すごい、かっこいいね！」

「だから、まだ決めたわけじゃないって。それに専門家になるのは簡単じゃねーんだよ。世界遺産の保護に携わるのはもっと難関で、建築科行って院で研究して、ローマにある文化財保護の国際センターで研修受けて……」

「建築学科ってデッサンの試験あるんだろ？　大丈夫かよ。おまえ、美術の成績……」

「っせーな。いーの、W大の建築科はデッサンの配点たいしたことねーから他でカバーできるし、いまの成績キープすればなんとか奨学金も全額免除取れそうだし、それに」

悠一のにやにや笑いに気付く。

「決めてないわりには調べてるな」

「一応だよ、一応！　備えあればばっていうだろ。あ、けど進学しても、あの家出るのは変わんねーから。よろしくな」

「おれは家賃と光熱費さえ払ってもらえればどっちでもいいけど、独立するなら絶対に現役合格しろよ。浪人してバイト漬けで一年棒に振る、なんて洒落にならないぜ。生活費、貴之さんに頼るつもりはないんだろ？」

「そこ頼ったら独立の意味ねーじゃん。だから余計いまのうちに稼いでおきたかったんだよなあ。おれ受験対策してないから一応予備校も行っときたいし……あー……」

「岡本くん、佐倉くんと同居するの？」

頭を抱えて沈没した柾に、及川が尋ねた。

「W大ならおうちから通えるよね？　どうしてわざわざ家を出て、佐倉くんとアパートを借りるの？　もしかして、叔父さんと仲が悪いの？　苛《いじ》められてるとか？」

「実はそうなんだ」

大真面目な悠一の答えに、及川は目をまん丸にした。

「そそ……そうなの⁉」

「悠一、変なこと吹き込むなよっ。嘘に決まってんだろ」

「事実だろ？　毎晩遅くまで肉体労働させられて、寝坊はする遅刻はするＨＰは削り取られる、風呂で風邪はひく」

及川の眼鏡の奥の丸い目がうるるっと潤む。

「か、かわいそうだ、岡本くん……そんなつらい目に遭ってたなんて……。ぼくが寝そべってテレビを観ている時間に、お皿洗いや床磨きをしたり、お風呂で背中を流したりさせられていたんだね？　雪の降る庭で薪《まき》割りしたり、井戸で水汲《く》みしたり……」

「何時代の話だよ。やってねーよそんなこと。ちゃんとかわいがってもらってるっ」

「その云い方、すっげえ卑猥《ひわい》」

「だーっ、おまえはもう黙ってろ！」

椅子を蹴飛《けと》ばし、悠一の口を塞ごうと伸び上がった頭上で、『五番でお待ちのお客さま、お待たせいたしました。一階レジまでお願いします』のアナウンス。チェッと舌打ちして、財布と番号札を持って階段へ向かう。

「及川、こんなやつの云うこと信じるなよ。あと悠一、おれのポテトとコーラに手ェ出すなよぜったいっ」

「へいへい」

いいかげんな返事をして、柾の姿が階段に消えたとたん、悠一の手はポテトに伸びた。

「よかった……岡本くん、思ったより立ち直ってて」

及川が、柾の消えた階段を見つめて、ほっとしたように呟《つぶや》く。

「お母さん亡くなったあと、一週間休んでたでしょう。あのまま学校に来なくなっちゃうんじゃないかって心配だったけど。岡本くんて見かけより全然逞《たくま》しいんだね。すごいなあ」

「……あんなのはただの空元気だ」

悠一は親指についたポテトの塩分を舐《な》めた。

「葬式からたかだか二週間だぜ。立ち直ってるわけないだろ。……目には見えないほうが、それだけ傷も深いんだ」

「……」

「おまえ、西崎の妹の見舞いに行ってるんだって？」

階段をじっと見つめていた及川は、悠一のほうに向き直って、こくんと頷《うなず》いた。

「岡本くんの代わりにお花とかお手紙、届けてあげてるんだけど……でも、友紀子ちゃん、この一週間ですっごく痩せちゃって。ぼくも顔見るの、ちょっと辛いから、ナースセンターに預けてきちゃうんだ」

「……手術、だめになっちまったんだってな」

「ん……友紀子ちゃんのお兄さんが、実業団の契約を破棄しちゃったんだって。でも、それ、ぼくのせいかもしれない……」

「おまえの？」

うん……と溜息混じりに俯《うつむ》く。

「岡本くんの叔父さんが実業団の関係者だってこと、ぼく、西崎くんに喋《しゃべ》っちゃったんだ。西崎くん、それ聞いたら、すっごい顔で病室出てっちゃって……」

契約を破棄する、手術もしない、と云い出して大騒ぎになってしまったのだと、及川はオレンジジュースのストローをいじりながら、しょんぼりと話した。

「ぼくがよけいなこと云わなかったら、いまごろ友紀子ちゃん、アメリカの病院に入院できてたのに……」

「……だとしても、おまえのせいじゃないさ」

悠一は無意識に胸ポケットの煙草を探ろうとし、舌打ちして、代わりに、柾が手をつけるなと厳命していったコーラを引き寄せた。

「最終的に手術する、しないを決めたのは患者と家族だ。おまえが責任を感じる必要なんかない。そもそも人の忠告も聞かずによけいなお節介するオカもオカだ。あんなクソ野郎ほっとけばいいんだ」

「佐倉くん、西崎くんのこと、嫌いなんだね」

悠一は眉をひそめて、ストローから口を離した。

「おれはもともと男は嫌いだ」

「じゃあ、岡本くんのことは、特別に好きなんだね」

「……なんで」

「だって……」

いじけたように、手もとのストローをくねくねといじり回す。

「佐倉くん、ぼくのジュースは飲んでくれないじゃない……岡本くんのはダメって云われても飲むのに」

「………」

くらっ…と目眩《めまい》がした。及川は仔犬《こいぬ》のような上目遣いで悠一を見つめている。

山サン……おれはどうすりゃいいんだ、こういう場合？　担任の依頼は「クラスから孤立しないようかまってやってくれ」だったはずだが、ここでこいつのジュースを飲まなかったら、孤立させられたような気持ちになるものなのか……？

飲むべきか飲まざるべきか……額に脂汗を滲《にじ》ませ、及川の手もとを見つめる潔癖症の悠一を、そのとき、脳天気に明るい声が救った。

「こーんにちわァ」

救いの神は、グレーのニットコートに、赤いミニスカートを穿《は》いていた。毛先に金のメッシュを入れ、外跳ねにしたショートボブ。スタイルも悪くはなく、いまどきのメイクで隙なく纏《まと》めている。服装からパッと見、女子大生かと思ったが、首の皮膚に張りがない。若造りだけどいいとこ二十六、七だな……と、悠一は素早く全身をスキャンした。

「ごめんねーお話し中」

ファンデーションの下の笑い皺《じわ》まで鋭く見抜かれているとも知らず、彼女はニコニコと、懐っこいのを通り越した馴《な》れ馴れしさで話しかけてきた。

「えーっと、キミ、佐倉クンだよね、東斗学園の？　ちょおおーっと、時間いいかなあ？」


ほどなくして、柾がチキンナゲットをトレーにのせて戻ってみると、グレーのニットコートの若い女性がテーブルの前に陣取って、しきりに悠一に話しかけていた。

柾が座っていた椅子に、大きな黒いバッグ。彼女の物らしい。むすっとした悠一の態度から察するに、知りあいじゃないようだ。怪訝《けげん》に思いながら近づいていくと、

「あっ、キミ岡本クンだよね？」

いきなり、やけに馴れ馴れしく笑いかけてきた。

「やーん、ほんとカワイー。女の子にカワイーって云われるでしょォ」

……カワイイ？

カチンときて、「誰？」と目配せするが、悠一はむっつりとそっぽを向いたまま。及川はきょとんとしている。彼女一人がニコニコと、

「あ、ごめんね突然。あたし〝ストリーツ！〟って雑誌の編集者で、森下《もりした》っていいます。名刺どーぞ。どーもはじめましてー」

柾に素早く名刺を押しつけると、及川のトレーを隅に寄せ、バッグから取り出したグラビ

ア誌をテーブルに広げて、付箋《ふせん》を立てたページをバサッと開いた。

学生服の少年が、渋谷の街をバックに、ポーズを取っている。顔の横に、名前や学校名、プロフィールなどのキャプションがついているところを見ると、素人《しろうと》なのだろう。

「ぼくこの雑誌知ってるよ」

及川が目を輝かせた。

「クラスの女の子が回し読みしてキャーキャーいってたよ。すごいや、お姉さんこの雑誌の人なんだね」

「ウチの読者は中高生の女の子なんだけど、毎号、読者さんに身近なイケてる男の子を推薦してもらって、こうやって紹介してるのね」

彼女は及川を無視して、話を進めた。

「佐倉クンと岡本クンを推薦してる女の子がすっごく多いのよー。東斗にチョーかっこいい男の子がいますーって、写真いっぱい送られてきてるのね。同じガッコじゃない子からも。ここにいるコたちも口コミで集まってきてるんじゃないかな?」

「……はあ」

「それで?」

悠一が不機嫌そうに先を促す。

「よかったらキミたちのことウチの雑誌で紹介させてくれないかな。あ、こーゆーふうにね、写真と身長体重、趣味とか特技とか書いてもらってェ、あ、あと自己PRね。彼女募集中とかでもオッケーだしィ」

「申しわけありませんが」

……うわ。きた。

悠一が彼女の言葉を遮ってバタンとページを閉じるのを、柾は椅子に座ってコーラをズゾと啜りながら、半ば他人事《ひとごと》のように見遣《みや》った。

佐倉悠一は、けして女嫌いではないが、選《え》り好みが激しい。あまりに偏りすぎてゲイの噂《うわさ》が絶えないくらいだ。たとえスーパーモデルであろうと、単語の上に「チョー」なんてつけたり、語尾を「だしィ」なんて伸ばしたりする女は言語道断。ダイオキシン以上の公害、社会の敵。――フェミニストに逆さ吊《づ》りにされそうなその基準に従って、悠一は、毛虫どころか白蟻にだってそんな視線は浴びせないだろうというような冷ややかさで彼女を睥睨《へいげい》した。

「こういった雑誌に載るには、予《あらかじ》め学校に届け出て許可を貰う規則になっていますので」

「……いまどき真面目なのねー、キミ」

彼女は一瞬ひるんだように顔を硬張らせたが、仕事上、ハイそうですかと引っ込むわけにはいかないのだろう。今度は柾にターゲットを変えてきた。

「先生にはウチから説明してあげるわよ。あ、だいじょぶ、変な雑誌じゃないしィ、あたしは編プロの人間だけど、版元は玄灯《げんとう》出版ってちゃんとした出版社だから」

「すみません、おれそーゆーのぜんっぜん興味ないんで」

「ええー、どうしてェ？　そんな冷たいこと云わないでよ。ねっ、お願い。岡本クンが出るって云ってくれたら佐倉クンもオッケーしてくれると思うんだァ」

「ってさ。どーする悠一」

「くだらん」

悠一は鞄《かばん》とトレーを持って立ち上がった。興味津々で注目している周囲の視線も完全無視で、さっさと女性編集者の脇をすり抜けていく。つられた及川も、あたふたと荷物を纏めはじめた。

「待って待って待って！　返事はすぐじゃなくていいから、気が変わったら連絡貰えないかな」

柾も立ち上がり、椅子に掛けてあったコートを羽織った。

「変わんないと思うよ。あ、名刺返します」

「そんなこと云わないで」

しかし彼女も引かない。柾が突き返そうとした名刺を両手で上から握り締め、ぐいぐい押し返してくる。

「ねっ、お願い、一度考えてみて！　友達に自慢できるわよ。このコーナーに載りたい男の子いっぱいいるのよ」

「悪いけどほんとに興味ないから」

「そんなーあ。お願いっ、このとーりっ、岡本クンたち紹介するためにもうページ空けてあるのよ。二人に断られちゃうと編集長に大目玉食らっちゃうのよぉ。少しだけど謝礼も出るし、写真はプロのカメラマンがカッコよく撮ってくれんのよ。これがきっかけで芸能プロからスカウト来たコとか、一流モデルになったコもいるんだから」

摑まれた手を振りほどこうとしていた柾の眉が、その台詞にピクッと反応した。

「……それ、マジ？」

「マジマジ！　あたしが声かけたコで、〝ケンソー〟の専属モデルになったコがいるわよ」

「じゃなくて、その前」

「え？　あ……ああ、カメラマン？」

「謝礼」

柾は彼女の両手の上からガシッと手を重ねた。にわかに頰を赤らめる女性編集者に、食らいつかんばかりに真剣な顔をズイッと近づける。

「その謝礼って、いくら出ますか⁉」

「んーで、カメラの前でポーズ取って、にっこり笑って三千円か。いい儲《もう》けじゃねえの。いまどき歌舞伎町のキャバクラだって、お触りなしじゃ時給五千円がいいとこだ」

「けど、あれ一回っきりの単発だし」

草薙の淹《い》れてくれた苦くて濃いコーヒーを冷たい牛乳で割ったものを一口啜って、柾は、はあーと溜息をついた。

「三千円じゃ焼け石に水だよ。時給安くても、週五以上は働かないと実にならねーもん。予備校代に、参考書代に、アパートの初期費用に……はあー……」

スナックMAXは開店前だ。飾り気《け》のない無愛想な店のイメージそのままの、無口な太っちょマスターは、まだ出勤していなかった。

フロアの椅子はテーブルの上に上げられ、カウンターの水切りに並べられたグラスには白い布巾《ふきん》が掛けてある。

写真撮影を終えたあと、なんの気なしにふらりと訪れてみると、草薙が一人、その隅で遅い朝食を摂りながら競馬新聞を読んでいた。寝起きらしく、髪はぼさぼさ、いつ洗ったか怪しいようなシャツは皺くちゃ。もっとも、髪の毛にしろ無精髭にしろシャツにしろ、このむさくるしくでかい男のピシッとしている姿など数えるほどしか見たことはないのだが。

「またバイト探してんのか」

朝食のメニューは、思いっきり焦がしたブラックコーヒーとパン一斤。それも、トーストもせず、行儀悪くビニール袋の中からちぎってむしゃむしゃ食べている。しかし、そういう粗野な動作がまた実にしっくりする男でもある。

「アテにしてたバイト先が潰れちゃってさ」

カウンターに頬杖をついた柾は、丸い木のスツールから下ろした足をぶらぶらさせながら、パンを一欠けちぎって口に運んだ。

「バイトできるのはいまのうちだから、少しでも稼いでおきたいんだけど」

「ふーん」

「でもいまからじゃ春休みの短期バイトも乗り遅れちゃって、めぼしいのはとっくに押さえられちゃっててさ。平日に遅くなったり、休日に出かけるとすぐ貴之にばれそうだし」

「へーえ」

「近所のファミレスでバイト募集してるけど、貴之、おれのバイト先を買収したことがあるだろ？　またそんなことになるんじゃないかと思うと下手に動けなくてさ……」

「ボウヤ、誕生日いつだ」

「七月七日」

「七夕さまか……」

赤ボールペンの尻で耳の後ろをコリコリ掻く。

「第七レース⑦……と。本命じゃねーが単勝一枚買っとくか。こーゆーヒラメキは大事にしねーとな」

「………」

柾は無言で競馬新聞を奪い取り、草薙の頭を思いっきり叩いた。

「年にいっぺんくらい人の話真面目に聞けっつーの！」

「いていいて。わーったわーった。ちゃんと聞くから叩くなって……バイトだろ？　任せとけ、おれに心当たりがある」

「やだよ」

即決快答。

「どーせ二丁目のゲイバーとか、アダルトショップの店番とかだろ。ナギさんの心当たりなんて胡散臭すぎ」

「アホウ。ちょっとケツ撫でられただけで客をぶん殴るような血の気の多い、ンなとこに紹介できるか。おれだって適材適所って言葉くらい知ってる」

「制服も下着も売らねーぞ」

「ブルセラの斡旋《あっせん》なんざやってねーっての。云っとくが、おれはどんなかわいこちゃんのだろうと、下着オカズにオナるような変態趣味はねえぞ、気色の悪い。おれが愛してるのは、あくまでも本体だけだ」

……威張るとこかよ。

「おれの心当たりは、もっと文化的かつ高尚だぜ。仕事は有名ジャーナリストの助手。内容は多岐《たき》に亘る。資料探し、新聞のファイリング、コピー取り、テープ起こし、図書の返却それに……」

「つまり雑用係だろ」

それのどこが高尚なんだか。とはいえ、草薙の紹介にしてはまともな仕事である。

「時給は？」

「そっちはなにか特技があるのか。ワープロ検定とかパソコンとか」

「ワードとエクセルなら貴之にちょっと習った。キーボード見ずに打つのは無理だけど……」

「ふん。なら時給五百円がいいとこだな」

「やあっすぅ～」

ブーっと突き出した唇と鼻を、草薙が大きな手でぎゅっと捻る。

「ナーマ云いやがって、クソガキ。住宅ローン背負った中高年サラリーマンがリストラだ倒産だと路頭に迷ってるってご時世に、一介の高校生が高給にありつけると思ってんのか？　ああん？　短時間高収入のバイトがしたきゃ、二丁目の売り専バー紹介してやるぜ。一本につき五千円プラス指名料がついて、一晩頑張れば四、五万は稼げるぞ。貴之に仕込まれたテク試したいか？　あ？」

「わーったよ、いいよ、五百円で我慢してやるから鼻つまむなよ、もーっ」

「怒るなよ。いじめたくなるだろが」

草薙は愉《たの》しそうなニヤニヤ笑いを浮かべて、パッと手を放した。

人の嫌がることをするのが好きだとか、困った顔を見るのが愉しみだとか、こういう大人にだけはなるまい――ヒリヒリする鼻をさすりながら心に誓う柾だ。こんな野郎と十年もつき合ってる『ハニー』とやらは、よっぽど心が寛《ひろ》いに違いない。

「予備校代ってことは、決めたのか。受験」

うん……と柾は返事を濁した。

「この間ナギさんに教えてもらった本とか、資料とか読んでみたんだ。面白かったよ。特にあれ、アンコールワットの修復工事の話。フランスの修復隊はセメントやパテをどんどん使って直すけど、おれは、もともとの素材を使って修復したところがわからないようにする日本式のが好きだな」

「文化財に対する考え方は、国や文化によって違うからな」

「そうなんだね。面白いよな」

「けど、迷ってるか」

柾はひとつ息をついて、頷いた。

「……うん。ああいう仕事に就けたら面白いだろうなって思うけど、おれ大ざっぱだし、美術の成績底辺だし。ほんとにできるのかなって考えはじめるとさ……」

貴之には、進学も視野に入れて考えていることは話をした。建築学科を希望していることも。貴之は黙って聞いてくれ、受験についてのアドバイスを幾つかしてくれた。

でも将来の目標については、まだきちんと話していない。話すのは自分の中できちんと答えが出てからだと思っている。少しでも迷いがあるうちは、貴之を納得させることなんかできない。建築科に進むことについてはなにも云われなかったけれど、内心では、柾が四方堂の後継者になることを期待しているんだろうから。

「迷え迷え。そんだけ迷えるのも若さの特権だ」

「いーよな、ナギさんは気楽そうで。トシ食うと迷いがなくなるもん？」

「いや。若い頃は一度の失敗くらいすぐに取り返しがきいたが、この歳になるとそうもいかなくなる。年々、迷いも深く、でかくなるな」

「そっか……」

「昨夜も天丼かカツ丼かさんざん迷ってな……。ボウヤくらいの頃は迷ったら両方食えたんだがなー」

……真面目に聞いて損した。

「さぁて、そんじゃー職場に案内するか」

白い部分をすっかり食いつくし、耳だけ洞窟《どうくつ》みたいに残してしまった食パンをガサガサしまい、ジーンズの太腿《ふともも》で手を拭った。

カウンター奥の木のドアには、関係者以外立ち入り禁止の札が掛かっている。草薙がドアを開けるのをぼんやり見ていると、オイ、と呼ばれた。

「なにぼっとしてんだ。来いよ。二階だ」

「え？　だって二階は……」

「おう。おれの仕事場だ」

と云って、『有名ジャーナリスト』（自称）は、親指で偉そうに自分の鼻を指した。

「学校がある間は放課後の二時間程度でいい。春休みは、そうだな、昼めしを食ってから来てくれ。どうせおれが起きるのは昼過ぎだ。仕事の量はその都度違うが、おれが留守のときには、郵便受けに指示を入れておく」

狭くて急な階段を軽快にトントン上っていく草薙の後ろから、足を踏み外さぬように一段一段確かめてついてゆきながら、柾はしみじみ思った。

（でっけーよなァ……）

大きいだけでなく、動きも俊敏だ。貴之といい、これだけの体格に恵まれたら、きっと世界観も変わるだろう。常に人のつむじを見下ろす側と、見下ろされる側とでは、おのずと見る世界も違ってくるはずだ。貴之の身についた威厳も、草薙が必要以上におおらかなのもそのせいなのじゃないかと……チビのひがみじゃないぞ。断じて。

だいたい、おれはほんとはチビじゃないんだ。高二で一六八センチは標準だ。チビに見えるのは、貴之といい草薙といい、でかくてごついのがやたら周りにいるせいだ。悠一も中学のときに一七〇センチは超えていたし、仲のいいクラスのやつらも皆大きい。似たような体型をしているのは及川くらいだ。

そういえば、子供のころから、仲良くなる友達はみんな体格がよかったような気がする。動物もでっかいほうが好きだった。ライオンとか、象とか、キリンとか。犬も大きいほうが好きだ。

草薙傭《よう》に気を許してしまうのは、そういうことなのかもしれない。そう思って見れば、笑い皺ができる、どこかとぼけた味わいのある目もとなど、満腹で日向《ひなた》ぼっこしている猫科の猛獣といったイメージがなくもない。だからって、目の前で醜態を曝《さら》した言い訳にはならないのだけれど。

思い出すと、恥ずかしさのあまり頭を抱えて転げ回りたくなる。

書店の通路で突然子供みたいに泣き出してしまった柾を、草薙は黙って——本当に一言も、人が見てるぞとか、男のくせにみっともないとか、なにがあったとすらも云わずに、辛抱強く、落ち着くまで待ってくれ、それから近くの小料理屋で胃袋にしみるようなあったかい鍋を振る舞ってくれた。

そこでも涙のわけは聞かなかった。あの写真集のシエナという街の話や、取材中のエピソード、世界中で遺跡の修復に携わっている日本人のことなどを話してくれた。草薙の話はどれも興味深く、面白くて、引き込まれるうちにいつの間にか涙も乾いていた。ほこほこしたつみれ鍋の温かさが、そのまま草薙の人柄のような気がした。

「とりあえず、テープ起こしやってもらおうか。取材の録音テープを聞いて、パソコンで文章に起こしてくれ。手間だが、それなら家に持ち帰ってもできるだろ」

「了解。いつまでに……」

階段の左側が草薙の部屋だ。草薙の腋《わき》の下からひょいと部屋の中を覗いた柾は、

「……な……」

ギョッとして、一歩後ずさった。

「なっなっなっ……なんっじゃあこりゃあああ⁉」

そこはまさに、秘境――いや、人外魔境の空間であった。

壁から壁に渡されたロープから、パリパリに乾いたタオルやらトランクスやらの洗濯物がぶら下がっている。積み重なった分厚い書類やビデオテープが幾連もの山脈を作り、丸めた紙屑《かみくず》、新聞、ファックスやコピーの束、カセットテープ、ごちゃごちゃとわけのわからないコード類といったものに覆いつくされ、フローリングの床は点々と空いた獣道の分しか見えず、しかも一度表層雪崩《なだれ》を起こしたその上から、また本と書類とビデオとカセットテープが積み重ねられ、さらにその上には、吸い殻が溢れた灰皿、コーヒーやビールの空き缶、飲み残しのペットボトル、割箸《わりばし》を突っ込んだままのカップ麺《めん》、食べかけの弁当、口の開いたポテトチップス、コンドームの空き箱、なぜか安全靴にヘルメット。

隅のパイプ棚も同じように本や書類がぐしゃぐしゃの山積みになっていて、箪笥の代わりのつもりなのか、タオルや下着が丸めて突っ込まれている。本の山の向こうにあるベッドにはノートパソコンが二台と、黄ばんだカバーがかけっぱなしの枕の脇に、手紙の束と洋書と目覚ましと灰皿。それも吸い殻が山になって、皺くちゃのシーツに黒い点々が……。

佇ちつくす柾の靴下の上を、鼠《ねずみ》ほどもある綿ぼこりが、ふわふわと通っていった。

「あーっと……さて、どこにやったかな……ボウヤ、その辺にMDウォークマン埋もれてねーか？　ハバラで買った一万八千九百八十円録音オッケーのセール品。台湾製の赤いやつ」

「……こ……」

「あ？」

「こんな豚小屋でンなちっせーモン探せるかボケえ！」

長い脚でゴミの山をひょいひょい跨《また》いで、その辺をひっくり返している草薙の背中に、柾はティッシュの空き箱をぶつけた。

「なんなんだよ、ここは！　掃除しろ掃除っ！」

「……ボウヤ」

振り返った草薙は神妙な顔つきで、柾の肩に左手を置いた。

「おれは見ての通り、美貌《びぼう》と叡智《えいち》とセックステクニック……神の寵愛《ちょうあい》を受け、ありとあらゆる才能を授けられた男だが、惜しいかな、掃除の才能だけはからきしなんだ。天は〝一物《いちぶつ》〟を与えずってやつだな。いやー、神サマもお茶目をしてくれるぜ。イチモツなら立派なのを貰ったんだがなー」

……あほだ。絶対あほだ。

「前来たときはもうちょっと片づいてたじゃんか」

「三日にいっぺん掃除しに来るのがいたからな」

「喧嘩でもしたの」

「いや。先月、二十歳の誕生日で」

別れた——いや、振ったわけだ。

十五歳以上二十歳未満がおれの守備範囲——自称美少年ハンター草薙の口癖だ。口先ばかりかと思いきや、本当に、どんな美少年でも二十歳を過ぎるとあっさり袖にしてしまうらしい。

事実柾も、もうじき二十歳になる草薙の愛人に逆恨みされた被害者だ。冠城颯《かぶらぎそう》という、幽霊マンションの地下に棲《す》む天才ハッカー。すごい美貌だった。浮世離れした……まるで、この世のものとは思えぬような。

「……ナギさんさあ」

柾はしみじみと溜息をついた。

「ラブラブの恋人いるんだから、あんまりあっちこっち食い散らかして歩くのやめなよ。それも、当てつけみたく若いのばっか。恋人がかわいそうじゃん……それに、ナギさんは遊びのつもりでも、相手はそうじゃないかもしれないだろ。だいたい、十五歳以上二十歳未満って、どういう基準で決めてんだよ」

「十五歳未満は性欲の対象外だ」

「二十歳までってのは?」

「うーん?」

草薙はポケットのキャメルの封を開けながら、謎めいた苦笑を浮かべた。

「二十歳未満なら、恋愛の対象にゃならんからな」

「……？」

「ま…大人には、一口では語れん歴史と苦労があるってことさ」

「なにえらそーに云ってんだよ。掃除も満足にできねーやつは、大人じゃなくてろくでなしっつーんだよ」

柾は暖簾《のれん》のようにぶら下がった洗濯物をかき分けて、ざくざくと魔境に踏み入った。

「ったく、いったいどーやったらこんなに汚せんの？　豚小屋どころかこんなとこ豚だって住まねーよ。ゴミ溜《た》めだよゴミ溜め。あーもー、黴《かび》生えた弁当そのままにしとくなっての、きったねえなー。コーヒーも飲んだらちゃんと洗っ……ギャアッ！」

「おっと」

柾が放り出した使用済みコンドーム入りコーヒーカップを、草薙が片手でキャッチする。

「ンなもん置いとくなっ！」

「すまん。あ、ボウヤ、そっちは近づかんほうが……」

柾はカップに触った手をズボンになすりつけながら、窓に向かう。

「おれだって近づきたくねーけど、こんなとこの空気吸ってたら病気になるだろ。ったくもー、よくこんな部屋で寝起きしてられるよな。掃除機は？　あとゴミ袋と雑巾……ギャアアアアーッ！」

窓を全開にし、部屋の隅々まで風を通そうと暗室のカーテンをシャッと開けた柾は、悲鳴をあげてゴミの間に尻もちをついた。
そこには——黒いカーテンで仕切った簡易暗室の内側には——孔《あな》の開いたゴルフボールのようなものを口に押し込まれ、ワイシャツ一枚の半裸に剝《む》かれた青年が、壁に立てかけた火燵《こたつ》の足に両手両脚を拡げて括《くく》りつけられ、親指ほどの大きさのローターを乳首にビニールテープで固定され、さらに射精寸前の性器を黒革の拘束具でキチキチに絞られるという凄絶《せいぜつ》な格好で、はだけた白い胸まで涎《よだれ》の筋を光らせ、失神していたのである。

「先っちょも入れてねーって」

ジュース類の残りもカップ麵の食べかすも纏めて洗面所に流し、空き缶とペットボトルを分別してゴミ袋に纏める。灰皿の吸い殻は、ちゃんと火が消えているかどうかを確認してから、燃えるゴミに。青黴が点々と生えた弁当ももちろん処分した。

「まじまじ。オモチャはいろいろ使ったけど、天地神明に誓って、生身は未使用だ」

ロープにぶら下がってカチカチになっていた洗濯物は、もう一度洗濯機へ。棚に突っ込んであった下着やタオルも、ついでに纏めて放り込む。

ファックス、コピー紙などの類《たぐい》は段ボール箱に、カセットテープやビデオテープも別の段ボール箱へ分別。

「おォい……疑ってんのか？　ばぁか。おれがボウヤに嘘つくわきゃないだろ。ん？」

ここまでやっても、まだやっと上っ面を撫でた程度だ。新聞の束を取り除《の》けて、やっと床が見えるかと思うと、その下から灰皿が出てきたり、ＮＴＴの利用明細書だの煙草の空き箱だの、ぺったんこに潰れたホットドッグだの、明らかに草薙の尻には入らない白いブリーフだのが次々出てくる。

「なあ……ンな怒るなよ。あれも仕事のうちなんだって。おれが好き好んであんなお堅えの相手にすると思うか？　おれだってボウヤみたいなかわいこちゃんとイチャイチャしてたほうが楽しいに決まってるさ」

「灰が落ちるからあっち行って喫《す》えよ」

私立高校のエンブレム入りの靴下の片方を生ゴミと一緒に袋に押し込みながら、つっけんどんに応える。

開けっ放しの窓から冷たい風が入ってきて手がかじかむが、戸を閉める気にはなれない。

件《くだん》の美青年――確か、駆け落ち事件で関わった製薬会社のエリート社員だ――は、草薙がタクシーで帰したようだが、部屋の隅々まで彼と草薙の情事の匂いが染みついているような気がして、ムカムカする。

「云っとくけど、あんたの言い訳なんかひと――っっっつも興味ねーから！　バイト代さえきっちり払ってくれれば誰とやろーとナニしよーとどんな仕事しよーとおれの知ったことじゃないね、勝手にどーぞっ！」

柾が気の立った猫みたいにピリピリして、ハイスピードでゴミを片付けてゆくのを、ベッドに腰掛け、膝の上についた手で顎を支えて眺めながら、草薙はぷかあ…とのんびり煙草の煙を吐き出す。

「ま……そりゃそうか」

「そーだよっ！　なーっにが『おれの守備範囲は十五歳以上二十歳未満』だ、口先ばっか。いい男ならなんだっていーんじゃねーかよ。信じらんねー。節操なし。嘘つき。ろくでなし。下半身肥大のエロ魔人」

「いや、だから、本番はやっちゃいねーって……」

「っせーな！　知るかよ、おれには関係ないっつってんだろっ。灰が落ちるからどっか行けったら。何度云ったらわかんだよ、耳ついてんのか？」

「まあまあ、そうつれなくするなよ」

足にじゃれついてくる犬か猫にでも向けるような眼差しをして、草薙は煙草を挟んだ指で、セクシーな肉厚の唇をにやにやと撫でた。

「妬《や》いてンなら、素直に妬いてるって云っていいんだぜ。ん？　ダーリン……」

ものも云わず振り上げた灰皿が、ニヤケた鼻づらにグシャッとめり込んだ。

## 15

午後九時を少し回ったばかりの歌舞伎町は閑散としていた。

狭い通りにぎちぎちと軒を連ねるキャバクラやピンサロといった風俗店の前にも客はまばらで、まだ呼び込みの姿もない。生花や果物売りのワゴン車が開店の支度をしていた。人影が寂しいのは、今日が土曜日のせいばかりでもない。東洋一の歓楽街も、襲いかかる平成不況からは免《まぬか》れず、店によってはバブル期の三分の一まで客足が落ち込んでいるという。にもかかわらず、鼠のように人は増え続けている。日本人ではなく、国外からのお客さま方だ。

職安通りにはハングルの看板が溢れ返り、フィリピーナのホステスを一人も置いていないキャバクラを探すのは難しくなった。和食の店だって厨房《ちゅうぼう》を覗けば中国人が鰹《かつお》ダシを取っていたり、タイ人が鮨《すし》を握っていたりする。この街の冬の風物詩といえばいそべ焼きの屋台だったが、いつの間にかチヂミなんかの韓国料理を出すようになった。どれも、学生時代には見かけなかった風景だ。

「ナぁ～ギ、さん」

区役所通りのバッティングセンターの横にある駐車場に車を入れると、プレハブの掘っ立て小屋で番をしていた金髪頭の少年が、ガラス戸を開けて草薙を呼び止めた。

両耳にジャラジャラとシルバーのピアス、短髪はハニーブロンド、棒きれみたいに瘦せた体にヘインズのTシャツ、古着の革ジャンといったいでたち。まだ幼さを残す顔全体を、鬼の首でも取ったようにニタニタさせて、助手席に人を残してきたポンコツを親指で指さす。笑うと八重歯が覗けた。

「いーのっかなあ？　あのべっぴんさん、どー見たって十八とか十九には見えねーけどォ」

明良《あきら》は、二丁目で小さなオカマバーをやっている元自衛官の兄貴……もとい、姉貴と、二十年近くもここで守衛をしている祖父がおり、歌舞伎町の水に浸って育った根っからの新宿っ子だ。ガキの頃には、草薙が膝にのせて宿題を教えてやったものだった。いまはライブハウスでバイトをしながらミュージシャンを目指している。兄……いや、姉は、せっかく苦労して入れてやった高校を半年も行かずにやめてしまったと嘆くが、コマ劇場前にたむろして白昼からラリッているガキどもよりも、よほど健全だと草薙は思う。

「ばァか、ありゃ仕事相手だよ」

草薙はキーホルダーでコツンと明良の額を小突き、手の平にキーを落とした。

「チェ。なーんだ。竜《りゅう》さんにチクッちゃおっかと思ったのによ」

「今日は爺《じい》ちゃん休みか」

小屋の中になじみの好々爺《こうこうや》の姿がない。腰を屈《かが》めてひょいと覗くと、昔懐かしい達磨《だるま》ストーブの上に、明良の好物の今川焼きがのっていた。

「風邪ひいちゃってさ。ドクターストップ。年寄りにはこの寒さ、こたえんだよね」

「流行《はや》ってるからな、風邪。大事にしろって伝えてくれ」

「うん。ねー、あのヒト置いてっちゃっていいの？」

「ああ」

草薙はちらっと後方を振り返った。スカイラインの助手席の窓に、ぐったりと寄りかかっている白皙《はくせき》の横顔が見える。

「見張っとかなくて平気？　逃げようとしやがったら、オレ、とっ捕まえておいてやろっか」

その必要はない、と応えようとしたが、明良の、小鼻を膨らませて、あたかも忠実な番犬のように男の命令を待っている表情に、草薙はふっと苦笑し、ヒヨコ色のツンツンした髪を撫でた。

「月英《ユエイン》の店にいる。なにかあったら電話をくれ」

大命を云いつかり、明良は嬉しそうに親指を立てた。

「オッケー。今日、兄貴んトコ行く？」

「今日は仕事だ。また今度な」

同伴出勤のホステスと客が、腕を組んでクラブビルに入っていく。草薙は煙草を咥《くわ》えて、その脇の薄暗い細い路地を折れた。

目当てのさびれた雑居ビルの前には、中国系の少年が二人、寒そうにしゃがんで話をしていた。近づいていくと、ピタッと話をやめた。どちらも月英の手下だ。草薙が下手くそな上海語を話せることを知っているのだ。話すのは下手クソだが、聞き取りはちゃんとできることも。

無言で探るような眼差しを向けてくる二人を、ゆったりとした足取りでやり過ごし、草薙はエレベーター横の階段を上がった。

ここの急で狭い階段は、擦り切れた下品な赤いカーペット張りだ。狭くて急なのにはMAXで慣れている。軽快に二階に上がってゆくと、途中で、上海語で誰かを怒鳴りつけている月英のヒステリックな声が聞こえてきた。バカとか、役立たずとか、そんな意味の言葉だ。

「いいか、今度しくじってみろ。てめェのナニをナイフで切り裂いて、二丁目のオカマに尻の穴を掘らせてやるからな」

アダルトショップのガラス張りのドアから中を窺《うかが》うと、怪しげな、いわゆる大人のオモチャがずらりと並んだショーケースの前で、直立不動でうなだれている小柄な少年の背中が見えた。

月英の脅しに、少年は完全にビビッて震えていた。おおかたトルエンの取り引きでへまをやらかしたのだろう。月英は、靖国《やすくに》通り界隈《かいわい》でトルエンをさばいている少年たちの元締めだ。

この二、三年、中近東から安いクスリが入るようになって、主流は覚醒剤に取って代わられたが、トルエンを求める層が消滅したわけではない。月英はそういう客を相手に利益を上げ、競合相手である流氓《リウマン》や暴力団らともうまく渡りをつけていた。やばいこと、旨味《うまみ》のあることに異常に鼻がきき、抜け目がなく、狡賢《ずるがしこ》い。李《リ》月英とは、そういう男だ。

が、トルエンはあくまでも副業だ。このアダルトショップも、数年前、店主が博打《ばくち》で借金をこさえて飛んだあと、アルバイトをしていた月英がちゃっかり後釜《あとがま》に座ったのだ。月英の本業は他にある。

草薙のノックに気付いた月英は、少年に、行け、と顎をしゃくった。

「気の毒に、殴ったのか？　なかなかかわいい顔してんのに」

鼻血を袖で拭いながら出ていった少年と入れ替わりに店に入っていくと、月英はどかりと椅子に腰掛け、ばかにしきった目で草薙を見返し、流暢《りゅうちょう》な日本語で応えた。

「あいつのツラがどうだろうが知ったことか。目が見えて口がきけりゃ用は立つ」

むすっとして、カフェオレ色の細い指先で、長く艶《つや》やかな金髪をざっくりと掻き上げる。

草薙の手前少年を帰したものの、まだ怒りは治まっていないらしい。

草薙がこの街で覚えたのは、中国人は、なによりも面子を重んじる人種だということだ。よそ者の前で叱《しか》り飛ばせば、あとで恨みを買いかねない。つまらない恨みを何年でも何十年でも覚えていて、忘れたころにほじくり返すのもまた、彼らの特性である。なにかの拍子に寝首を掻かれないための用心だろう。

もっとも、月英も大陸の人間ではなかった。出身は香港。国籍は日本にあるが、一見しただけでは、日本人の血が半分入っているとは誰も思わないだろう。かといって、大陸系にも、アングロサクソンにも見えないが。

眼窩《がんか》の深い、ひとつひとつのパーツが彫ったようにくっきりとした美貌、アーモンド型の黒みがかったグリーンの眸、長身痩軀《そうく》の締まった四肢。そして、張りのあるカフェオレ色の膚《はだ》――おそらく数代前のインド系の血が濃く出たのだろう。完全な先祖返りだ。その美しい膚には、ランニングシャツから露出した左肩から肘《ひじ》にかけて、髑髏《どくろ》を抱《いだ》いた龍の美事《みごと》な刺青《いれずみ》が入っている。

そしてなにより特筆すべきは、その金髪だ。明良のような人工的に染めたものではない。ナチュラルな、本物のブロンド。何代にも亘って混血をくり返すと、極めて稀《まれ》だが有色人種にも金髪が現れることがある。突然変異か、先祖返りか、どちらにせよ、アンダーヘアまで金色なのは間違いない。

「で？　今日はなんの用だ。またオモチャか」

まだ腹の虫が治まらないのか、月英は投げやりに尋ねた。

もっとも、今日に限らず、草薙はこの店で歓待されたことはない。それでもこうして訪ねなければならぬ用向きが時折草薙にはあったし、月英は月英で、顔を見るのも忌々しい草薙を立ち入り禁止にできない理由があった。

草薙は彼の左腕に目をやった。

細いが筋肉の締まった腕に施された、極彩色の龍の刺青。中国では、龍は守り神、吉兆の象徴とされている。

しかし月英の龍には、もうひとつの意味があった。

「こないだのイボつきのはなかなか好評だったぜ」

草薙は入口のレジカウンターにのっていたビールの空き缶に、煙草の灰を落とした。

「先月まで〈太新楼《たいしんろう》〉にいた、呉東進《ウードンジン》って男にツナギを取ってくれ」

月英は無表情に椅子の背もたれに肘をかけ、後ろに体重をかけた。

「聞いたこともない名だ」

「ばか云え。おまえが把握してない人間が歌舞伎町に存在したら、そいつはお化けか幽霊だろうが。〈新宿のことなら、生まれた猫の数まで知ってる〉李月英」

「入ってくる人間の名は知ってても、出ていったやつのその後なんぞ、おれの知ったことじゃないさ」

情報屋・李月英は、ピクリとも眉を動かさずにそう云った。呉東進という名前を出した時点で、彼には草薙の目的が読めているはずだが、整った面《おもて》は微塵《みじん》も揺れない。

「名前も顔もわかってるならあんたが自分で捜《さが》せばいい」

「捜し当てたとしたって、大陸の人間がおれみたいなよそ者に腹を割って話をしてくれると思うか？」

「おれだってよそ者だ。中国人の血なんか何分の一も混ざってやしねえ」

「だがおまえの父親は彼らの恩人だ。格安の料金で貨物船に乗せて、日本に職と住居を世話してやった。何年も前に死んじまったいまでも恩義を感じている人間は大勢いる。おまえがここで、福建《ふっけん》も上海も日本人も相手に商売できるのは、死んだ親父さんの威光がまだ衰えてないせいだろうが。中国人は義を重んじるんだろ。おれたち日本人とは違ってな。――安心しろ。話を聞きたいだけだ。おまえに迷惑のかかることは一切しねえよ」

草薙は分厚い札入れを青年の膝の上にポンと投げた。月英の黒目がチラッとだけ動き、うっすらと嗤《わら》った。

「あんたがこのおれを頼ってくるとはな。よっぽどお困りのようだな。颯はどうしたんだ？　やり過ぎで寝込んでるのか？　あのアルビノの天才ハッカーは」

皮肉は無視した。

「呉東進に会わせてくれ」

月英はギイ……と椅子を揺らした。

「やつは京都だ」

「京都？」

「ああ。大金ひっ提げて故郷に凱旋《がいせん》する前の観光旅行さ。こっちへ来てから、小汚い中華料理屋と四畳半のアパートの往復だったからな。土産話に一度くらい、いい思いをしたいんだろうさ」

「東進はパスポートを持ってたのか？」

「買ったんだよ。第三国のをな。たぶんブラジルかどこかのだろう。あの辺りは金で国籍が買えるからな。よくある手さ。このままいつまで日本にいたって、不法入国者の身じゃ永住権が手に入るわけがない。それにここんとこ、取り締まりが厳しくなって、歌舞伎町もきな臭くなってる。見切りをつけるやつらも多い。東進には大手を振って国に帰れるだけの金が手に入ったんだろう」

「会えるか。日本にいるうちに」

「ツナギは取ってやる。その先はあんたの腕次第だな」

札を抜き取って尻ポケットに捩じ込むと、財布だけを投げてよこす。受け取った草薙は不満そうに口をひん曲げた。

「おいおい……そんだけかよ」

「これっぽっちのはした金じゃ妥当な線だ」

「ぼったくりすぎだぜ。少しはサービスしろ」

「お断りだね」

「もう十出してもいい」

「は。大盤振る舞いだな、トップ屋」

月英は片眉を引き上げた。驚いたわけではない。ばかにしたのだ。金額の少なさを。

「なにがそんなに知りたいんだ」

「〈猫《マオ》〉」

「………」

月英の唇から、毒のある薄ら笑いが引っ込んだ。

「……草薙」

アーモンド型の目が、火を噴くごとくにぎらつく。

「ちっとは利口になったかと思ったが、あんたはまだわかってないようだな。二丁目でもゴールデン街でも、ただの客としてうろついてる分には、誰もあんたにちょっかいはかけない。あんたが、客として、礼節を持って振る舞うなら、だ。呉東進のことだって、出血大サービスでやってやるってことを忘れてもらっちゃ困るぜ。よそ者に身内を売ったと知れれば、今度は自分の身が危うくなるんだ。おれたちの世界は信用がすべてだ。信用がな。おまえら小日本《シアオリーベン》とは違う」

「いつからおれは新宿のお客さんになったんだ？」

草薙は珍しく苛立った。おまえも半分日本人だろうが——という罵倒《ばとう》を無理やり奥歯ですり潰す。

「職安通りを歩くのにいちいちお邪魔しますを云わなきゃならなかったとは初耳だぜ」

「おれは親切で云ってるんだぜ、草薙。その首が青竜刀でチョン切られるのを見るのはさぞ痛快だろうが、おまえが死んだらあの人が悲しむ。だから情報も特別に提供してやるし、優しく忠告までしてやってるんだ。おまえのためじゃない。みんなあの人のためだ。それをよく覚えておくことだ」

「そうか」

キャメルを唇を焦がすほど短くなるまで喫いきり、空き缶に落とす。中身がだいぶ残っていたらしく、ジュッと音がした。

「なら、おれはおまえじゃなく、竜一《りゅういち》に感謝しなきゃならんわけだな。やつに会ったらたんまりサービスしとくぜ」

その名を耳にした瞬間、月英の表情から、ほどけるように驕慢《きょうまん》さがふっ…と溶けて消えた。うぶな少女のように頬がほんのりと淡く色づく。

「あの人……竜一さんは、いつ帰ってくる?」

その名を呼ぶとき、いつも月英の表情は、まるで上等のチョコレートかボンボンを口に含んだようにうっとりする。

月英が、草薙を憎む理由。そして腸《はらわた》を引きずり出したいほど憎みながらも拒むことのできぬ、たったひとつの理由——それが竜一だった。

長年に亘る片恋の相手。いまは遥か遠く異国の空の下にいる、美しい男——月英の左腕に刻まれた龍は、まさしく竜一の〈竜〉に他ならない。

「さーてな」

草薙は唇の片側を引っぱるように嗤った。

「晦日《みそか》から正月にかけて帰ってきたばかりだから、また当分空くんじゃないか」

「正月?」

月英がカッとなったように大声を出す。

「嘘をつけ、そんな話は聞いてない。竜一さんがこの街に帰ってくれば、必ずおれの耳に入る。入ってこないわけがない」

「誰にも姿を見られなかったら噂も立つわけがない。朝成田からタクシーで着いて、そのままおれのヤサで三日三晩、ベッドから一歩も出さなかったからな。おまえの手下も四六時中うちのドアを見張ってるわけじゃないだろうが」

「……」

「いま抱えてる仕事にケリがついたら、おれもしばらくあっちへ行くつもりだ。言伝《ことづて》があれば聞いといてやるぜ」

月英はギリギリと唇を嚙み締め、草薙を睨みつけてきた。鉄板をも貫きそうなすごい眼光だ。白い前歯を立てた唇は、いまにも破れて血が噴き出しそうだった。

おっと、いかんいかん……と、草薙は耳の後ろをコリコリ掻いた。

情報提供者と険悪になってる場合じゃなかった。職業柄、人あしらいはそれなりに自信があるのだが、月英を相手にするとどうも調子が狂う。

おそらく月英も草薙と同じ気持ちだろう。平素の月英は、少し気の短いところはあるものの、依頼人をコケにしたり高飛車な態度を取ったりするような男ではないのだが、焦がれ恋う男の情人を目の当たりにすると、嫉妬《しっと》と敵愾心《てきがいしん》のあまり冷静でいられなくなるらしい。

くだらん、ガキの喧嘩か、おまえら――きっと竜一なら、一笑に付すに違いない。

ともかく商談は纏まった。これ以上の長居は無用だ。

「家は空けていることが多い。呉東進のことでなにかわかったら、携帯に連絡をくれ」

ガラス戸に手をかけた草薙の腕を、不意に月英が力一杯引っぱった。

草薙はレジカウンターに尻もちをついた。

その間に、すらりと立ち上がった月英は、素速くドアを施錠し、ブラインドを下ろした。

「おいおい……」

上にのしかかり、ズボンの股間《こかん》をまさぐってくる手の平に、草薙は苦笑を浮かべた。

「黙って出せ」

月英の声は上擦っていた。黒みがかったグリーンの双眸《そうぼう》が欲情に濡《ぬ》れ光っている。

「云いつけ破ってシャンのリーマンと乳繰り合ってるの、竜一さんに知られたかねえだろう？　バラしてやってもいいんだぜ。どうなるかな。チョン切られるかな。チョン切られちまえばいいんだ……おまえの糞《くそ》まみれの汚ねえチンポなんか……」

「云ってることとやってることがバラバラだぜ、おまえ」

「うるさい。おまえは黙って膨らませればいいんだ」

硬い勃起の感触が、草薙の太腿を圧迫していた。きらきらと輝く金髪を胸板に押しつけるようにして体臭を嗅《か》ぎながら、両手でジーンズの釦を引っぱって外し、下着の中から性器を引きずり出す。

「うるさい」

草薙は後ろに両手をつき、月英を見下ろした。乳首の下あたりに噛みつかれ、眉をひそめてこらえる。月英は片手で自分の股間をまさぐりながら、片手で男の性器を擦《こす》り立てて役立つようにしようと躍起になっている。

「何回だ」

昂《たかぶ》った声。

「何回やった」

「いちいち数えるか、そんなもん」

壁のショーケースに並んだバイブレーターを眺めながら、つまらなそうに答える。

「三日三晩だぜ……十回はしたんじゃねえのか？」

「しゃぶったのか？　しゃぶってもらったのか？」

「ああ」

「しゃぶったんだな？　しゃぶってもらったんだな？」

「そうだよ」

「こいつをしゃぶったんだな……？　あの人の口が……あの人の舌が……竜一さんの……」

最後のほうは英語だった。月英は昂った声で譫言《うわごと》のようにくり返しながら、リノリウムの汚い床に跪いた。

半勃ちの性器を聖盃かなにかのように押し戴き、プラムのように露出した先端に、軽く開いた唇を近づけてくる。

草薙は右手を伸ばして金髪を摑んだ。口に入れる寸前で焦《じ》らされた月英が、物欲しげな眼差しで縋《すが》るように草薙を見上げる。

「飲みたいか」

ごくりと生唾《なまつば》を飲む音がした。

緩めたジーンズが尻からずり落ちかけ、ぴったりした黒い下着から金色の繊毛と興奮したペニスがはみ出して、涎をぬらめかせていた。ランニングシャツの中を上から覗き込むと、乳首はしこりきり、ばら色に充血している。

草薙は根気よくたずねた。

「竜一と同じミルクが飲みたいのか」

畜生……と、美貌を燃え立たせた月英の美唇から、呪詛《じゅそ》が漏れる。

「くれよ……竜一さんと、同じミルク……」

「無料《タダ》でか？」

「……」

震える指で、尻ポケットからさっきの札を引っぱり出す。草薙はそれを懐に捩じ込んだ。

ブロンドの髪を強く引っぱると、なめらかな喉がそり返った。苦しげに口が開く。そこに
ぶち込んだ。

「喉まで使えよ」

云うまでもなく、月英は自分からむしゃぶりついてきた。先端を唇でキュッキュッと締めつけ、たっぷりと唾液をまぶした舌腹でシャフトを圧し、粘っこく舐めしゃぶる。アーモンド型の整った目もとは、ねっとりと潤み、とろけきってしまっている。左手は激しく自分の股間をしごいていた。

竜一の咥えたものを咥え、竜一の男に、竜一と同じ扱いをされる……そのイマジネーションに月英は欲情する。そのために草薙が必要なのだ。殺さないのは竜一が悲しむから？——ちゃんちゃらおかしい。たんに、腸が煮えくり返るほど憎い恋仇《こいがたき》が、竜一を感じることの

できる唯一の素材だというだけの話だ。

そんなに好きなら素っ裸であいつのベッドに潜り込めばいいものを。死んだほうがマシだってくらいこってりかわいがってもらえるぜ、と草薙は思うのだが、いざ竜一を前にしたときの月英が、年に数回しか顔を見せない外国暮らしの叔父に密《ひそ》かに憧《あこが》れる美少女――といった風情で、はにかんでまともに目を合わせることもできないのを知っている。あの分じゃ、キスされただけでショック死、ベッドインなんて夢のまた夢だ。

もっとも、草薙にしたところで、あの男の髪の毛を摑んでガンガン腰を入れるなんて行為が夢のまた夢なのは同じことだが。

草薙は懐から新品のキャメルを取り出し、一本振り出して唇に挟んだ。

呉東進のツナギは、月英に任せておけば間違いはないだろう。

強制送還直前――インタビューにはこれ以上の機会はない。大金を手にし、故郷への帰国を前にハイになっているところならば、気持ちよく口を開くはずだ。ここから芋《いも》づる式にブローカーのインタビューが取れれば更にいうことはない。

なにより、月英の仲介なら、全面的な信頼が得られる。呉東進もまたこの界隈の大勢の不法就労者同様、月英の父に恩義のある身のはずだからだ。

しかし、月英が〈猫〉にあれほど過剰に反応するとは思わなかった。いまの段階で口に出したのは早計だったか。どうやらこの件に関しては、じっくり、腰を据えて攻める必要がありそうだ。

――さて……どこから堕とすか。

月英の唇にネトネト唾液に濡れ光った剛直が出入りするのを、ゆっくりと煙草の煙を吐き出しながら、草薙は、クリアな眼差しで観察していた。


……なぜ、こんなことになってしまったのだろう。

バッティングセンターから響いてくる快音を聞きながら、津田はぼんやりと助手席の窓にもたれかかっていた。

昨夜の乱行で、体の節々が痛む。紐《ひも》で括りつけられていた両手首が、シャツの袖にこすれてひりつく。口にできないような場所にまだなにか挟まっているような感じがして、まっすぐ座っていることができない。

なぜ、自分は、あんな野卑な男の云いなりになっているのか。――ここで待て、とも、一言も云われていないのに、どうしておとなしくこんな寒い車内であの男の帰りを待っているのか。

あんな男に――電話でオフィスから呼び出され、のこのこと部屋に出向き、緊縛され、一晩中慰みものにされ、挙句、誰とも知れない少年に恥辱的な姿を曝してしまったというのに。

そのおぞましさ、悔しさ……思い出すだけでカアーッと猛烈に体が火照ってくるというのに。

──火照るのはアソコじゃないのか？

戒めを解いて津田を風呂へ放り込んだ男は、悔し涙を浮かべる彼を、揶揄《やゆ》した。

──見られると燃えるタチだろうが。ん？　吉田製薬《よしだせいやく》のお堅い秘書室長さんが、実は露出プレイの大好きな変態マゾ野郎だなんて知れたら、社内中大騒ぎだな。

そんな言葉で嬲《なぶ》って、津田《つだ》の反応をにやにやと楽しむのだ。

生まれてこれまで、これほどの屈辱はなかった。学生時代は常にトップの成績を修めて東大に進学し、二十代で一部上場企業の社長の片腕と呼ばれるまでに上り詰めた。昨年の合併騒ぎも、津田には関係なかった。自分は常に第一線にいるべき存在であり、周囲もまたそれを自分に期待している。

その自負、プライド──それを、あの男は土足で踏み躙《にじ》ったのだ。

それなのに、なぜ、いまここに座っているのか？

それを論理的に説明することは、津田にはできなかった。

──疲れた……。

瞼《まぶた》を閉じ、かじかんだ手で、トレンチコートのポケットに入れた、冷たい感触を撫でる。

疲れた……なにもかも。

そう……なにもかもだ。

オフィスに電話がかかってくるたびに、誰かに勘づかれないかと気を揉《も》むのも、さまざまな器具を用いていたぶられるのも、翌朝、縛られて赤く鬱血した箇所を洗面所で見つけるたび、己の狂態を思い出し、死にたくなるのも……疲れてしまった。

だからもう終わりにするのだ。

ポケットに忍ばせたスイッチナイフを、確かめるように握りしめる。

今日こそ、なにもかも終わりにするのだ……。

カチャッと運転席のドアが開いた。

「おとなしく待ってたのか？」

乗り込んできた草薙が、温かい包みを津田の膝に置いた。寒さで彼の息が白かった。

「いい子にお土産だ。あったまるぜ。〈太新楼〉ってここらじゃわりと有名な店の豚饅《ぶたまん》だ」

「………」

「最近コックが変わったから、味が落ちたかもしれねーけどな。呉東進って男だ。五年前、蛇頭《スネークヘッド》の手引きで密入国して〈太新楼〉でコックをしてた。いい腕してたんだが、二週間程ふっと姿をくらました。戻ってきたと思ったら、やけに金回りがよくなってて、酔っぱらってソープ嬢に横っ腹の真新しい手術跡を自慢してたそうだ。中国語で喋ってたからさっぱり意味はわからなかったらしいが、おそらく腎臓だろう。ま……二つあるうちのひとつを売り飛ばしたところで、当座命に関わりないからな」

「……なんの話だ」

草薙は煙草を咥えた。古いエアコンのヒーターはなかなか暖まらない。かじかんだ手を風向口にかざす。

「こないだ、闇ブローカーからピチピチした生きのいい角膜と腎臓を、それぞれ数千万円で購入して生体移植した患者と家族を取材した。術後は拒絶反応もなく、経過は順調。涙ながらに提供者に感謝してたぜ」

「だから、いったいなんの話なんだ」

「二人の患者に臓器を斡旋したのは、中国系の臓器ブローカーだ」

暗闇にライターの火が灯《とも》る。

「通称〈猫〉——バックにはでかい組織があるらしい。臓器提供者の九〇パーセントは中国系不法就労者。患者は口コミか、病院が密かに斡旋する。手術は関東近県のある施設で行われている。表向きは医療施設じゃない。保養所かなにかだ。だが実際にはそこで移植手術をしてる。スタッフは国内外の優秀な医師たちだ。ヘッドハンティングされた常任医師も数人いるが、アルバイトの場合もある。手術から社会復帰までの間、患者と家族はその施設で生活できる。もちろん法外な値段だ。庶民には到底手は出ない。正規の医療施設じゃないから、薬品類も裏ルートから手に入れてる」

「だから、それがいったい——」

「裏で薬を卸してるのは吉田製薬だ」

草薙はガムテープであちこち補修した、壊れたグローブボックスを開け、そこから取り出した分厚い封筒を津田の膝の上に投げた。見覚えのある封筒だった。

先日、津田がこの男に手切れ金として渡した五百万円だ。

「闇リストが欲しい」

ずばり、草薙は云った。

「吉田製薬が〈猫〉に不法に卸《おろ》している薬品の裏帳簿、患者を斡旋した病院名、手術を担当した医師と看護婦の名前――すべてのリストだ」

すーっと血の気が引くのを感じた。津田は、バッティングセンターの照明に照らされた男の顔を凝視した。

「それが……」

唇がカラカラに乾いていた。発した声もひどく掠《かす》れていることに、自分でも驚く。

「それがわたしに近づいた、目的か……」

「そうだ」

やにわに、男の横っ面をひっぱたいていた。

車を飛び出し、肩を怒らせて駐車場を横切る。突然飛び出してきた津田に、キャデラックがけたたましくクラクションを鳴らした。プレハブ小屋から金髪の少年が驚いて顔を出す。

「おい」

追いかけてきた草薙が、津田の右肘を摑む。ナイフを握っているほうの手だった。

「わたしに触るなッ」

津田は唸《うな》るように草薙を振り払った。怒りのあまり舌がもつれた。どうしてこんなに腸が煮えくり返るのか、自分でもわからない。ただ、震えるほど腹が立ってならない。怒りのあまり、じわりと目頭に涙が滲む。

「二度と——二度とだ。二度とわたしに触ることは許さないッ」

「なにそんなに怒ってんだ？」

「知ったことか！　どけ！」

「おい——」

当惑したげに濃い眉をひそめた草薙は、まじまじと津田の顔を見つめ、やがてがっしりした顎の力を緩めて、からかうような、優しい笑みを作った。

「心配するな」

厚みのあるいかつい手が、津田の首筋を引き寄せる。

「リストを受け取った途端に切れたりしねえよ……また、ちゃんと会ってやるから」

津田は、首の付け根から額まで、カーッと熱くなるのを感じた。

車のライトから、赤くなった顔を背けようとする彼の上に、草薙が覆い被《かぶ》さるようにして唇を重ねる。

津田はスイッチナイフをポケットの底に滑り落とし、その手を男の背中に回した。そして初めて男の舌を受け入れた。

煙草の、舌を刺すような苦みのある唾液を夢中で飲み下す自分を、

（堕《お》ちた……——）

と、目眩のように、津田は感じた。

# 16

「なんだい、おまえ、その生意気な目つきは」

菱子《ひしこ》は、向かい合わせに正座させた子供の半ズボンから出た尖った小さな膝を、手にした柄杓《ひしゃく》で強《したた》かに撲《ぶ》った。

「目上の人間にはへりくだって接するものだと親に教わらなかったのか。あの女のことだから、子供にまともな躾《しつけ》なんかできやしないだろうけどね。ああ、いやだいやだ……そのふてぶてしい目つき、あの女にそっくりだわ。あのあばずれ——正道《まさみ》を誑《たぶら》かしたおまえの母親にそっくりですよ」

初春の陽差しが、坪庭に面した貴人口《きにんぐち》の障子越しにやわらかに照らす小さな茶室で、罵声を浴びせかけられた十二歳の少年は、小さな顎を食いしばり、ぎゅっと握りしめたその拳で、撲たれた膝頭を強く押さえた。そうすると、ジンジンする痛みが少しましになる気がした。

「正道はね、この四方堂家にふさわしい、立派なおうちのお嬢さんと縁談が調《ととの》っていたのよ。それを、おまえの母親が誘惑して……それからあの子の人生はおかしくなったんだわ。あんな事故で死んだのだってあの女のせいですよ。ええそうですとも。あの疫病神《やくびょうがみ》。その上、正道を憑《と》り殺しただけでは飽き足りず、今度は子供を使って四方堂家の財産を乗っ取ろうなんて、よくもまあ次から次に恐ろしいことを思いつくこと」

菱子は、大きな宝石を嵌《は》めた、芋虫のようにころころした白い指で薄鴇色《うすときいろ》の小紋の襟を整えながら、

「それにしても」

と、入念にマスカラを塗った一重の目で、じろりと、俯いている少年に視線をやる。

「おまえも不幸だことねえ。子供を置き去りにして、ほいほい海外へ行ってしまうような女を母親に持って。なにが留学だか。どうせ男と一緒なんだろう。おまえはせいぜいしおらしい振りをしておじいさまに取り入れと云い含められてきたんだろう？　まったく図々しい母子だこと。こんな大きな家を建ててもらって、いい学校へ入れてもらえて、毎日いいものを食べて、しめしめと思ってるんだろう、ええ？　それとも、今度はお兄さまを憑り殺して遺産をせしめるつもりでいるのかい」

「……………」

「黙ってないで、なんとか云ったらどうなの」

柄杓が、今度は膝の上に置いた手の甲を撲った。固い木材の角が骨に当たり、その響くような痛みに少年はこらえられず声をあげ、体を丸めた。折れたかと思うほど痛かった。大きな目に涙が浮かぶ。手の甲がみるみる赤く腫《は》れ上がる。

けれど、理不尽に撲たれることより、母親を侮辱されることのほうがずっと心が痛かった。震えるほど悔しかった。飛びかかって、トドみたいに太った腹といわず、白く塗りたくった顔といわず、殴りつけてやりたかった。

けれども少年にできるのは、唇を噛みしめ、ぎゅっと拳を握りしめて、畳の目を数えながら一秒でも早く時間が過ぎるのを、ただじっと待つことだけだった。大叔母である菱子に――とうに他家に嫁いだとはいえ、いまだ四方堂家で権勢を振るう彼女に逆らえば、ここにいられなくなることも、なにより異国にいる母親に迷惑がかかることも、わかりすぎるほどわかっていたのだ。

――泣くもんか。

ぜったい、ぜったい、こんなやつの前で泣いたりするもんか。

少年はじっと俯いて、何度もくり返し固めた決意を、心の中で反芻する。

だが菱子には、少年がそうして口答えもせず、けなげに耐えていることすらも癇《かん》に障った。

「母親のことをあれこれ云われて黙っているなんて、なんて心根の冷たい薄情な子なんだろうね、おまえは。うちの息子たちなら、もし誰かがわたくしの悪口を云おうものなら、どんな相手だって許しておかないでしょうよ。育ちが違うとこうも違うものかしら。――ああいやだ、こんなかわいげのない子と同じ血が流れているかと思うとぞっとしますよ。だいたい本当に正道の子かどうか怪しいものだわね。子供の頃の正道はもっと素直で心根の優しい子でしたよ。お兄さまは、おまえを正式に四方堂家に迎えるだなんて云っているようだけれど、おまえのような卑しい子、わたくしはぜったいに認めませんからね。わたくしだけじゃないよ、四方堂一族には、おまえを歓迎する者など誰一人いやしないからね。貴之さんだって、お兄さまの云いつけだからお情けでおまえの面倒をみてやっているんだ。いいかい、くれぐれも自分がかわいがられているなんて勘違いをするんじゃないよ。よく覚えておき」

菱子は立ち上がり、冷たく云い放った。

「おまえなんか、生まれてこなければよかったんだよ」

男の声だった。少年は驚いて顔を上げた。

戸口から少年を見下ろしている菱子の姿は、いつの間にか、西崎亘の顔に変わっていた。


車の振動で、もたれていた窓に頭をぶつけ、柾はハッと目を開けた。

いつの間にかうたた寝をしていたらしい。気がつけば車は高速を降りて、閑静な林の中を走っていた。どんよりとした鈍色《にびいろ》の空と、落葉した木々の梢《こずえ》が、くねった坂道に沿って延々と続いている。

暑くもないのに、首に冷たい汗をかいていた。

……嫌な夢を見た。

柾は深い溜息をつき、じっとりと脂の浮いた額を手の平で拭った。――西崎のことはともかく、あの女のことはもう、気にしてないと思っていたのに。

車は丘陵地の急な坂道を、何度もカーブを切りながら上っていく。辺りにはもう人家はない。この一帯は戦前から、すべて四方堂家の土地だ。

東京から車で小一時間、横浜の一等地である。果たして資産価値はどれくらいのものか——っていうより、いったい相続税がいくらになるのか他人事ながら想像しただけでクラクラするぜ、といつか悠一が遠い目で呟いてたっけ。四方堂翁が個人的に所有するビルや株、世界中にある別荘などを合わせたら、それこそ天文学的な数字だろう。

柾と貴之が暮らす都内の邸宅は、四方堂家の持ち家では一番小さなものだが、それでも土地だけで一億は下るまい。だがそのどれも、柾にとってはどうでもいいことだった。土地もビルも株も。

問題なのは、誰もが柾と同じように考えるわけではないということだ。

林の枝々の切れ目から、風格のある重厚な石門がゆっくりと迫《せま》ってくる。柾はにわかに緊張をして、落ち着かない素振りで傍らに置いたプレゼントの箱を膝に抱えた。中身は室内履き。祖父の古稀《こき》祝いである。

——気が進まなければ、わたしからうまく理由をつけてお断りしよう。喪中なのだし、翁も無理にとはおっしゃらないよ。

できることなら、祖父の屋敷には極力近づきたくない。その理由をよく知っている貴之はそう気遣ってくれたけれど、新年の挨拶と翁の誕生祝いだけは欠かすわけにはいかなかった。ジジイの誕生祝いなんて知るかよ、というのが本音だが、曲がりなりにも四方堂家の居候という立場である以上、果たさなければならない義務なのだ。

まして古稀の祝いだ。どんな理由をつけたところで、柾がちょっとでも義理を欠けば、かしましい親族たちがここぞとばかりに、躾がどうの、お育ちがどうのと寄ってたかって言いがかりをつけてくるに決まっている。それくらいのことは四方堂家の厄介《やっかい》になって三日で思い知らされた。そしてその矢面に立たされるのが、柾の母親であり、お目付役である貴之や、三代たちだということも。

でも、それももうじき終わる。——柾は頬を引き締め、堅い決意を秘めた眼差しで、曇天の下にゆっくりと姿を現しはじめた苔色《こけいろ》の屋根を見上げた。

「来たっ！」

窓ガラスにぴったりと張りついて前庭を見下ろしていた理沙《りさ》が、パッと顔を輝かせて、ソファの二人に弾んだ声で告げた。

「おじいちゃま、柾兄さまのお車が着いたわ。理沙が迎えに行っていい？」

と云いながら、美少女は返事も待たずに急いでサンルームを飛び出していった。戸口で、メイドが運んできた紅茶のワゴンとぶつかりそうになり、笑いながらこまネズミのように身を翻す。

「あれはすっかり柾を気に入ったようだな」

栗色《くりいろ》の髪と淡いローズ色のワンピースの残像を追いながら、安楽椅子に深々と腰掛けた老人は、枯れ木のように痩せた手で、膝の上にのせた黒猫の背中を撫でた。

「どうして初釜に呼ばなんだとえらく叱《しか》られてな。新しい振り袖を見せたかったのだとかなんとか……菱子が渋い顔をしとった」

貴之はメイドを下がらせ、手ずからマイセンの茶器に紅茶を注ぎ分けた。

「話が合うのでしょう。一族の中では、あの二人が一番歳が近いですから」

「あいかわらず、色気がないのお、おまえは」

後退した広い額に見事な白髪を撫でつけ、銀鼠《ぎんねず》の大島を身に着けた小柄な老人は、猫を撫でながら愉快そうに、段々にたるんだ喉の皮を震わせた。

「そんな野暮天でよく末次《すえつぐ》の娘とつき合っとるな。新しい着物を男に見せたいのは、恋する女心に決まっとるだろうが。——どうだ、あれと柾は、なかなか似合いの夫婦になるとは思わんか」

貴之は無表情に、淹れ替えたばかりの熱い紅茶を口に運んだ。

「理沙はまだ子供ですよ」

「早すぎる歳ではなかろう。あれの母親も、十七で嫁いだ」

貴之はティーカップを手に窓に近づいた。

ちょうど、真下の車寄せに到着した黒塗りのリムジンから、ずらりと整列した使用人たちに迎えられて、着なれないスーツ姿の少年がリボンをかけた箱を抱えて降りてくるのが見えた。

ほっそりとした肩の辺りが、緊張のために微妙に硬張っているのが、この中二階からでも、貴之にははっきりとわかる。またそれが、この大邸宅や、大勢の使用人の出迎えに気後れしているためではないことも。

例年、四方堂翁の誕生祝いは、ホテルで盛大に開かれる。今日の古稀祝いも、前々から準備が進んでいた。それを、急遽《きゅうきょ》内輪だけのごくささやかな集まりに変えたのは、他でもない、当の四方堂翁である。形ばかりにも、孫の母親である瑶子の喪を慮ってのことだったが、しかし、かえって貴之は憂慮していた。四方堂翁の実妹、小田沼《おだぬま》菱子の存在である。

柾は、翁への新年の挨拶と誕生祝いだけは、毎年欠かしたことがない。しかしそれ以外の行事には決して参加しようとしなかったし、よくよくのことがない限り、極力この屋敷に近づくのを避けていた。その原因が菱子であることは云うまでもない。

そもそも、正道亡きあと、自分の二人の息子を差し置いて養子である貴之が四方堂家の嫡男に選ばれたことから、菱子は腹に据えかねていたのだ。そこへもってきて、柾の出現である。密かに貴之の失脚を狙《ねら》っていた彼女にとって、これほど目障りな存在はない。

四方堂の直系であり、しかも男子だ。表向きこそ立ててはいるが、事あるごとに柾につらく当たる。柾がこの屋敷に近づきたがらないのも無理からぬことだった。

まして、小人数の集まりともなれば、おのずと顔を合わせる時間も長くなる。――やはり今日は、来させるべきではなかったかもしれない。

「初孫だけに、菱子の理沙への溺愛《できあい》ぶりときたら、目の中に入れてかき回しても痛くないほどだ。あれと柾が夫婦になれば、菱子のやつも、かわいい孫の連れ合いに妙な仕打ちはできまい。なに……形だけ整えておけばいい。要は、菱子を封ずることだ。将来、柾が名実ともに四方堂家当主となるには、どうしても菱子の後押しが必要になる……こうしたことは早いに越したことはない」

「それよりもまずは柾を正式に四方堂に迎えることが先決でしょう。でなければ、いくら布石を固めたところで無駄骨にすぎません。……問題は、あの子がそう素直に受け入れるかどうか」

「なあに、いまとなっては断る理由もなかろうが。あの目障りな女も、いい具合に死んでくれたことだ。葬儀の間はだいぶ気が張っていたようだが、そろそろ反動でガックリくる頃だ。あの話を持ち出すのにこれ以上の頃合いはないぞ」

老人は、窪《くぼ》んだ眼窩《がんか》の奥から小さな黒目をぎょろりと動かして、油断なく貴之を見上げた。

「そもそもおまえに柾の目付役を任せたのは、この日のためだ。そのことを忘れてはおらんだろうな。おまえが末次の娘を貰い、柾がこの家を継ぐ……それで四方堂は盤石だ」

「………」

「あまりわしを待たせるな……このくたびれた老人をな」

玄関から飛び出していった美少女が、柾に腕を絡める。雛《ひな》人形のように寄り添う二人の姿に、貴之の寂寞《せきばく》とした眼差しがじっと注がれていた。

「いらっしゃい、柾兄さま！」

車から降り立つなり、淡いローズ色のワンピースの美少女が、屋敷から軽やかに駆け出してきて柾の腕に抱きついた。

またいとこの理沙だ。栗色の長い髪を毛先だけくるくるに巻いて、顔のサイドに服と同じ色のピンをいくつもつけている。ぱっちりした目、ニキビひとつないばら色の頬。あの白塗りオバケの祖母とは似ても似つかぬ、人形のように愛くるしい少女だ。

「おじいちゃまはサンルームよ。理沙が連れてってあげる」

と、無邪気に肩をすり寄せてくる。華奢《きゃしゃ》な体つきに見合わぬ胸のふくよかな膨らみが肘《ひじ》に当たり、柾はにわかに動揺した。

「どうして初釜に来てくれなかったの？　理沙、待ってたのに。お兄さまがいなくてちっとも楽しくなかった。他のお客さま、みーんなお年寄りばっかりなんだもん」

「ごめん。実力テストだったんだ」

「そんなのサボっちゃえばいいのに。柾兄さまって真面目なのね。今日はお夕飯までいるんでしょ？　理沙、お兄さまのとーなり。ね？」

柔らかそうな唇から真珠色の歯がこぼれる。シャンプーの匂いなのか、甘い薫《かお》りが髪の先からふわっと漂う。

いかにも蝶《ちょう》よ花よと甘やかされて育てられた少女の、こういう屈託のなさや、いささか強引なところも、柾は嫌いではなかった。妹がいたらこんな感じかな……と思う。それに菱子も、孫の理沙の前では、柾に対してあからさまな仕打ちをしなかった。

サンルームは、大理石の広い階段を上がった、中二階部分にある。

閉ざされた白い二枚扉の前で、柾はにわかに緊張し、ごくっと唾を飲んだ。

「おじいちゃま、柾兄さまよ」

理沙が朗らかに声をかけて、扉を開いた。

内側はガラス張りの空間だ。フロアは落ち着いた色合いの絨毯《じゅうたん》を敷き詰め、段差をつけて、色や形の違うソファや椅子をいくつも配している。その中央に、見上げるばかりの天井まで届く、南洋の大きな葉の植物。そしてアールを描く大きな窓から、広い庭園と、海が見渡せた。天気のいい日には汗ばむほどの陽差しが降り注ぐが、曇天の今日は、暖炉に火が入っている。

そのそばに安楽椅子を置いて、白髪の、癇性そうな小柄な老人が座っていた。複雑な色合いの膝掛けの上で、黒猫がのどかなあくびをする。

まだ他に客人はなく、菱子の姿も見えなかった。代わりに、窓辺に、優美な男の佇《たたず》む姿を見つけて、柾はホッと息をついた。

体中の硬張りがほどけてゆく。どうしてだろう……貴之の穏やかな眼差しに見つめられただけで、不安や、心細さが薄らいで、体中の細胞が活性化するような気がする。

「よう来たな」

老人は、干し柿のような皺だらけの顔をくしゃくしゃにして、柾を手招いた。

「待ってたぞ。さあさあ、こっちへおいで。貴之、椅子を持ってきてやりなさい。わたしのそばに座れるようにな。どうした、突っ立ってないで、火のそばに来なさい。表は寒かったろう。理沙、柾にお茶を淹れておやり。どうだ、腹は減ってないか？　なんでも好きなものを用意させるぞ？　うん？」

「なによ、おじいちゃまったら、柾兄さまには甘いんだから」

メイドの役を云いつけられた理沙が、憤慨して、かわいらしく腕組みする。

「お誕生日おめでとうございます」

柾は老人にプレゼントを差し出した。

「開けていーい？」

「これ、理沙、行儀の悪い」

「だって見たいんだもの。わあ、かーわいい！」

理沙は勝手にガサガサ包装を解き、歓声をあげて箱の中から室内履きを取り出した。外側がしなやかな羊革、内側がムートンでできているものだ。高価ではないが、柾が自分で選び、貴重なアルバイト代で買ったものだった。

「理沙は膝掛けをあげたのよ。冬休みに自分で編んだの。貴之さんは？」

「赤石五葉《あかいしごよう》を一鉢」

「なーに、それ」

「松だよ。盆栽だ」

「盆栽？　つまんなーい、貴之さんて見かけによらずオジサン趣味なのね」

「オジサンはひどい。二十九歳でオジサンじゃ、わたしなんか初老の紳士になってしまう」

——と、植物の陰から、男がむっくりと起き上がった。きゃっ、と理沙が柾の背中に隠れる。

三ツ揃いのスーツの男が、ソファの背もたれに肘をのせ、びっくりしている四人に向かって、にやにやと片手を挙げた。ゴルフ焼けした、彫りの深い顔立ちの三十代半ばの男だ。

「やあ、皆さん。ご歓談中、失礼しますよ」

「宮本《みやもと》……」

貴之が、咎《とが》めるように柳眉《りゅうび》をひそめた。

「いつからそこに」

「皆さんがいらっしゃるだいぶ前にね」

長い脚でひょいとソファの背もたれを跨ぐ。

柾と目が合うと、とぼけたような笑みを浮かべてウインクしてきた。誰かを思い出す笑顔だ。

確か、先日の葬儀にも手伝いに来ていた。四方堂家の遠縁に当たり、この若さで系列会社の部長だか役員だかを任されている男だ。

「いえね、御前に真っ先にお祝いを申し上げようと思って待っていたんですがね。待ちくたびれて眠っちまったらしい」

「口ばっかり。お祝いなんて持っていないじゃない」

老人の足もとに腰を下ろした理沙が、驚かされた仇とばかり冷やかす。

「いやいや、お嬢さん」

宮本はチッチッと人差し指を気障《きざ》に振った。笑うと、歯磨粉のＣＭのような白い歯がこぼれ、目尻に烏《からす》の足跡みたいな皺ができる。

「金品を贈ることだけがお祝いじゃありませんよ。要はここ。ハートです。だがしかし、だ。わたしもパリから手ぶらで帰ってきたわけじゃあない。――ご一同、ご覧あれ」

と、水玉のポケットチーフを広げてみせる。

「取り出しましたる一枚のハンカチ、種も仕掛けもございません」

「またあの下手クソな手品か？」

「またあ？　宮本のおじさまって、ワンパタ～ン」

「ちょっとお手を拝借」

きょとんとしている柾の右手を取るなり、ひらりとチーフを被せる。いつものことらしく、理沙も老人も貴之も、白けきった顔だ。猫もそっぽを向いている。宮本も相手にされないのは慣れているのか、観客の顔色なぞ気にもせずに堂々とショーを続行する。免疫のない柾は絶好のカモ状態だ。

「いいですか、わたしと一緒に三つ数えて下さいよ」

布の中央をつまむ。

「スリー、ツー」

「ワン」

「イやっ！」

「きゃあああっ！」

気合いの入ったかけ声とともにパッとチーフを払うなり、戸口から女の甲高い悲鳴と、どしーん、という音がした。皆が一斉に振り返り、ぷっと噴き出す。

利休茶の着物を着けた太った女が、一筋の乱れもなくセットした頭の上に白鳩《しろはと》をのっけて、尻もちをついていたのだ。

「だっ、だっ、だっ、だれか、だれかっ！　はと、はと、鳩を取って！　取ってちょうだいっ！」

菱子は真っ青になって周りに助けを求める。のんきな鳩がその頭上で、ぐるっぽーと鳴いた。

「あちゃー……」

顔を覆った宮本の横で、理沙がけたけたと笑い転げていた。

「あれ……こんなところにいらしたんですか」

明かりを落としたサンルームで、ぼんやりと暖炉の前に座っていると、宮本がやってきた。一階から賑やかな声が漏れてくる。次々と訪れる賀客《がきゃく》でここが手狭になったため、下の広間に場所を移したのだ。

内輪だけの集まりのはずが、いつの間にか、盛大なパーティになってしまっていた。柾はトイレに立ったついでにこっそり抜け出してきたのだ。

「理沙さんが捜してましたよ。下で皆さんと一緒になにか召し上がりませんか……っていっても、気が進まないかな？　お客ときたら、取引先や政治家のお偉いさんばっかりだ。若い方には退屈ですね」

柾が無言でいると、宮本はすぐそばにやってきて、ムートンの上に胡坐《あぐら》をかいた。かすかなアルコールと、スパイシーなコロンの匂いが漂う。

「どうも、さっきは驚かせてしまって。本当はスカーフの下から鳩が出てくる予定だったんですが」

菱子の、まさに鳩が豆鉄砲を食らったような顔を思い出して、柾はぷっと噴きだした。

「すっげー面白かったです」

「ははは、よかった。では今回は大成功だ」

白い歯を見せてにっこりする。陽焼けサロンにでも通っているのかと思うような小麦色の膚と白い歯のコントラストが、暗がりで見ると妙に猥褻《わいせつ》だ。

「怒られなかったですか?」

「いやあ、いつものことです。どうもわたしは昔からあの人を怒らせてばかりでしてね。もっともあの人は、誰にでもあの調子だから。それに、ああやって外に怒りを発散させる人のほうがまだ性質《たち》がいい。本当に怖いのは……」

ふと宮本は言葉を切った。

「先日は、突然のことでしたね」

なにを云い澱《よど》んだのか、気にかかりつつ、柾はこくりと頭を下げた。

「母の葬儀のときは、いろいろとありがとうございました」

「いえいえ。むしろ、君が落ち着いているんで驚きました。立派な喪主だったと、みんな感心していましたよ」

「………」

「あれからもう半月ですか……少しは落ち着きましたか?」

柾は火かき棒で静かに灰を掻き回した。

「……よく、わかんなくて。おれ」

パチンと火が爆《は》ぜる。

「母さ……母とは、五年も離れて暮らしてたから。たまに帰国しても墓参りだけですぐ帰っちゃうし、あとは手紙と、月に一回か二回、電話で話すくらいで。……だから」

「……実感がない？」

オレンジ色の火影が、二人の顔を明るく照らした。

「君は、四方堂家に入る意思はないんですか？」

「………」

「欲がないんですね。誰もが銀のスプーンを咥えて生まれてこられるわけじゃないのに。いや、もちろん君にとってはそれだけの問題じゃないでしょうが」

「……銀のスプーン？」

「向こうの諺《ことわざ》みたいなものです。君のお父上が生まれたときは、系列会社の社員全員に小さな銀のスプーンが配られたそうですよ」

柾は目を瞠《みは》った。

「全員に？」

「ええ。わたしの家にもありますよ、このくらいのケースに入った名前入りの立派なのが。御前は昔からそういったお祝い事がお好きでね。この古稀のお祝いにもなにか記念品を配るんじゃないかな」

「……くっ……」

「はい？」

「くーっだらねーっ！」

ずるっ……と宮本はコケた。

「あったま悪《わり》ィんじゃねーの、あのジジイ」

「この不景気にそんな無駄遣いしてんの⁉　本気かよ。あったま悪《わり》ィんじゃねーの、あのジジイ」

「ジ、ジジイ?」

「そんな金があったら、もっと世の中のためになることに遣えってんだよ。他にいっくらだって遣い道あるじゃんか。ったく、貴之も貴之だよ。あの耄碌《もうろく》ジジイ止められんのは貴之しかいねーのに、なんで黙ってんだろ。どーかしてんじゃねーの?」

「も、耄碌ジジイね……なかなかストレートだね、君は」

宮本は面白そうに顎を撫でた。

「それじゃ、たとえば君なら、どんな使い道がふさわしいと思いますか?　四方堂グループ総帥の長寿を記念するには」

「……例えば——基金を作る」

西崎、そして友紀子の顔が、脳裏によぎって消える。ためらわずに答えは出た。

「記念っていったって、要するに自分の名前を残して自己満足に浸りたいだけだろ。だったら、おれなら基金を作る。名前は残るし、金も無駄にならない。銀のスプーン一万本作るよりよっぽど役に立つよ。名前入りのスプーンなんか貰ったって、せいぜい潰して指輪にできるくらいじゃん。でも基金なら——アメリカやヨーロッパには企業が運営してるボランティアハウスがあるんだけど、日本にはまだそういう施設がひとつもないんだ。あ、ボランティアハウスっていうのは、難病の子供が遠くの病院に入院したときに、付き添いの家族に格安で宿泊や食事を提供するところで……長い入院生活で親にかかる負担を少しでも軽くするのが目的で、全米の大都市には必ず一つあるっていわれてる。そんなに大がかりなのは無理でも、たとえば、四方堂グループの社員の家族が怪我や病気になったときにフォローできるようにするとか。そうすれば家族の看病のために仕事をリタイアする人が減るかもしれないし……」

「ボランティアに興味が？」

「……あ。いえ」

……しまった。つい語ってしまった。

「そんな偉そうなもんじゃないけど」

小さくなる柾に、宮本は心底感心したように頭を振る。

「いやあ、立派なもんです。わたしが君くらいの歳には、女の子とバスケのことしか考えてなかった」

「バスケやるんですか」

「ええ。これでも高校時代はキャプテンだったんですよ」

「奇術クラブかと思った」

「そっちは大学時代。そうだ、よかったらひとつご教授しましょう」

宮本が喜々としてポケットチーフを引き抜いたそのとき、パッと、天井の明かりが二人を照らした。

目を細めて振り向く。戸口に、長身の優美なシルエットが立っていた。

「……ここにいたのか」

「ごめん、貴之。すぐ戻るよ」

「下はお開きになったよ。翁がお話があるそうだ。……おいで」

「うん……」

「また今度ね」

宮本は残念そうに、顔の前で広げたチーフの両端をひらひらさせた。

「なにを話していたんだ？」

長い廊下をゆっくりと歩きながら、貴之が尋ねた。

階下から、引き揚げてゆく客たちと、それに対応する執事の話し声がしている。

「ん——……スプーンの話」

「スプーン？」

「銀のスプーンを咥えて生まれるって、どんな意味？」

「富裕の家に生まれるという意味だ」

「ふーん……」

連れていかれたのは、廊下の端の部屋だった。ちょっとした応接室の、さらに奥のドアをノックする。ここは往診に来た医師や看護婦などを待たせておくための控えの間で、その奥が祖父の寝室になっていた。

「お入り」

重そうな胡桃《くるみ》の大きな扉の向こうから、いらえがあった。

天蓋《てんがい》つきの大きなベッドの上に、老人が、半身を起こして、介添えの婦人から薬を飲ませてもらっていた。ふかふかの羽布団に、痩せた小柄な体が埋《うず》もれている。

「そこにお掛け」

行きなさい、というように、貴之が軽く背中を押した。

介護婦が薬と水差しの載った盆を持って、静かに下がっていく。

柾はベッドに近づいた。椅子には座らずに、傍らから小柄な老人を見下ろす。

祖父とこうして差し向かう機会は、これまであまりなかった。

この老人とどんなふうに接したらいいのか、はっきりいって、柾にはよくわからない。

物心ついたとき、すでに母方の祖父母は他界していたし、父方の祖父母も柾が生まれる前に死んだと教えられていた。

だから、祖父母に甘える……という感覚が、柾にはまったくなかったし、まして、十八年前の母親に対する仕打ちを知っている。その母親が死んで、いまはこの世にたった一人の肉親だとしても、にこにこ笑って接する気持ちには到底なれない。血が繫《つな》がっているという実感もない。けれど、かといって七十歳の老人を冷たくあしらうのも気が引ける……この屋敷になかなか足が向かないのは、そんなふうに、自分の態度がぐらぐらと定まらないせいかもしれなかった。

老人は、サイドテーブルの上の、紫色の袱紗《ふくさ》に包まれた薄っぺらいものを、柾に手渡した。

通帳だった。

「五年前、おまえの母親から預かったものだ」

驚いて、柾は祖父を見返した。

「母さんが……？」

「おまえの学費にしてくれと云っとったが、手は着けておらん。成人まではわしが預かるつもりだったが、渡しておくよ」

「……」

通帳は柾の名義になっていた。一番古い通帳の、初回の積立は十七年前……柾が生まれて間もなくの日付だ。千円、二千円……と、数日、あるいは数週間おきに、小額が振り込まれている。

「ミラノへ発つ前の晩、それを持って頭を下げに来てな……女手ひとつでおまえを育てるのは、並大抵でない苦労だったろう。爪《つめ》に火を点《とも》すような生活の中から、おまえの成長を楽しみに、コツコツ積み立てておったんだろうよ。ひとっ言も恨み言を云わん女だっただけに、そのいじらしさが、よけいに不憫《ふびん》でならんでなあ……」

老人はしみじみとした溜息をつき、引っ込んだ目玉をしょぼつかせた。

「おまえの母親とは、いろいろと行き違いもあったが、正道の忘れ形見を……おまえというたった一人のかわいい孫を産んでくれた、大事な嫁だと思っとる。これからは、四方堂の嫁として、楽をさせてやりたいと思っとったに、その矢先になあ……」

「……」

最後の日付は、ミラノ出発の前日だった。

あの日、東京は春の名残雪が降っていた。出発の前夜まで仕事をしていた母親は、いつものように夜勤に出かけた。夕飯を終えると柾が寝つくのを見届けて鍵を閉め、アパートを出て行く。階段を下りてゆく足音がすっかり消えてから、柾はそっと布団から起き出して、カーテンの隙間から、ちらちらと降る雪の中、傘を差して駅へ向かう母親の背中を、ずっと見送った。

あの夜向かったのは、仕事場ではなく、この屋敷だったのだろうか。積立のことも初耳だった。「贅沢《ぜいたく》は敵」が母親の口癖で、実際仕事を掛け持ちしても母子二人の生活はキツキツで。友達みたいに塾や習い事もさせてもらえなかったし、テーマパークや旅行に連れて行ってもらった思い出もない。夏休みに新聞屋から貰うチケットで野球を観に行くのだけが楽しみで……。そんな生活の中から、こんな大金を積み立てるのは大変だったはずだ。

雪の中をゆっくりと歩いてゆく母親の背中が、フィードバックする。——闇にちらちらと舞う雪。青い傘。ゆっくりと白く覆い隠されて、そのまま、消えてしまうのじゃないかと思った……。

「のお……柾……。まだ喪も明けんうちに、こんな話をするのは気が早すぎるかもしれんが……わしの正式な孫になってはくれんかのう」

老人は、たった一人の孫にそっと問いかけた。

「籍がどうであれ、おまえには、正道とわしの血が流れとる。わしのたった一人の孫だということにひとつも変わりはありゃせん。変わりゃあせんが……ただなあ、正道にも、ばあさんにも、嫁にも先立たれて、このわしもどうにも気が弱くなったらしい。おまえがなかなか顔を見せてくれんのも、もとはといえば、わしの懐の狭さが原因だ。十八年前、どうして二人の結婚を祝福してやれなんだかと、悔やんでも悔やみきれんでなあ……。できるならあの二人を並べて、すまなかったと手をついて謝りたいが、いまとなってはそれもかなわん。せめて、おまえとは仲直りをしたいんじゃよ。……それになあ……勝手な解釈かも知らんが、わしにこの通帳を預けていったのは、おまえの母親も、わしをおまえの祖父として認めてくれたという証《あかし》のように思えてならんでなあ」

「………」

「なあ、柾、どうか、どうかこの通り」

老人の皺だらけの目尻に、涙が滲んでいた。

痩せた、ひんやりとした手で、柾の両手をしっかりと握りしめる。

「わしももう七十だ。先は長くはなかろう。このまま、おまえにも嫌われたままであの世へ行くのは、寂しゅうてやりきれんのだ。この老いぼれの最後の頼みを、どうか聞いてくれやせんか……」

控えの部屋に戻ると、貴之はゴブラン織の布を張ったアームチェアに腰掛けて、目を閉じていた。

眠っているのかとそっと近づくと、

「……よくお話をうかがってきたか?」

まるで見えていたかのように、そう云って、それから瞼が開く。彫りの深い眼窩に嵌め込まれた、どきりとするほど美しい黒々とした瞳《ひとみ》が、ゆっくりと柾に向けられた。

「……うん」

「そうか。……腹が減っただろう。下に食事を用意させてある」

廊下は静まり返っていた。客人はあらかた引けたのだろう。数人のメイドが、残った料理や皿を厨房《ちゅうぼう》に下げたり、リネン類を運んだりしているのが、階段の踊り場から見える。

大きな邸宅だった。大正時代風のレトロな洋館、外周が一キロもある広い庭、厩舎《きゅうしゃ》や、ボート遊びの池、きびきびと働く執事、躾の行き届いた大勢の使用人、何台ものリムジンにはそれぞれに専用の運転手がいて……およそ柾の日常からかけ離れた世界。

その世界に、貴之はしっくりと馴染んで、呼吸をしている。生まれたときからこの屋敷の主であるかのように。

オフィスでの彼もそうだった。あの空間は貴之のものだった。完全に君臨し、支配していた。

人間に、支配する側とされる側とがもしもあるなら、貴之は前者の人間だ。そしてたぶん、彼自身には、それは呼吸するよりずっと自然なことなのだ。

そういう貴之が好きだ。柾を甘やかし、時に激しい愛情で縛りつけ、時に厳しくも暖かなアドバイスをくれ、そして時には子供のようなやきもちを妬く貴之と同じくらい。

けれど、この屋敷も、オフィスも、柾の場所じゃない。ここで呼吸して生きてゆくことと、貴之への気持ちは、どうしても交わることはない。

「……貴之」

柾は右手に持っていた袱紗の中の通帳を、ぎゅっと握った。

開こうとした唇が、変に乾いていた。

「おれ、この家を出るよ」

貴之は数歩先で立ち止まる。階段の下から、訝るように柾を見つめた。

「……柾?」

柾はひとつ静かに息をついた。ずっと溜め込んでいた言葉を吐き出したはずなのに、鳩尾《みぞおち》の辺りが、石でも詰まっているかのように重苦しかった。

「じーさんにも貴之にも、感謝してる。ほんとだよ。この家で面倒みてくれたおかげで、母さんは昔からの夢だった留学ができたし、おれも私立に通わせてもらって、あんないい家に住めて、毎日美味しくてあったかい食事が食べられて……一生返しきれないくらいの恩を受けたと思ってる。いつか必ずちゃんと恩返しする」

「なにを云ってる。あの家も学費も、もともとおまえが受け取るべきものだ。なにも遠慮はいらないし、それに翁もわたしも恩を売るつもりでしたことじゃないよ」

「わかってる、けどおれは……」

柾は目を伏せた。自分でも恩知らずだって思う。さんざん世話になったのに勝手だと思う。だけど……。

その表情をじっと見つめていた貴之が、ゆっくりと階段を上がってきた。

「……それが、苦しいのか。おまえには」

俯いた柾の頬を、冷たい指がそっと撫でた。

「わかった。そのことは、わたしから翁によくお話ししておこう。だが、翁のお気持ちも少し汲んでやってくれないか？　お元気そうに見えるが、この先いつなにがあってもおかしくない年齢だ。最近はめっきり気力も体力も衰えられている……翁にとって、たった一人の孫の成長がなによりも楽しみなんだよ。正道さんとのことも後悔しておられる。おまえまで縁を切ってしまったら、どれほど悲しまれるか」

「わかってる。でも、だから早いほうがいいと思うんだ。その気もないのにこのままずるずる居座って期待させておくほうが、よっぽど悪いよ。……ほんというと、葬式のときから、ずっと考えてたんだ。もともと、母さんが留学から戻ってくるまでって約束だったし……いつかはきちんとけじめを付けなきゃいけないことだから」

「出て、どうするんだ？　住む場所は？」

「まだ考えてない。でも学生会館の寮が利用できると思う。ローンも組めるって聞いたし、母さんが積み立ててくれてた金と保険金でやっていけると思う」

「大学は？　考えているんじゃなかったのか？」

「奨学金取れるように頑張る。ぼんやりだけど目標もできたし……。あ、学校はいままで通り通うよ。調べたら、いまの成績キープすれば卒業まで奨学金が貰えるんだ」

「………」

「寮、なるべくあの家の近所で探すから。三代さんに会えなくなっちゃうの寂しいし……それに……」

それに……と云い澱む。

唇を嚙んだ。それならどうして出て行くのだと問われたら、はっきりと答えることができそうにない。

「……もうそこまで決めているのか」

「……ごめん、相談もしないで」

「そんなに嫌か。四方堂の籍に入るのは」

「そうじゃないよ。嫌とかそういうんじゃなくて……籍を入れるってことは、家族になるってことだろ？　けどおれ、じーさんのことを家族とは思えない。感謝はしてるけど、たったひとりの血が繋がった人だけど、他人よりもっとずっと遠い感じがするんだ。なのに籍を一緒にして、名前だけ同じになったたって、そんなの形だけだろ。意味ないよ」

「……わたしの籍に入るのも、嫌か？」

え……と、柾は彼の顔を見つめた。

あんまり驚いて、驚きすぎて、柾はそのあとになって、そのときの貴之の表情をどうしても思い出すことができなかった。

ぼんやりと自分の顔を見つめている少年に、貴之は、穏やかなテノールで、もう一度明《めい》瞭《りょう》にくり返した。

「わたしと、家族にならないか——柾」


「……熱心になにを見ているの？」

シャツのカフスを留めながら、宮本は、テラスの暗い窓に額をくっつけている少女の小さな頭の上に、顔を並べた。

階下の車寄せから、白い高級国産車が離れていったところだ。執事とともに車を見送っているのは、貴之だった。

「誰の車？」

「末次麗子《れいこ》。末次清二郎《せいじろう》の娘よ」

華奢な肩からずり落ちたスリップの肩紐を直しながら、少女は年上の男の胸に頭を預けた。

明かりを落としたサンルームの白壁に、暖炉の炎に照らされた二人の影が揺らめく。

「末次……ああ、あの代議士の」

「この間、貴之さんとお見合いしたの。おじいちゃまは、あの人と貴之さんを結婚させるつもりなのよ」

「そいつは君のおばあさまが黙っていないでしょう。あの人は、君と貴之さんを結婚させたがっているんじゃないの？」

「ぶつぶつ云ってるけどね。でもおばあちゃまがどんなに文句を云ったってダメよ、四方堂のおじいちゃまがいったん決めたこと、ひっくり返るわけないもん」

かわいらしく肩をすくめる。

「菱子おばあちゃまは昔から、自分の我儘《わがまま》はなんでも通ると思ってるのよ。柾兄さまをイビッたりしてバカみたい。おじいちゃまも貴之さんも目をつぶってくれてるけど、それはおばあちゃまが、四方堂グループの大株主だからよ。だからちやほやしてくれてるだけ。おじいちゃまの妹だからなんかじゃないのに、ちっともわかってないのよ」

まだ頬に幼さを残す少女の大人びた意見に、宮本は苦笑を禁じえなかった。

「なるほど……君はよくわかっているんですね」

「そうよ。おじいちゃまは、貴之さんを政界入りさせて、柾兄さまに財閥を継がせるつもりなの。理沙と柾兄さまを結婚させてね。おじいちゃまの決定は絶対なのよ。だから、理沙は、柾兄さまと結婚するの。ああいう子供っぽい子、ぜんぜん理沙の好みじゃないけど、四方堂グループ総帥の妻の座と引き換えだもん、多少のことは目をつぶらなくちゃだめよね……閨《けい》閥《ばつ》を築くのは女の役目だもの」

理沙は男の腕の中でくるりと体をターンさせ、白い手を彼の首筋に回すと、桜色のかわいらしい唇に、三十代の女のように妖艶《ようえん》な笑みを浮かべた。オレンジ色の炎に照り映えるほっそりとした肉体を包んでいるのは、繊細なフランス製のレースの白い下着だ。シルクの下から、歳のわりに豊満な乳房が、男のみぞおちをやわらかく押し上げる。

「でも、心配しなくていいのよ」

長いまつ毛を掬《すく》い上げるようにして、男の顔を見つめる。

「結婚しても、おじさまとは会ってあげる」

「……そいつは光栄だ」

宮本は少女の頤《おとがい》を指で持ち上げ、唇を覆った。抱き合う二人を照らす暖炉の火が、パチッと爆ぜた。

# 17

「ほーお？　そらまた色気のねープロポーズだな。ま、あの堅物らしいっちゃらしいが」

テイクアウトの牛丼をお茶漬でも流し込むみたいにがつがつかき込み、いかにも着色料たっぷりの黄色いたくあんを頑丈そうな顎でバリバリ嚙み砕いた草薙は、楊枝《ようじ》をシーシー使いながら熱い緑茶をずずっと啜り、仕上げに、満足げなでかいげっぷをした。

すぐそばで雑巾片手に棚の片付けをしていた柾は、ベッドに胡坐をかいている、目下自分の雇用主であるところの大男を眉をひそめて睨みつけた。

「きーったねーなー、もー。あっち向いてやれよっ」

草薙はすまして食後の一服をつける。

「出もの腫れもの所嫌わずってな。溜めたモン出したくなるのは男の性《さが》だ」

なっにが性だ。出さなくてもいーもんばっかあっちこっちで放出しまくってるくせしやがって。

ぶつくさ云いたくなる気持ちを四の字固めで抑え込み、雑巾を動かす。相手は一応、雇用主様だ。仕事仕事。

「この本、あと二日で返却予定」

「付箋の立ってるとこコピーして返却」

「美空ひばりのカセットテープ？　なんだこれ」

「お、そこにあったか。いいぜぇ、ひばりちゃんは。ンあ〜あ〜」

「カーン。鐘ひとつ。こっちのゲイビデオは自分で返してこいよな。あとこれは？　とっとくの？」

パイプ棚の隅、ホコリだらけのガラスの器に山盛りになった、あちこちの飲み屋のマッチ。かなり古いものばかりだ。なにせ03のあとがみんな七桁である。

「おっ、なあっつかしーなー、宇田川《うたがわ》の〈グロリア〉。大昔、金もねーのに通い詰めたっけ。料理は食えたもんじゃなかったが、ウエイターが粒揃いでなー」

「東大行ってそんなことばっかやってたのかよ。ほんっと税金のムダ遣いだな」

「なんの、ちゃーんとおベンキョもしてたぜ。ほれ、スナック〈KO〉……オーナー以下スタッフ全員KOラグビー部OBのオカマバー。閉店時間には蛍の光の代わりに、全員で肩組んで、塾歌の大合唱で客を送り出すっちゅー。春になると、早大ラグビー部の新入部員が先輩の命令で肝試しに来て、必ず流血の乱闘沙汰《ざた》になったっけなあ。でもって、一緒に留置所ぶち込まれた二人は必ずできちまうってジンクスがあったんだが、その場合、早慶なのか慶早なのか……おれ的には早稲田受の慶應攻だと思うんだが、ボウヤはどう思う？」

「つーかおれ的には、あんたも一緒にゴミ袋に詰めたいって感じ」

燃えるゴミの袋の上でガラス器を逆さまに振る。草薙の部屋はこんなガラクタばっかりだ。作りかけのプラモだの、壊れたラジコンだの。いくら片付けたってきりがない。

食ったら食いっぱなし、飲んだら飲みっぱなし、洗濯したら干しっぱなし。この部屋を見れば、星の数ほどの愛人とのつき合い方もおのずと知れるってものだ。頂くだけ頂いたら高楊枝で「ゴッソーさん」……後ろも振り向かないに違いない。

だいたい、十年越しの大本命がちゃーんといるくせに、美少年と見ればすかさず手を出し、二十歳以上は相手にしないと云いながら、どー見たって二十代後半以下には見えない男と、しかもあまつさえSMプレイするような、ジャーナリストの分際でモラルもクソも持ち合わせてない変態ゴミ製造機、こんな未曾有《みぞう》の不景気下でさえなければ、とっとと見限って別のバイトを探してるところだ。

「えっれえ云われようだな。それに、べつにおれは不自由してねーんだが……埃《ほこり》じゃ人間死なねーことだし……」

咥え煙草でボヤきかけた草薙は、再度ジロッと睨みつけられ、広い肩をすぼめて牛丼の器にキャメルの灰を丁寧に落とした。

「あのな、ナギさん」

腕組みして、つんけん云ってやる。

「云っとくけど、おれだってこんな世話女房みたいな真似、したくてしてんじゃねーの。けど、誰かさんが古いモンも新しいモンも資料もなんもかも一緒くたにしといてくれるおかげで、あれ持ってこいあれ返しとけって云われるたびに、ガラクタかき分けて探さなきゃなんなくて、すっげー手間なの。時間のロスなの、めんどくせーの！　掃除したそばから散らかしてくからいっくら片付けたってきりねーし！　文句があるんだったらトドみてーに転がってないで、掃除してくれそうな十五歳以上二十歳未満の美少年そのへんでナンパしてこいよ。ついでにシモの世話までしてくれて一石二鳥じゃねーの？　おれと違って金もかかんねーしっ？」

「わかった、おれが悪かった」

草薙は片手を挙げて、喧々《けんけん》とまくし立てる柾に、男らしくきっぱりと非を認めた。

「二度と口を挟まんからどうぞ続けてくれ」

「わかりゃいいんだよ」

と、雑巾をゆすぎに行こうと立ち上がった柾は、不用品を整理していた床の段ボールに蹴つまずいた。既《すん》でのところでパイプ棚に手をつく。棚がぐらりと揺れ、小さな黒いものがてっぺんから落下してきて、カツーンといい音をたてて床に跳ねた。

「大丈夫か？」

「うん、おれは平気だけど……なにか落ちたよ」

草薙が屈んでそれを拾い上げた。小さな馬の首の形。チェスの駒《こま》だ。それが、真っ二つに割れてしまっていた。

「ごめん……！」

「あー…こりゃ外科的手術が必要だな」

顎に手を当ててふむ、と断面を確認すると、小型冷蔵庫から瞬間接着剤を取ってきた。

「ぺとぺとっと……ホイ、いっちょあがり」

繋げた馬の首をポイと放ってよこす。

「どら。ついでに一局やるか」

棚の上からチェスボードを下ろしてくると、草薙はベッドの上にざらざらっとチェスの駒をあけた。

「ちょっ……いいの？　ゲームの途中だったんじゃ……」

「いいっていいって」

「仕事は？」

「いーからいーから」

「おれルールわかんないよ？」

「将棋はやったことあるんだろ？　ならすぐ覚えられる」

「たくもー」

柾は渋々、床に腰を下ろした。

「なんか、バイトってゆーより、老人ホームのボランティアみてー」

「おう。年寄りは労《いたわ》れよ」

ざらざらとこぼした駒を、柾も手伝って白と黒とに分けながら、説明を拝聴する。

「チェスと将棋の一番の大きな違いは、取った駒が使えないってことだ。それと、相手の陣地に入ってもレベルアップしない。ただし、ポーンは例外。前に進むだけしかできんが、八段めまで来るとキング以外の好きな駒に昇格できる。んで、こいつがキング。将棋でいや王将だな。これがクイーン。縦、横、斜め、自由自在の便利駒だ。ボウヤには白をやるよ。まずなんか置いてみな」

「待ってよ。そんだけ？　これとこれとこれは？　ちゃんとルール教えてよ」

「右からルーク、ビショップ、ナイト。詳しいことは、まあこれでも読めや」

『サルでも勝てるチェス』……おい。

「ルールなんざやってるうちに覚える。ボウヤならすぐだって」

「おだてたって、この分の時給はちゃんと貰うかんな」

柾はぶつくさ云いながら、アバウト過ぎる師匠に倣って駒を並べた。

キング、クイーン、ともう一度動き方を復習する。将棋は貴之ともたまに指すので、コツさえつかめればなんとか形になりそうだ。

文句を云いつつも、草薙とのこんな一時は、救いだった。最近はあまり家に長くいたくない。三代が気を遣いすぎるくらい遣ってくれるのが、ありがたいのだけれど時々たまらなくなる。かといって家で一人になっても、あちこちで母親の残り香のようなものがふっと漂うような気がして、いたたまれない。それでいて、客間のボストンバッグやハンガーに掛かったままの服を、まだ片付けることもできずにいる。

寂しさとも少し違う。もう二度と会えないのだという絶望にも近い感情に、時々溺《おぼ》れそうになってしまう。でもここに来れば、仕事があり、他愛ない話で笑って過ごせる。慰めや労りよりも、草薙のくだらない冗談のほうが、いまの柾にはありがたかった。

「ところでさ」

まずポーンを動かしてみた。

「ちなみに、さっきのゲーム、どっちが勝ってたの？」

「……白だ」

後手の草薙が同じくポーンを指しつつ、ムスッとした答え。その声で、聞かなくてもわかるような気がしたが、念のために確認する。

「ナギさんどっち？」

「黒」

「えーっ、負けてたのお？　東大なのに？　なーっさけねー。めっちゃ惨めー」

「るせえ」

草薙はチッと舌を鳴らした。

「白も東大出てんだよ。しかもＩＭタイトル保持者だぜ。勝てっこねーだろ」

「ＩＭ？」

「インターナショナルマスターっていって、チェスの国際タイトルだ。将棋でいうと八段くらいか」

世界で二百五十人ほどしかタイトル保持者はいないのだという。将棋の八段というのがどのくらいのレベルかはさっぱりだが、かなり凄そうだというのくらいはわかる。わからないのは、そんな頭のいい人が、このずぼらで変態の性欲魔人と十年以上もつき合ってるという点だ。

「なんで知ってんだ」

草薙はぎょっとした顔になった。

「高槻さんから聞いた」

「チ……あのお喋り……」

「その人いくつ？　なんて名前？　なにやってる人？　やっぱマスコミ関係？」

「ボウヤの番だぞ」

「いーじゃん、照れんなよ」

一八八センチの大の男が顔を赤らめているのがおかしくて、ちょっとからかってやりたくなる。

「ずっと離れてて寂しくない？」

「ばか」

「その人がいたから東大行ったの？」

「いや。おれが入るころにゃ、あいつはとっくに卒業して働いてた。金がなかったんでとりあえず国立に行きたかったのと、家から三十分圏内で法科のある国立がそこしかなかっただけだ」

「すっげー安易」

「そんなもんだろ、大学選ぶ基準なんざ。……と待った、ビショップが動けるのは、最初にあったマス目と同じ色のマスだけだ」

「うん」

「ああでもないこうでもないって、選びに選び抜いたところで、人生そう予定調和にいくもんじゃなし。親の病院継ぐつもりで三浪してまで医大に行ったのに、趣味の山登りが高じて剛力になっちまったやつだの、天下り夢見て大蔵入って収賄で捕まってホームレスになったやつだの、俳優目指してアメリカ行ってなぜかカラオケチェーンで一発当ててロールスロイスで帰ってきたやつだの。人生、どっちへどう転がるかわからんぜ」

　クイーンをカツン、と置く。

「ただ、なんにせよ、無意味な経験ってなないだろ。事を起こす前からああじゃねえこうじゃねえとうじうじ考え込むのは、おれは好きじゃなくてな。やることやって、コケたらまた立って歩きゃいい」

「それ、ナギさんのモットー？」

「んー？　まあな」

　草薙はにやっとした。

「実はもうひとつある」

「どんな？」

「かわいい子にはフェラをさせろ」

枉の動きを素早く察知し、草薙が一手早く盾にした枕に、投げつけた灰皿がヒットした。

「いっぺん死ねッ」

「つかねーなー。いやはや、貴之を尊敬するぜ。よくこんな嫁さん貰う気になったもんだ」

「誰が嫁さんだ！」

「誰がって……なんだ、断ったのか？」

「……なにを？」

「？」と二人は見つめ合った。

さっきまで話題にしていたのは、貴之と祖父から持ち出された養子縁組のこと、掃除のこと、チェスのこと、草薙の恋人のことだったはずだが……なんだか、根本的に話が嚙み合っていない気がする。

「ナギさん、なんの話してんの？」

「だから、プロポーズされたんだろ？　貴之に」

草薙は逆に怪訝そうに問い返してきた。

「プロポーズぅ⁉」

「だろ？　ゲイカップルの養子縁組っつったら、〈結婚〉だろうが、普通」

「なんで……養子縁組したら親子になっちゃうじゃん」

「法律上はな。日本じゃまだ同性間の婚姻は認められてないから、ゲイカップルが同じ戸籍になるには、いまのところそんな手しかねえんだよ」

「…………」

……結婚。

ぼんやりと口の中で唱えてみる。

結婚……。

おれと、貴之が……？

「いまごろ実感が湧いてきたか？」

その頬に、赤インクが白い紙に染みるように、みるみる血が上ってくるのを、草薙は咥え煙草でにやにやとからかった。

「その様子じゃ、けんもほろろに断っちまったんだろう。気の毒に、貴之、いまごろどーっと落ち込んでんじゃねーか？」

しかしそんな揶揄が、いまの柾の耳に入り込む余地はなかった。

（結婚……？）

おれと、貴之が……？


家にいるかどうか、確認の電話をすべきだっただろうかと、自宅を出てから何度となく反芻したことを、颯はまたとりとめもなく考えていた。

タクシーの運転手が、ルームミラー越しにじろじろと自分を気にしているのが、鬱陶しくてならない。

一人で外に出るのは、だから嫌なのだ。

コートのフードをいっそう目深に被り、冠城颯は、その視線から逃れるように窓の外を見遣った。車内は強めの暖房が効いていて暑いくらいだったが、颯は暗いグレーのロングコートに手首まですっぽりとくるまったうえに、薄手の手袋まで嵌めていた。

生まれつき色素の薄い、雪のように白い貌《かお》が、暗い窓に映る。

颯を見た瞬間、誰もがまず例外なく、その血の通わぬ彫像のような美貌に目を瞠る。プラチナと真珠で作られた人形が、なにかの気まぐれで動いているんじゃないのか……と呆気《あっけ》に取られる。そしてその次には、黄色人種離れしたまじりけのないスノーホワイトの膚と、ごく淡い琥珀《こはく》色の髪や眸を、不思議そうに眺め回すのだ。

その髪は染めているのか？　この真っ白な膚は？　こんな人間がいるのだろうか？——好奇、疑問、不安、蔑《さげす》み、嫉妬、羨望《せんぼう》、欲情、これまで出逢った人間たちは、必ずそのどれかで颯を見た。——たった一人、あの男だけを除いて。

もしも留守だったら、朝まで待とう。階下のスナックで時間を潰してもいい……頼んだら二階に上げてくれるかもしれない。驚く顔が見たくて来たのだから。それに、予め電話を入れたりしたら、今夜は忙しい、暇になったらそっちへ行く——そんなふうに誤魔化されてしまいそうな気もする。……何度もくり返した考えには、また同じ答えが出た。そして不安と期待に締めつけられる胸からは、小さな溜息が。

草薙の部屋には、一度しか入ったことがない。だいぶ以前、病院の帰り道につまらない理由をつけて連れていってもらい、隠しカメラを仕掛けてきたことがあとからばれて、こっぴどくお仕置きされて以来だ。

盗撮できたのはほんの三日ほどだったが、出入りした少年は五人、草薙はそのうち四人とセックスした。残る一人は、部屋にあったチェスボードをいじって草薙に怒られ、険悪になって帰ってしまったのだ。それはめったに帰国しない恋人のもので、「ちょっと触っただけで烈火のごとく怒られたよ」と、草薙の古い友人である主治医もぼやいていた。

NTT西新宿の付近で、颯はタクシーを捨てた。細い路地を俯きがちに急ぐ。

車から降りると、途端に、今度は通行人がジロジロと無遠慮な視線を投げかけてくるので、極力目的の建物の近くまで乗り着けたかったが、ここからは一方通行ばかりで、颯には車を誘導することができないのだ。もともと土地勘はない。自分のマンションの半径五十メートル付近さえ歩いたことのない颯に、土地勘のある場所など存在するはずがなかった。

先天性の免疫欠損により、昼の太陽の光を浴びることは、死を意味する。そのため、学校に通ったこともない。他の子供たちと同じように外で転げ回ったり、窓を開けて風を顔に浴びることも許されなかった。

両親は家中の窓という窓に紫外線をカットするガラスを嵌め込み、それでも安心できずに、愛息をほとんど暗室のような部屋で育てた。……そのせいで、いまだに暗く、窓のない部屋でないと、颯は落ち着くことができない。こんなふうに広く、屋根のない空間は、颯のか弱い心臓にひどいストレスを与えるのだ。

部屋にはドアだって要らないくらいだ。すべてはネットで事足りる。外に出たいとも思わない。昼の光の中を歩きたいとも思わない。

それでも颯の部屋にドアがあるのは、あの男のためだ。あの男の訪れを待つため――ただそれだけのため。

出がけに頭に叩き込んできた地図を頼りに、『MAX』と小さな看板の出た古びたスナックを探し当てると、心からの溜息が、颯の美しい唇から吐き出された。

二階に明かりがついている。

ようやく愛しい男に逢えるのだ……。そう思うと、狂おしいほど胸がときめいた。白い頬にうっすらと血が差し、糖蜜《とうみつ》色の瞳が潤んでくる。

一刻も早く、逞しい腕で抱きしめてもらいたい気持ちの一方、このまま、彼のいる部屋の明かりをいつまでも見つめていたいような気もした。あの明かりの中に彼がいる……そう考えるだけで嬉しくてたまらない。

そのとき、木のドアが、カラン……とドアベルを鳴らして開いた。

出てきたのは、私立学校の制服の少年。またセックスフレンドを呼んでいたのか……。嫉妬が、じくりと心臓を握りしめる。

「そんじゃ、テープ起こし、できた分から少しずつメールで送るよ」

と、その少年が云った。

颯ははっと暗がりに身を潜めた。

少年の陽焼けしたはつらつとした顔が、街灯の明かりに照らされる。

どくん、と大きく心臓が脈打った。

あいつだ。――またあのガキだ。

「おう。頼む」

戸口から、長身の男がのっそり顔を出す。腰に震えがくるようなバリトン。

「じゃ、また明日」

「お疲れさん。気ィつけてな」

草薙は、めったに見せないような極上の笑顔を浮かべて、少年の頭にぽんと大きな手をのせた。


少年の姿がビルの角に消えるまでを見送って、男はゆっくりとこちらを振り返った。

「どうした」

先ほどとは違って、冷たい声に聞こえた。颯の糖蜜色の瞳は、たちまち失望に凍った。

少年を目撃したことで萎《しぼ》みかけていたときめきが、完全に、ぐしゃぐしゃに潰れたのを感

じた。

「一人で来たのか？」

「……誰か連れてきてほしかったんですか？」

皮肉は完全に失敗した。草薙はなんのことだと訝るようにちょっと眉を上げて、中に入るように目顔で颯に指示した。

「明日あたり、そっちへ行こうと思ってたとこだ」

「へえ……おれにまだなにか用があったんだ」

言葉に出してから、自分の声の響きのなんともいえない嫌味っぽさに、颯は自分でも哀しくなった。どうして、こんなふうにしか云えないのか。自分への腹立ちが抑えられず、その苛立ちがますます言葉を尖らせてしまう。

「おれのことなんか、もう用なしなんじゃないですか？　このごろめっきりお渡りも減ったし、てっきり、歌舞伎町の金髪に乗り換えたのかと思ってました」

「ばーか云え」

草薙は片頬で苦笑し、颯のなめらかな白い頬に一筋張りついた髪の毛を、煙草を挟んだ指でそっと撫で落とした。

「いま追ってるヤマがたまたま月英向きだっただけの話だ。あいつが中国系に顔がきくのは知ってるだろうが？」

「……なら、あのガキは」

「ボウヤ？　ただのバイトだ」

「……」

「あのボウヤのことは気にするなって云ったはずだぜ」

颯は俯いた。

「……だって……」

「だって？」

うつむけた顔を覗き込んできた草薙が笑う気配が憎らしく、颯はうっすらと目もとを赤らめた。

「ばぁか……」

俯いた顎の下に、厚みのある大きな手を差し込まれる。

「つまらんやきもち妬くな。おれが必要なのは、おまえ一人だ。おまえの代わりはどこにもいないって、そう云わなかったか、おれは……ん？」

怒っていたはずなのに、男のがっしりした手に腰を引き寄せられると、自然にキスを待って顎が上を向いてしまう。キャメルの匂いのする肉厚の舌に口の中をまさぐられると、頭がぐらぐらして、膝が砕け落ちそうになる。甘い言葉は麻薬のように颯の脳をとろかし、蝕《むしば》んでゆく。

嘘だとわかってるのに。なにもかもまやかしだと。

彼が心底必要としているのは自分ではない。草薙が自分を抱くのは、彼にとって、颯のネットワークがいまのところ価値のあるものだからだ。彼が愛しているのも、求めているのも、心を満たすことができるのも、自分ではない。——そう、わかっている。草薙の心に棲み着いているあの男に取って替わることなどできはしないのだ……永遠に。

けれど、それでもいい。どんな形であれ必要とされるなら。代償であれ、自分を抱いてくれるなら。

愛してくれるなら……。

裸にされ、ベッドに仰向《あおむ》けに横たえられた。その上で男が上着を脱ぐ。筋肉の動きが見たくて、そっと瞼を開けた颯の目に、それはパッと飛び込んできた。

サイドテーブルにのせられた、チェスの初心者向け教本と、チェスボードだった。


駅に向かう足取りが、なんだかふわふわ、地に着かない。

わたしと、家族にならないか——……貴之のテノールが、何度も何度も甦《よみがえ》って。

家族……。

貴之の、家族になる。

確かに、そう云われたときは、びっくりして口もきけなかった。けれど次に思ったのは、(恋人と親子になんかなれるわけないだろ)——だ。

貴之も「ゆっくり考えてくれていい」と返事を急《せ》かさなかったし、だから、あの言葉はそれ以上の意味はないと思っていたのだ。

だって、考えたこともなかった。幼稚園の頃は、初恋の先生にお嫁さんになってほしいと思ったりしたけれど、自分が結婚して、誰かと家庭を作る……なんて、想像もしていなかった。

(結婚……)

その言葉を意識したとたん、いきなり、またカーッと顔に血が上ってきた。プロポーズされたことも、それがプロポーズだと気付かなかった自分も、真顔で男子高校生にプロポーズしてしまう貴之も、死ぬほど照れ臭くて恥ずかしくて声を上げて身悶《みもだ》えしちゃいそうだ。

どうしよう。心臓がドキドキしている。

どんな顔して貴之に会えばいいんだ。あんまり意識しちゃいけないよな。今朝はどんなふうだったっけ……一緒に朝食食べて、帰りは何時頃って聞いて、貴之のネクタイ選んで、三代さんに隠れていってらっしゃいのキスして……って。

(これって、新婚……?)

愕然。貴之とおれって、結婚前から新婚だったのか……。

そっか……入籍なんかしなくたって、一緒に住んで、一緒に食事して、一緒に風呂入って、毎日べたべたいちゃいちゃ過ごしてたから気にしたことなかったけど。あれは新婚夫婦の生活だったんだ……。

「岡本くん、顔が真っ赤だよ？」

「どわああっ!?」

 柾は漫画のように飛び退《の》いた。

及川が、通りかかったデパートのショーウィンドウの縁に、鞄を抱えてちょこんと座っていた。

「なっ……なにやってんだよ」

「お買い物してたの。丸井に行こうと思ったんだけど、どうしてもどうしても都庁に出ちゃうんだよ。疲れて座ってたら岡本くんがふわふわしながら歩いてきたから……」

「ふわふわ？」

「うん。地に足が着いてない感じ」

う……。人から見てもふわふわしてたのか……。

「今日はアルバイトだったんでしょ？　終わったの？」

「ああ。丸井行くんならつき合おうか？」

及川はぱっと顔を輝かせた。

「ほんとに？　いいの？」

「んー。あんま今日、まっすぐ帰る気分じゃないし……」

顔の火照りをどこかで冷ましていかないと。

――と。突然、及川が眼鏡の奥のつぶらな目をうるうるさせはじめた。

「ぼ、ぼく、岡本くんに嫌われたんじゃないかって思ってたから……。西崎くんのこと……ぼくがよけいなことしちゃったから……」

「だ……だって」

通行人がじろじろ見ていくのもかまわず、歩道の真ん中ですんすん、とすすり上げる。

「ど、どーしたんだよ」

「それはもう気にしなくていいって云っただろ。おまえのせいじゃないって」

「でもぉ……」

パパー、とクラクションがすぐ背後で鳴った。

「泣くなよ、こんなとこで」

「ごっ……ごめんなさい」

パパパー、とまたクラクション。

「だから謝るなって。それよか、行くんだろ、丸井」

「う、うんっ」

パッパパパパー。

「だーっ、うるせえなあっ！　パッパパッパ鳴らしてんじゃねーよ！」

と、振り向きざま怒鳴りつけてギョッとした。

路肩に停まっていたのは、スモークを貼った、いかにもなヤクザ仕様の白いキャデラック。

ご丁寧なことに、サングラスに三ツ揃いのダークスーツで決めた迫力のある男が、運転席から降りてきたのだ。

すわ、及川の手を引いて脱兎《だっと》のごとくダッシュしようとした柾を、

「岡本くん」

はんなりとした関西なまりが呼び止めた。

真っ黒なスモークを貼った後部座席の窓がすーっと下りて、顔を出したのは、野暮ったいチェック柄のシャツの美青年。この顔とこの車とのあまりのギャップに、柾は三秒ほどもまじまじと相手の顔を見つめてしまった。

「棗さん?」

棗はにっこりと白い歯を見せた。

「しばらくぶり。ええとこで会《お》うたわ。ちょお話があるんやけど、乗ってかへん?」

「ごめん、おれたちこれから行くとこあるから」

「そんなら送らせてもらうし」

サングラスの男が、静かにドアを開けた。

ここで「嫌です」なんて云おうものなら、首根っこ摑まれて無理やりトランクに詰め込まれそうで、しかたなく、真っ白な革のシートに乗り込んだ。と、そこでバタンとドアが閉じる。

えっ、と思っている間に、歩道に一人取り残された及川に、サングラスの男が、慇懃《いんぎん》無礼にぽち袋を渡していた。

「申しわけありませんが、お友達は遠慮していただけますか。坊《ぼん》が、この方と二人きりでお話がおありになるそうですので。こちら、お足代です。お納め下さい」

「あ、でもぼく、岡本くんと丸井に」

「失礼します」

まごついている及川に無理に金を握らせると、深々と頭を下げ、運転席に乗り込んでしまう。そのまま、車は振動もなくスムーズにスタートした。

「及川、ごめん！」

慌てて窓から後方に怒鳴る。

「また明日な！」

「バイバーイ！　気をつけてねえええええ！」

甲州街道を走り去るアメ車に向かってぶんぶん手を振り回した及川は、その車体が視界から消える前に、コートの内ポケットから二つ折りの携帯電話を取り出した。

しかし電話は相手に繋がらなかった。苛立ったように切り、すぐさま違うナンバーにかけ直す。そうしながら片手でタクシーを停め、しなやかな身のこなしで後部座席に乗り込む。

『お待たせいたしました。四方堂重工秘書室、真柴《ましば》でございます』

「千住《せんじゅ》です。貴之さまを」

それは、普段の彼とはまったく異なった、もたつきのない明瞭《めいりょう》な発声だった。

『申しわけありません、社長はただいま会議中で……』

「かまわないから取り継いでくれ。貴之さまの許可は得ている」

うっとうしげに毟《むし》り取った眼鏡の下に現れた顔もまた、いつもの朴訥《ぼくとつ》とした印象は失《う》せ、別人のようにシャープに引き締まっていた。それはあたかも幼虫が美しい蝶に変貌するがごとくの、鮮やかな変貌であった。

「千住からだと伝えてくれればわかるはずだ。千住から、柾さまのことでご報告があると。急いでくれ！」


運転席の男に「丸井」と横柄に命じ、棗は走り出した車の窓を手もとのスイッチで閉めた。

「強引な手ェ使《つこ》うて、申しわけないね。お友達にも悪いことした」

隣で体を固くしている柾に、はんなりと、棗は詫《わ》びた。あまり謝罪の心の伝わってこない詫び方ではあったが。

「いややなあ。そないしゃっちょこばらんでも、取って食ったり、スマキにして東京湾放ったりせえへんて。四方堂グループの御曹子にそんなキッツイことする度胸ないわ」

「………」

「まあまあ、そう怖い顔せんでも」

棗はにっこりとした。

「ほんのちょっと調べさしてもろただけや」

「……話って、なんですか？」

柾はむっつり尋ねた。自分の手札ばかり相手に知られているのは、気分のいいものじゃない。

「うん……実はなあ。君ももう知っとると思うけど、賭場やったぼろビルが急に閉鎖んなってしもたやろ。で、急遽新しい場所を探しとるんやけど、なかなかええのが見つからんくてな。そんで、君の力を借りられへんやろかなと思って」

「おれの？」

「あれ……知らんかった？　あのビル、四方堂グループ系列の会社がオーナーやねんけど」

「え⁉」

びっくりしている柾を見て、棗は意外そうに細い首を捻った。

「ほら、なにせあの通りのぼろビルやろ、取り壊そうにも金がかかりすぎてほったらかしになってたんを、安うーに借りてたんや。年の初めに一年間て約束で契約書交わしたばっかりやったのに、それ突然破棄されてな。取り壊すいうんで、まあしゃーないかと諦めかけてたんやけど、なーんか気になって調べてみたら、おかしなことに取り壊す予定はないようなんや。それで、もう一、二ヵ月くらい使わしてもらえるよう、君から頼んでもらえへんかな。おんなし広さでおんなし家賃でーってなると、なかなか難儀やねん。東京は家賃高いし」

「………」

「どうやろ？　ちゃんと謝礼は出させてもらうし……」

「……」

「……岡本くん？」

肩を揺すられ、柾はハッと棗の顔を見た。

「どないしたん……幽霊にでも会うたような顔して」

柾はうつろに尋ねた。

「それ――」

「ん？」

「取り壊しが決まったって云われたの、いつですか」

「ええと……いつやったかな。ああ、あれや、きみが3on1《スリーオンワン》で大活躍したやろ、あの翌日や。ほんまに寝耳に水の話でな。どうにか引き延ばせへんかと思っていろいろしてみたんやけど、一昨日《おととい》とうとう時間切れ。やれやれや。あちらさんの勝手で契約破棄したんやから、もちろん違約金は払うてもろたけども、そんな金払うくらいやったら、せめて取り壊しの予定が立つまで貸してくれたかてええと思わへん？　東の商売は、ほんまよおわからへんわ」

「……」

「なあ……なんとか頼めへんかな。ひと月でもふた月でも。使用目的は普通のバスケットってことになってるし。友達が困ってるんやって、口添えだけでもええから」

「……はい」

頷いたが、柾は上の空だった。頭の中は、突如生まれた疑惑でいっぱいだった。

本当に、偶然の一致なんだろうか？


行き先を渋谷に変えて、道玄坂の雑踏で降ろしてもらった。棗は駅まで送るといったが、一人になって考えたかった。ふわふわした気分なんて、夜店で買った翌朝の綿菓子みたいにぺしゃんこに萎《しぼ》んで、どこかへ吹っ飛んでしまっていた。

四方堂グループの持ちビル。

柾が3 on 1で活躍した翌日、年頭に交わしたばかりの賃貸契約が突然破棄された。

しかし、本当は取り壊しの予定はない。……これが全部、ただの偶然なんだろうか。

もし——もしも、貴之が、なにかの偶然で柾が賭博バスケに関わっていることを知って、それで……。

……考えすぎだよな。年末に例のバイト先の買収事件があったばっかりだから、神経過敏になってるんだ、きっと。

それに、もしそうだとしたって、今度は貴之を責められない。法を犯したのは柾のほうなのだから。

（でも……）

もしも貴之にばれているんだとしたら、いったいどこから……？

「スイマセン」

そのとき、ぼんやりと歩いていた柾に、地図を持った三人の労働者風の男が、困った様子で声をかけてきた。

「センター街、ドコですか？」

顔立ちとイントネーションから、中国人だなと思った。広げている地図は英語版だ。

「えーと、センター街はここをまっすぐ……」

駅の方角を指さした柾は、ハッと首筋を硬張らせた。ゼンマイ仕掛けの人形のように、ぎこちなく自分の腹部を見下ろす。

鳩尾で、ぎらりとなにかが光った。刃渡り十センチほどのナイフだった。

「声を出すな」

流暢《りゅうちょう》な日本語で、一人が背後から小声で囁いた。

呼吸をすることができなかった。こめかみで、どくん、どくん、と鼓動が打つ。

いったいいま、自分になにが起きているのか、本当にこれが現実の出来事なのか、——茫然と立ちすくむ柾のすぐ横に、黒いワゴン車がすーっと停車した。駅へ向かう人々が、その横を、さざめきながら足早に追い抜いていった。

エタニティ　Ⅱへつづく

あとがき

新装版TOKYOジャンクシリーズ「エタニティ Ⅰ」をお届けいたします。

前巻からずいぶん間が空いてしまい、申し訳ありませんでした。大変お待たせしましたが、どうぞ最後までお付き合いください。

本シリーズは、九十年代半ばから後半にかけて執筆しました。「エタニティ」雑誌連載時にはすでに臓器移植法が制定されていましたが、今回の文庫化に当たって、その少し以前に時間軸を設定し直しました。また、看護婦などの用語も当時の表記に合わせています。

ちなみに、「友紀子」という名前は、当時連載していた雑誌の企画で読者の方から頂きました。重病人の役にあててしまって本当に申し訳ないです……Ⅱでは、柾と共に、彼女の未来も見守って頂ければ幸いです。

Ⅰはなにやら不穏な場面で終わっていますが、Ⅱはさらなる怒濤の展開となっております。ぜひ、お手にとって結末を確かめて下さい。

それでは、「エタニティ Ⅱ」にてお会いできますように。

二〇一四年 初春 ひちわゆか

# 明るい家族計画　悠一編

マリンタワーは巨大なペニスだ。

（なんつーか、あのてっぺんの膨らみ具合がなあ……なんとも……）

なんであんな卑猥《ひわい》なモンが猥褻《わいせつ》物陳列罪にひっかからんのかね。横浜市民は肝が太いぜ……。


夜の山手通りを本牧《ほんもく》方面へ流す車のバックミラーから、タワーの灯が消えていく。咥《くわ》えていた煙草を消そうとした草薙《くさなぎ》は、備えつけの灰皿がぎゅうぎゅうの満員御礼状態なのに気づいて、窓から手を出した。車のボディになすりつけてキャメルの火を消す。

あちこちへこんで傷だらけ、エンジンもあやしい年代物のスカイラインGT。いまさら煙草の跡がひとつ増えたところで、査定額がゼロから上がるわけでもない。

火の消えた吸い殻をピンと指で弾《はじ》くと、

「よせよ、アンタ行儀悪ィなあ」

助手席でハンバーガーをパクついていた、黒々とした瞳《ひとみ》の美しい少年が、親指についたチリソースを舐《な》めながら草薙を窘《たしな》めた。

ファーストフードの紙袋をがさがさとかき回し、さっき飲み終えたコーラの蓋《ふた》を取って氷を口の中に放り込むと、

「ホラ、灰皿」

と差し出す。

なんと躾《しつけ》のいいお坊っちゃんだぜと、草薙は苦笑して、カップを差し出すその指先にチュ

ッとキスした。

フィジー焼けだという頬《ほお》が、ぽっと赤らむ。すれっからしに見えて、意外に不意打ちに弱いらしい。

彼はエツミという名の人気俳優だ。歳《とし》は十八。イルカと一緒に泳ぐ清涼飲料水のＣＭで注目され、先シーズンのテレビドラマでは主役を射止めて一躍トップアイドルの仲間入りを果たした。一時間前、取材で訪れた六本木のクラブで知り合ったばかり。横浜まで帰るというので、草薙が車を出してやった。

「オンボロ車。高速で停まっちゃうんじゃねーの？」

「かもな。今月は三度も停まってる」

うへー、と眉《まゆ》をひそめつつ、エツミは助手席に乗ってきた。

「おれ、ベンツかキャデラックしか乗ったことないんだぜ。ボンボンだから」

行儀悪い、なんて言葉が出る辺り、あれはあながち嘘じゃないかもな……と考えながら、草薙は、ちらちらと少年の顔を盗み見た。

すっきりとした輪郭。横から見ると唇がぷっくり突き出た感じだ。悪くない。濡《ぬ》れたような黒目がちの目も好みだ。青年期に差しかかろうとしている体つきの、瑞々《みずみず》しい筋肉も草薙好みだった。こんがり陽焼けした膚《はだ》にワイセツな水着の跡がついているのかどうか、全部ひっぺがして確かめてやりたくなる。

……まあもっとも、そううまくいかないのが世の常だ。芸能界にゲイが多いのは有名なことだが、エツミが同族とは限らないし、いくら美少年キラーの草薙でもノンケの少年を堕とすのはなかなか至難である。

テクニックを駆使して攻め落とすのも嫌いじゃないが、今夜は面倒な手続きを踏んでまで初物をどうこうしたいような心境でもなかった。初物はいろいろと手間がかかるし、それに、この辺りなら、電話一本ですっとんで来るセックスフレンドがごろごろしている。

ま、ちっと惜しい気もするが、ドライブだけで満足しとくさ。東京からの一時間、いい目の保養をさせてもらった。

「本牧のどの辺りだ？」

「もっと先。……ねえ、けど、なんで高速手前で降りちゃったの。うち、本牧出口から五分だぜ」

「話をしたかったから」

「話なんかしたっけ？」

「いいや。だが灰皿は作ってもらえたな」

エツミは急に黙り込む。車はトンネルを抜けた。じき、ドライブも終わりだ。

「……ねえ」

窓枠に肘《ひじ》を掛け、潮風に髪をなぶらせながら、わずかにトーンを落とした声でエツミが話しかけてきた。

「うち今日、親が家にいてさ、まだ起きてる時間だし、知らないやつ連れてくと、いろいろ聞かれてうざいんだよね」

「そうか」

「明日は仕事、午後からだし」

「へえ」

「ねえ。……喉渇《のど》かない？」

……おいおい。

その声の裏側に潜む媚《こび》に気づいて、草薙は片眉を引き上げた。

こりゃツイてるぜ……。しかし内心とは裏腹に平静を装い、

「どっかでコーヒーでも飲んでいくか」

冷淡に応じる。

するとエツミは焦《じ》れたように舌打ちして、草薙の太腿《ふともも》の間にいきなり右手を突っ込んできた。そして、やんわり握り込み、その手応えに満足したかのように、草薙が初見でぜひ突っ込みたいと思ったその唇を淫猥ににやりとさせて、云った。

「おれ、コーヒーより、あんたのミルクが飲みたいな……」

ところで、同じころ、バス停に座り込んで自分のツキのなさに唸《うな》り声を上げている一人の

少年がいた。

彼がそれに気がついたのは、横浜駅行きのバスに乗り込もうとした瞬間だった。

財布がない。

否。財布の中身がないのだ。

「……しまった……」

我ながらダサすぎる失態に、佐倉悠一《さくらゆういち》は、空の財布で思わず顔を覆った。そしてそのバスが最終便だったことに気付いたのは、たった二百円の乗車賃が払えずに仕方なくバスを降りた直後である。

山下公園の花火を観に行こうと云い出したのは、クラスメイトの島田《しまだ》だった。

来年は受験だ、夏らしい夏はない、二度とはこない高校二年の夏、男同士の友情を深めようではないか！　というのが彼の主張で、まあホントの本音はナンパが目的なのは明らかだったが、島田が夏休み直前に半年つきあっていた女の子に振られたばかりだというのを知っていた友人たちは、よけいな突っ込みを入れることはできなかった。

朝の満員電車みたいな人ごみの中で花火を観るのも、ギャーギャー走り回る子供にアイスクリームをくっつけられるのもゴメンだ、と悠一は最後まで固辞したのだが、島田の「電車代・飯代奢《おご》り」の誘い文句に、岡本柾《おかもとまさき》が「行く」と云い出した。それなら山下公園より本牧埠頭《ふとう》まで離れたほうが混雑もマシだしよく観える、とアドバイスして地図を書いてやりバスを教えて……。

それで結局、当日本牧までつき合った上、あれ欲しいこれ食べたいと喚《わめ》く親友にチョコバナナだのタコ焼きだのあんず飴《あめ》だのピカチュウ風船だのを買い与え、すっからかんになってバス停で途方に暮れているんだから、おれも大概お人好しだ……。その柾といえば、お迎えに来た恋人の車で先にさっさと帰ってしまい、島田と大木《おおき》もそれぞれ知り合った少女とどこかへ消えてしまった。

すべてのポケットをひっくり返してみる。アパートの鍵に携帯用ソーイングセット、ガム。そして来しなに駅前で配られていたＨＩＶ撲滅キャンペーンのコンドームが二つ。時計の時刻は十時二十分。ＡＴＭはとうに閉まっている。

携帯電話で年上の恋人に連絡を取ろうと試みたが、「電波の届かないところにいるか、電源が入っておりません」。

……とことんツイてない。

(石川町《いしかわちょう》まで三十分歩くとして、そこからの電車賃が問題だな。交番で金借りるか……)

ったく、みっともない。こんなことなら遠慮せずに貴之《たかゆき》さんの車に便乗しちまえばよかった。

(行くか……)

こぼしていても夜が更けていくだけだ。悠一は本牧通りを関内《かんない》方面に向かってとぼとぼ歩きはじめた。

風もなく、息をしているだけでもじっとりと汗ばむような、蒸し暑い晩である。少し歩くと喉が渇いてきた。前方にコンビニ。しかし、一文無しの身には目の毒なだけだ。

さっさと横を通り過ぎようとしたそのとき、いまにもエンストしそうなエンジン音を立てて関内方面から走ってきた一台の白いセダンが、店の前で停まった。年代物のスカイラインGT。アンティークといえば聞こえがいいが、廃車寸前の骨董品《こっとうひん》だ。

「ちょっと待ってろ」

運転席から降りてきたのは、一九〇センチはあろうかという長身の男だった。歳のころは三十前後。鍛えた逞《たくま》しい体つきで、着古したTシャツによれよれのジーンズというなりがサマになっている。

でかい男だな、と何気なく通り過ぎようとした悠一は、開いた自動ドアからすーっと流れてきた冷気に誘われるように、気がつくとふらふらとコンビニの店内に足を踏み入れていた。汗が一気に引いていく。別天地……と快楽の溜息《ためいき》をついた悠一の横で、店内を一眺めした先ほどの男が、

「コンドーム置いてないか」

と、レジにいたドレッドヘアの店員に尋ねた。

「あー、スミマセン、そこになければ切らしちゃってますねー」

「ふん……この近所に、ドラッグストアかコンビニは？」

「磯子《いそご》方面にずーっとまっすぐ行くとコンビニがありますけど。他の店はこの時間っすから……」

「そうだな。どうも」

キャメルを一箱買って出ていこうとする背中を、悠一は急いで追いかけた。

「あの、すみません！」

運転席に乗り込もうとしていた男が、ん？　と顔を向ける。悠一はズボンのポケットから掴《つか》み出したものを、彼に差し出した。

「突然で失礼ですが、よかったら、これ、買っていただけませんか？」


「それで、売りつけたの？　タダで貰ったコンドームをひとつ五百円で？　すごい暴利ね」

洗いたてのシーツの上にシルクのランジェリーに包まれた裸身を伸ばしながら、理子《まさこ》はおかしそうに声を立てて笑った。

大口を開けて笑う女は好きだ。それに箸《はし》の使い方がきれいな女。美しさとスタイルのよさは女としての必須条件だから、改めて云うまでもない。そして、なんといってもロングヘア。羽のようにやわらかな手触りで、シェットランド・シープドッグのように金茶のウェーブならいうことはない。理子のように。

「機転がきくって云ってくれよ。理子のケータイ繋がらないし、駅まで何キロもあるし、マジで途方に暮れたんだぜ」

「ぜひその姿を見たかったな」

「そんな意地悪云うかな」

いくつも重ねた羽根枕にもたれていた悠一は、唇の煙草を指に移し、理子の丸みを帯びた白い肩を齧《かじ》った。噛んじゃダメよ、お行儀悪い……クスクス笑いながら細い背中をくねらせる。

「花火、きれいだった？」

理子は悠一の膝《ひざ》に頭をのせ、陽焼けした少年の喉を、長い爪でゆっくりと撫《な》で上げた。

「まあね」

「来週の隅田川の花火大会は一緒に観ましょう。鰻《うなぎ》を食べながら見物できる店があるから。もちろん鰻は悠一の奢り」

「おれの？」

理子は、不服そうに眉を上げた情人の、形のいい鼻をつまんだ。

「オカくんにはお財布を空にするほど奢ってあげたんでしょう？　わたしだって悠一に奢ってもらいたい」

「奢ったんじゃない。金貸しただけだよ」

悠一は溜息をついた。

「けど理子だって奢ってやりたくなるぜ。あいつの物欲しそうな顔って、なんていうか……その、雨の日に捨てられた仔犬《こいぬ》なんだな……まるで」

「黙って……」

ちゅ…とキス。体勢を変え、上からのしかかるようにして悠一の顔を覗《のぞ》き込んだ理子は、色っぽい長いまつ毛をゆっくりとしばたたかせた。

「そんなにオカくんのお話ばっかりしていると、やきもち妬《や》いちゃうから」

「……なに云ってんの」

悠一は嗤《わら》い、唇にキスをした。

女の体は、熟した果物のようだ。甘いいい匂いがして、そっと歯を立てるととろりと蜜《みつ》が溢《あふ》れてくる。温かい膚に触れるだけで、癒されていくようだ。

——終わりよければすべてよし、だな……。

まろやかな乳房に顔を埋《うず》め、満足の吐息を漏らす。

あの男も今頃、しっぽり濡れているだろうか。助手席に乗っていた相手の顔は覗きそこなったが。どんな美女だったのか。

(二枚で足りたかな……)

それにしても、あの男、なんだかどこかで見たことがある気がするんだけど……?


さてそのころ。

〈どこかで見た男〉草薙傭《よう》は、三十分も閉じたままの公衆トイレのドアをトントントン、とノックしていた。

「うお～い、だいじょうぶかァ?」

するとドアの内から、ガツンとブーツで蹴《け》る音と罵声《ばせい》が返ってくる。

「だいじょうぶなわけねーだろっ、腹弱いんだから中出しすんなってあれだけ……う…ってててて……」

「……すまんな」

草薙はドアにもたれてバリバリと頭をかいた。破裂した風船のように破れてくたっとしているコンドームをつまみ、やれやれと目の高さに持ち上げる。

「やあっぱ日本製じゃちーせえんだよなぁ……」

「……腹痛ってえぇ……」

エツミの呻《うめ》き声と、水洗トイレの水音と、コンドーム一個につき支払った五百円のことを思って、草薙はあーあと顔を覆った。


好事魔多し。

# 明るい家族計画　夢オチ編

「さあ、行っておいで」

意地悪な美声に背中を押し出されて、柾《まさき》は、ふらつく足を車から降ろした。

腰から下がぐずぐずに溶けてしまっているみたいに、膝《ひざ》にちっとも力が入らない。

通行人がみんな自分を見ているような気がする。

悩ましく潤んだ目で、顔を赤くして、震える足で今にもしゃがみ込んでしまいそうになりながらやっと歩いている自分を。――あんなものを体内に入れたまま、真っ昼間のオフィス街を歩こうとしている、この自分を。


罰ゲームの云いだしっぺは、柾だった。

発端は、貴之《たかゆき》が柾のために系列会社から貰《もら》ってきてくれたTVゲームのサンプル。秋に一般発売を控えた新製品で、従来のTVゲームと段違いの画質と反応、特に格闘ゲームにはその威力がフルに発揮されるとか。

もちろん柾はハマッた。以前、貴之がシミュレーションゲームを記録的な短時間でクリアしたのを目の当《ま》たりにして以来、頭脳戦では勝ち目はないと悟った柾は、いつか格闘ゲームで貴之をコテンパンにしてやるのだと、妙な闘志を燃やしていたのだ。

サンプルは、そのいい口実だった。ゲームに関心のない貴之に、

「自分の系列会社がどんな開発してるのか体験しなきゃ！」

と無理やりコントローラーを握らせて対戦しようという企《たくら》みである。

「しかし、あまり気が進まんな……」

「じゃあ、賭《か》けようよ。負けた方が勝ったほうの云うこと、一度だけなんでもきくこと」

「ほう……面白い」

よっしゃ。絶対に負けるもんか。

ＣＰＵを相手に特訓を重ねること一週間、さらに悠一《ゆういち》を相手に一週間。

そしてついに貴之に挑み――

敗れた。

惨敗だった。ケチョンケチョンのコテンパンだった。

「負けたら、一度だけなんでも云うことをきくこと」

なんであんなバカなこと云っちゃったんだろう……。

ふらふらと危なっかしい足取りで目的地に向かいながら、柾の胸は後悔でいっぱいだ。約束は約束だ、男に二言はない、なんて大見栄切って。アホじゃないのかおれって……。

背筋をぞくっと走り抜けた淫《みだ》らな気持ちに、こらえきれずコンビニの看板にしがみついてしまった柾を、通りすがったサラリーマンがじろじろと見ていく。子供のくせに昼間から酔っぱらっているのか、とでも云いたげな顔だ。

必死で膝を立てようとするが、すると自然に腿《もも》にも力が入ってしまう。筋肉が収縮し、体内のものを締めつけることになり、それによって生じる甘い苦しみに、柾は泣きそうになりながら、必死で足を前に運んだ。

「これを入れたまま買い物をしておいで」……差し出されたのは、球状のバスオイル。湯で溶かすと甘い匂いのミルクが中から出てくるやつだ。

貴之は柾にそれを自分で入れさせた。床の上で四つん這《ば》いにさせ、尻を高く掲げさせ、唾《だ》液《えき》を絡めたそれを一粒ずつ挿れさせたのだった。

一歩歩くごとに、体の中からツルリと出てきてしまいそうだ。かといって必死で食い締めれば内部で潰《つぶ》れてしまいそうになり、また、その恐れと感触は、歩くたびに否が応にも柾の官能をかき乱す。ゆるいラップパンツだから見た目にはわからないが、下着の中は確実に変化しはじめていた。

つらくて、悔しくて、涙が溢《あふ》れそうだ。

嫌いだ……こんなことさせる貴之なんて。

立ち止まり、路肩に停まった車を振り返る。

運転席の貴之は、ハンドルに片手を置き、首を少し傾けるようにして柾を見つめていた。すぐにでもあのドアの中に飛び込んでしまいたかった。楽になりたい。あそこへ行けば、楽にしてもらえる。

そのとき、貴之がゆるく顔を振った。

早く行きなさい、と促すかのようでもあり、昼間からそんなことをしていやらしい子だな、と責めているようでもあった。

柾は震える下唇を噛《か》み締め、また足を踏み出した。早く苦しみを終わらせたい……その一心で。

ようやくの思いで薬局にたどり着いたとき、柾は、店員が怪訝《けげん》な顔をするほどびっしょりと汗をかいていた。

「いらっしゃいませ。なにかお探し物ですか？」

「……」

親切そうな若い女性を前に、頷《うなず》くべきか、否と云うべきか、迷う。貴之に買ってくるように云われたものは、メーカーから商品名まで指定されていたが、口に出すのは恥ずかしかった。特に、若い女性相手には。

店員は、そんな柾の様子を見て、心配そうにカウンターの中から出てきた。

「だいじょうぶ？　気分が悪いの？　すごい汗よ」

「なんでもないです」

「でもすごく顔色悪いわよ。ね、ちょっと、ここに座ってらっしゃい。遠慮しないで、ね、ほら」

「いいです、ほんとに、い……あ！」

ビクンッ、と柾は目を見開いたまま硬直した。身を捩《よじ》った拍子に体内の球が割れて、中身がどろりと流れ出したのだ。辺りに、ムスクの甘ったるい香りが漂う。

「ど……どうしたの？」

柾は顔を真っ赤にして、かぶりを振った。ひとつ割れると、後のものも連鎖的に割れはじめ、温まった液体がつーっと流れ出してくる。

（だめっ……だめだ、出ちゃうよっ……）

貴之っ……。

ガクガクと膝が笑う。崩れ落ちそうになる。

その体を、後ろから支えた手があった。

「しっかりしなさい」

甘いテノール。

柾は薄目を開けて、自分を抱きとめた男の美貌《びぼう》を見上げた。唇が震えてどうにもならない。

「貴……之ィ……」

すると、貴之は故意に柾の腹部を撫《な》で回しながら、底意地悪いほど冷静に尋ねた。

「どうした。買い物はすんだのか」

「……」

「わたしが買ってあげようか？」

柾はほとんど意地で首を振った。

そして、柾の具合の悪さより、貴之の美貌にすっかり関心を移してしまっている店員に、棚の品物を示した。

買い物を済ませた柾は、抱えられるようにして貴之の車に戻った。

ほとんど口もきけないような状態だった。貴之は、ひくひくと痙攣《けいれん》しながらも薬局の袋を握りしめて離さない柾の手を、ひんやりとした優美な手で撫でてやり、袋の中身をあけて膝の上に置いてやった。

「……さあ、次はあそこのドラッグストアへ行ってくるんだ」

羞恥《しゅうち》と半端な快楽、そして安堵《あんど》感とにぼんやりしている柾の頬《ほお》を指の関節で撫で、百メートル先の店を顎《あご》で示す。

我に返った柾が、え、と信じられないという顔で貴之を見、そして自分の膝の上のものを見た。

貴之は云った。

「わたしが頼んだのは、柾の体内に入れたものをすっかり排泄《はいせつ》させるためのものだったはずだね。だがこれは、入れるときに必要なものだ。しかもわたしにはサイズが合わんな」

「あ……」

怯《おび》えたように、大きな瞳《ひとみ》が揺れ動く。

「それとも、もう溶かして出してやるまでもなく、この中でとろとろに溶けてしまっているという意味か？」

「う、うっ……」

尻とシートの隙間《すきま》に潜り込んできた指に、充血した蕾《つぼみ》を抉《えぐ》られ、柾は喉《のど》をそらして身悶《みもだ》えた。涙がじわっと滲《にじ》む。

「やだ、貴之、もうやだっ、許して……っ」

「甘えてもだめだ」

すすり泣くこめかみを吸い、美しい男は、冷酷に囁《ささや》いた。

「さあ、もう一度行っておいで。今度こそ間違えるんじゃないぞ……」


『……ってぇな夢見たんだが、ボウヤ、ひょっとして正夢か？』

「…………日曜の朝っぱらからコレクトコールの国際電話でエロ電話かけてくるんじゃねえクソジジイッ！」

✦初出　エタニティ　I　…………………………小説b-Boy（1999年1～5月号）

明るい家族計画　悠一編…………………同人誌収録作品
明るい家族計画　夢オチ編………………同人誌収録作品
※単行本収録にあたり、加筆修正しました

ひちわゆか先生、如月弘鷹先生へのお便り、本作品に関するご意見、ご感想などは
〒151-0051 東京都渋谷区千駄ヶ谷 4-9-7
幻冬舎コミックス　ルチル文庫「エタニティ　I」係まで。

幻冬舎ルチル文庫

エタニティ　I

2014年4月20日　　第1刷発行

| | |
|---|---|
| ✦著者 | ひちわゆか |
| ✦発行人 | 伊藤嘉彦 |
| ✦発行元 | 株式会社 幻冬舎コミックス<br>〒151-0051 東京都渋谷区千駄ヶ谷 4-9-7<br>電話 03(5411)6431[編集] |
| ✦発売元 | 株式会社 幻冬舎<br>〒151-0051 東京都渋谷区千駄ヶ谷 4-9-7<br>電話 03(5411)6222[営業]<br>振替 00120-8-767643 |
| ✦印刷・製本所 | 中央精版印刷株式会社 |

✦検印廃止


ISBN978-4-344-83117-9　C0193　Printed in Japan